每一座森林都是从一粒种子开始的

就像每一段人生都是从一个意念开始

申赋渔 著

一只山雀总会懂另一只山雀

北京出版集团
北京十月文艺出版社

新经典文化股份有限公司
www.readinglife.com
出　品

引子

一个朋友跟我说，当你忧郁痛苦不能自拔时，你就在心里回想最美好的事。只有美好的回忆，才能治愈残破了的心。每当这个时候，我想起的竟然是童年时的茅草屋，屋门口围着竹篱笆的小院子，小院子外面浅浅的小河，小河边上的垂柳、刺槐和皂荚树。如果允许我的思念能更广阔一些，我会在小河的边上添一条伸向村外的小路。一条奶里奶气的小狗蹦蹦跳跳跟在我的后面。村外的田野上是一望无际的金黄的油菜花，或者沉甸甸的低垂的稻穗。如果已经是冬天了，就铺上青色的麦田，或者厚厚一层白雪。我会在这片田野上走得很远，一直把自己走成一个小小的黑点。

因为故乡，我喜欢上土地，或者说深深地爱着土地。无论过去了多久，我都能闻到泥土的味道，感觉到土地的冷暖。我知道它是醒着还是睡着，知道它是充满着激情在歌唱，还是已经冰冷地死去。土地不只是有生命，它还有细致的情感和深沉的思索，当你把手或者脚埋进泥土时，你甚至能感觉到它的心跳。大地之心是温和的、亲切的，充满着悲悯和慈祥。

多年之前，我在南京郊外买了一幢小房子，带一个小院。因为交通不便，我又一直忙于生计，房子一直荒着。可是自从有了这幢房子之后，我的心变得踏实了。不是因为房子，而是因为房子的前面有一块地，一小块黄褐的贫瘠的土地。我把许多对于人生和世界的想象，一粒一粒，悄悄地埋在这片泥土里，这些荒唐离奇，或许让人哑然失笑的种子，终将有一天会挽救我的越来越重的灰心、绝望和深深的厌倦。在南京的时候，每年我都会来这里看几次。围着屋子转一圈，在泥地里站一站，用手摸一摸我小心栽下的几棵树木，心里觉得无比安慰和满足。这个我几乎从来没有居住过的地方，是我真正的家。这个家的泥土中，藏着我最多的秘密。后来，我去了法国，在远隔万里的梦境里，或者茫然的怔忡中，我会和这片土地上开花的杂树或者肆意生长的野菜，目光相对，彼此一笑。它们知道我惦念着这块土地，我对其他任何一个地方的流连都是虚情假意，我终将回去。

在法国待了十年之后，我重又回到这个已经残破不堪的郊外小屋。院子里的杂草已经爬上最高一级台阶，挤进了门缝，攀上了墙壁。屋檐下挂着硕大的蜂巢，屋顶的瓦片落了一地，阳台上竟然长出了一棵一人多高的栾树，栾树上已经结出了小灯笼一样的果子。屋子里的天花板上成了众鸟的天堂，几扇房门扭曲变形了再也不能关上，木头的扶梯开裂了，动摇了，一碰就吱呀作响。然而这是我心心念念的家。我在回国的第二天，就住了进来，我每天都在屋里屋外快活地劳作。

我的房子不再漏雨，虽然简陋，却也清爽透亮，舒服自在。我更多的力气放在外面的小院子，放在小院子里的这块田地上。我已经在这块田地上劳作了两年。现在，我有了一口水井，一个瓜棚，一个花架，一墙的蔷薇，一块长势喜人的菜地。还有一个空空的鸡棚。我并不养鸡。鸡棚是母亲吩咐我搭建的。她养了两只鸡，如果她从老家来看我，她就要带着鸡。她不愿意和她的鸡分开，一天都不行。

当"新冠"肆虐，战火燃烧，世界一点点变得严峻的时候，我可以在我的土地上劳作。就像我的母亲和像母亲一样的人们那样。我不声不响地翻耕着我的土地，我在土地上喘息，流汗和收获。土地给我的不只是可以果腹的粮食、甜脆的瓜果和散着淡香的花朵，还有平静。

土地沉默不语，它让最小的种子发芽，它让每一棵树都长得更高，努力让它们去看天空的高远和广阔。它收拾岁月更替和人间沧桑留下的残局，它无声地吞咽着苦涩的泪和殷红的血。它让人在它身上踩下幼稚的、疯狂的或者肮脏的脚印，然后在人们远去之后再悄悄抹去。它用泥土滋生万物，用石头撑起庞大而喧哗的城市，它把世间的悲伤化成深埋在心里的黑炭，把怒火变成潜行在地下的岩浆。大地什么都知道，它只是不言不语。它不是不言不语，只是我们听不到。也许门外的乌桕树能听到，河边的菖蒲能听到，从泥水中走过的白鹭能听到。如果我足够真诚，也许它们会说给我听。也许它们一直在说，只是我听不到。我还是孩子的时候，我奔跑在故乡的田野里的时候，我是能听到的。只是我现在长大了。长大了的人，什么都看不到，什么都听不到。幸好，长大了的人，有时候会想起，自己曾经也是一个孩子，天真无邪，善良而纯净。

目录

- 002 乌桕树里的精灵
- 010 树上的白衬衫
- 016 石匠的花园
- 024 黑夜的恐惧
- 032 一只狗的死亡
- 042 立春河里一只鸭
- 050 诗人的灶神
- 058 和一只猫守岁
- 066 姑娘和相公
- 072 她是不是在笑
- 080 只为某一天
- 088 赤着脚,踩在泥地上
- 098 树什么都知道
- 106 枇杷落了一地
- 114 致命的美丽
- 122 一棵开花的桃树
- 132 凌晨两点的寂静
- 140 他其实是个小孩
- 150 自己的命运
- 158 藏于息壤的秘密
- 168 我一直在等待一场大醉
- 176 它在众鸟之外
- 186 离巢飞去的鸟
- 198 他们耕种的土地
- 208 一只山雀总会懂另一只山雀
- 216 驯化一只山羊一条狗或者一粒小麦
- 224 一只斑鸠的角色
- 232 晴天和雨天的渔人
- 240 牦牛与星空
- 250 男人老了
- 256 妈妈,我只是想你
- 262 蜘蛛与尘土

乌桕树里的精灵

从巴黎回来,我就住到城外乡下的房子里。因为多年无人居住,房子已经残破不堪。屋瓦落了一地,朽坏的院门倒在地上。去年又被洪水淹过,前后好几扇门窗严重变形,再也无法闭合了。到处都漏雨。我请了家在附近的李师傅帮忙修整。李师傅每天都和沉默不语的儿子一起来干活。也因为他,我结识了许多工匠。匠人做专业的事,许多杂活儿都要自己干,我也一直跟在后面忙忙碌碌。他们每个人都很有故事,大家都相处得很有意思。工程快要结束时,我摔了一跤,断了一根肋骨。什么事都做不了,只好整日坐在门外晒太阳。好在房子终于焕然一新。

今天大寒，又是一个晴天。一只黄猫，一只花猫，一只黑猫，从我眼前施施然走过。每一只都肥肥的，又慵懒，又从容。它们每天都在我这屋子的周围来回逡巡。仿佛这里是它们的领地，被我占据了，它们一直在寻找机会夺回去。这是有原因的。

我刚回来，就在我的大门外看到两只塑料盆，旁边地上用粗黑的笔写了一行字："喵星人的碗，请勿移动。"我不只是移动了，还大动干戈把房子修整一新，"喵星人"显然不高兴。但是它们不走，用李师傅的话说，跟我"摽"上了。

起先我也心有愧疚，犹豫着，是不是在小河边重新安置它们的饭盆，给它们投点吃食之类。我避居乡下，原本就是想少些牵扯，得一个自在。我实在做不到每天惦记这么多猫。而且对喂养流浪猫的做法，也心存疑虑。就算了。

我白天跟猫们相处得还好，只是夜里有些闹心。

猫们常常在深夜发生残酷的战斗。撕咬着、嚎叫着，闹得天翻地覆。它们可能与外来的猫在争夺领地。这三只猫一直固守在我房屋的周围，以及门外小河沿岸的这一圈。

半夜总是被它们惊醒，让我心烦。我跑到院子里，对它们进行了恫吓。扔石子、跺脚、大声吼叫。没用，完全没猫理我。

天亮了，我昏昏沉沉地向做活的工人们抱怨，四处搜集一些称手的石块，好在半夜向猫们下狠手。饱读诗书的油漆匠对我说："猫嘛，罪不至死。你备几只空易拉罐，里面放两粒小石子。晚上扔出去,声音响,吓唬吓唬算了,不丧德。"

油漆匠的策略,的确是好。我终于可以随时打断发生在家门口的战争了。一到白天,三只肥猫又恢复了优雅从容,总是漫不经心地绕过墙角,从我的院子里横穿而过。我们彼此看一眼,各行其是,互不往来。

猫们喜欢待在小河边的乌桕树下。两条小河交汇在我的院门外,形成一个三汊的浅滩。里面有小鱼、小虾,从早到晚都有鸟儿在这里盘旋、追逐。鱼和小鸟,都引起了猫们的兴趣。

前些天,来了一位老人,在乌桕树下,放下一条长长的竹筒形状的网,一端系在河对岸的石榴树上,一端就系在乌桕树上。每隔几天他过来收一次网。抖半天,才抖落出一些小鱼。他丢几条给旁边转来转去"喵喵"叫的猫们,其余的都装在一只绿色的小桶里拎走。

我忍他很久了。这样浅浅的一条河,原本鱼就少得可怜,他还如此大肆捕捞。不用一年,这里就一条鱼也没有了。没有了鱼的河,叫什么河呢?

"大爷。"我喊他。

老人笑眯眯地回头看我:"你好啊。"

"这网,是捕鱼的吧。"

"哪有什么鱼。几天都网不到几条。"

"这么小的鱼,捉回去有什么用?"

"家里养了两只龟,给龟吃。"

我跟他闲聊了半天,终于说出来:"大爷,用网在这捕鱼不好吧。"

大爷没有说话,回过头,扬着下巴,冷冷地看了我一眼。

网还在那里,大爷偶尔过来收一收。每次他来的时候,几只猫都绕在他的脚旁边,"喵喵"地叫着。他有时会扔几条小鱼给它们,有时用脚去踢它们。猫是不会被踢到的。猫轻轻一闪就躲开了,在不远的地方死死地盯着他看。

整个冬天都有工人在修剪这里的树木。他们的修剪大胆而果断,只要是他们看不顺眼的,无论多粗壮的树丫,也是毫不留情地锯掉。几天前,终于修剪到小河边。等我从院子里往外走的时候,一个高大的工人,扛着电锯已经站在乌桕树的底下,举头向上望着。手里的电锯发出刺耳的轰鸣。

我的心悬起来。这是小河边上长得最好的一棵树。我每天都盯着它看。我来到这里之后,乌桕树上的叶子就慢慢落光了,树枝上结着细白的小圆果。在冬天,像开了一树的梅花。两条主枝上长出了无数条细枝,完美无缺地构成了这样一个古朴自然的树冠。无论剪掉哪一根树枝,哪怕是细细的一根,也会减损它的美,破坏这棵乌桕的平衡。我甚至认为这棵树,是整个河岸上美的核心。它被破坏了,周围大片土地上的和谐也就失掉了。这棵乌桕树的里面,大概住着一个精灵。

工人手里的电锯轰鸣着,他已经观望很久了,他突然举起了电锯。电锯落在绑在乌桕树干上的那根粗绳上。绳子断了，老人的渔网沉没下去。工人朝对岸喊着什么，他在对岸的同伴割断了另一根绳子，把渔网拖上去，扔进装树枝的工程车上。

"这是一棵好树。"工人从我面前走过时，我指指乌桕树说，"一点不用修。"

"我们不瞎修的。"工人回头看了乌桕一眼，神情颇为自得。

工人们的修剪工程结束不久，忽然飞来了一只白鹭，就停在乌桕树上。早上一起床，我就看到它站在树上，一动不动，一站就是一上午。只有下午的时候，它才活跃起来。它在树底下的浅水里走来走去，啄食着，玩耍着，突然飞起来，在天上飞一圈，又落在水里，继续寻寻觅觅。

看这只白鹭，是我每天最重要的事。有天早上，它不在树上，一上午都不在。我沿着小河到处找。我不是担心它飞走了，我担心猫会吃了它。

猫们每天都在乌桕树底下徘徊。我知道，它们捉鸟。捉来甚至不为了吃。我一次次听到鸟儿们发出恐惧的鸣叫，然后就看到猫在树丛中扑来扑去。每天都有不同的鸟儿，从河岸边上的小树林里发出沙哑而急促的警报。

一天之后，白鹭又回到乌桕树上。这些天，它每天都在。

疫情依旧在世界各处横行，国内与国外的航线时断时续。国与国之间依然紧张地相互提防着，甚至制造着壁垒。原本以为很快就会过去的非常状态，整整一年了，还在持续。我的心态也随之发生了变化。我希望隐居到一个僻静的地方。病毒带来的，不只是瘟疫，还有经济、政治、文化和精神上的灾难。当灾难来临的时候，要么沦落，要么逃离。

"结庐在人境，而无车马喧。"这是我住到乡下的愿景。可是住到乡下之后，我操心猫、鱼、树、鸟，心里满满当当都是事。今天是大寒，又是腊八，远处有人在敲鼓。这是腊鼓，肯定有热闹的歌舞。我又想去看看。

树上的白衬衫

大寒刚过,一连下了三天的雨,门外小河里的水,一下子涨上去许多,让人看了心里欢喜。早晨雨刚停,我就走到院门外的乌桕树下。在河口站一站,望一望,是我每天必做的事。小河在这里,往三个方向分岔开去,像倒着写的"T",又像一张刚搭上箭还没拉开的弓。

一只白鹭贴着水面,沿着小河一路往南飞去,随着小河消失在一幢幢房屋旁的林荫之中。在目光的尽头,又飞起一只。两只白鹭追逐着,一会儿从附近黄瓦的屋顶上冒出来,一会儿变成两个白点,一直飞出地平线。只有乌桕树上的这一只,一动不动,完全没有观望两个同伴的兴趣。它总是站在横过来的这根树丫上,像陷入了沉思。也许是这根树丫正合它的意,也许它已经习惯了这根树丫的粗细、弧度和高度。

黄猫无所事事地，站在乌桕树下近水的河坡上。我来了，它也只是回头看我一眼，又眺望着在它眼前铺开的有些浑浊的水面。经过一段时间的博弈，花猫、黑猫把这里留给了肥脸的黄猫。黑猫总是在附近的几幢房舍之间来回奔波，没一个固定的去处。花猫占据了邻居家的廊檐。

邻居家不住人已经很久了。几个月前我住来的时候，看到他家一片狼藉。院子里到处抛撒着衣服、床单、高跟鞋、碗盆、梳子之类，仿佛经过了一场浩劫。这些东西一直堆放在门口，显得丑陋又怪异。

居住在里面的，曾是一对年轻人，养着一只硕大的金毛犬。两个人白天不在，狗就关在家里的一只笼子里。笼子太小了，只够这只大狗蹲着。狗有时候会生气地撞笼子，嘴里发出呜咽的声音。我并不厌烦狗叫，"汪汪"几声，反而增添了这片空寂村落的热闹。可是狗哼哼叽叽的呜咽，让我受不了。它总是这样，像一个不幸的村妇在哀哀地哭。有时候这两个年轻人回家了，这狗还是这样哀哀地哭，很少听到它汪汪大吼。我几次走到他们楼下，又不知从何说起，在他们院门外站了站，又反身回来。这是几年前的事。

过了一年，我才和这两个年轻人第一次说话。那也是冬天，元旦前一天的晚上，他们两个人在院子里装彩灯。长长的电线上，结着一粒一粒小小的霓虹灯。小伙子把霓虹灯线缠在院子里一棵桂花树上。一圈又一圈，盘旋着上升。好好一棵树，被捆绑得严严实实。已经过了圣诞节，他们又把这棵树当圣诞树来装扮了。女孩从一个大纸箱里拿出一些小玩意儿，快活地往树上挂着。无非是扎着彩带的小礼盒、塑料铃铛、圣诞老人的小帽子和小手杖等等。闪闪发亮的桂花树，在这个荒凉的小村里，制造出一种荒诞的喜庆。

我从他们院子外面走过去，男孩朝我喊："新年好。"

"新年好。圣诞树真漂亮。"我言不由衷地说。我其实觉得这些一闪一闪的小灯泡很庸俗。

第二年的夏天，一连下了二十多天的雨，雨就像从天上往下倒一样。村里人虽然已经在河岸上垒了沙包，水还是不断地往外漫溢。

我正手忙脚乱地把一楼客厅里的东西往楼上搬，邻居小伙子和他的女朋友闯了进来。

"水过来了。"小伙子喊。

什么也来不及说，他们飞速地把沙发、桌椅抬到了二楼。这些大东西，我一个人是完全无能为力的。水很快涌了进来。

"喝杯茶吧。"我打开柜子想找些零食水果。

"不了。"小伙子说。

我们呆呆地看着水往客厅里涌。再没有人说话。

水慢慢停下来。小伙子弯腰脱下鞋袜，卷起裤腿。女孩迟疑了一下，也照样做了。他们朝我摆摆手，脸上显出朝气蓬勃的快活的笑，蹚进楼下客厅的水中。

直到洪水完全退了之后，我才再来看过一次。隔壁的邻居不在家，只有大狗在二楼阳台上的笼子里呜呜咽咽。

这对年轻人赤脚蹬过我家客厅的样子，是我最后一次见到他们。

邻居的房屋已经如我的一样破旧不堪，的确也需要好好打理一番。四个多月了，没有人来，房子一直荒着，院子里杂草丛生，那些抛撒一地的衣物，也无人收拾。

"住这里的两个大学生，毕业了，找不到工作。"给我修整房屋的李师傅说，"人跑掉了。欠了房东一大笔租金。房东气不过，从楼上把他们的东西全扔了。"

我的房屋修整好了之后，我请李师傅帮忙把邻居家门口也收拾干净。李师傅收拾的时候，我一段一段地把缠在桂花树上的霓虹灯线扯下来。灯早就不亮了，仍然把树缠得死死的。我一直在想，在这闹心的一年里，这对大学生身上发生了什么？即便是一时找不到工作，怎么会走得如此仓皇？如果连这里都住不下去了，他们还能住到哪里？从抛在院子里的那些物件来看，他们几乎什么都没带走。

在我的阳台上，能清楚看到邻居的家。再也没有人来。只有那只花猫整天在门口躺着。他们二楼有扇门没有关好。风大的时候，就发出哐当哐当的声音，像有人频繁地进进出出。在这扇没关好的门外，长着一棵高大的栾树。栾树秋天长着一树金色的碎花，然后会长出一长串小灯笼一样的果子。金色的小花早已经落尽，红色的小灯笼也只剩下最后几盏在树梢摇晃着。一件白色的衬衫，一直挂在这棵栾树上。人够不着，风也吹不走。不知道是男孩的，还是女孩的。

石匠的花园

一连几天的风雨,把门外乌桕树上的白子吹落了一地。抬头一望,留在树枝上的小果子已经不多了,一树的鸟儿也不见了踪影。

入冬之后,乌桕的红叶落尽,露出满枝头细圆的蜡果,像开了一树白色的碎花。整天都有鸟儿在上面啄食、嬉闹,扯着各种调门儿唱歌。偶尔访问的鸟儿很多,有乌鸫、灰椋鸟、喜鹊、白头翁、绣眼等等,常住客是一群小山雀和不久前刚来的一只白鹭。小山雀最调皮,总是选最柔软的枝条,玩"倒挂金钟"。它们随着细枝的摇荡,仰起头,一下一下地啄食着小果粒。这棵乌桕树,是几十只鸟儿整个冬天的粮仓。大寒那天,树上还剩下一半的果子。我本以为，鸟儿们吃到春天，是完全足够了。谁知道，才四五天，果子竟然落尽了。树上一只鸟儿也没有，连那只一动不动的白鹭也飞走了。冬日将尽，我才真正感受到天地的萧瑟。无边的寒冷中，有着一种空洞的寂寞。

没有了果子，没有了鸟儿，却不知道从哪里飞来一只马蜂，从我耳边嗡嗡飞过去，围着乌桕树转了一个圈。马蜂不是冬眠了么？现在能有什么花呢。我沿着小河走过几圈，只有几株蜡梅开着花，茶花才含着花骨朵儿，枇杷树的花已经谢了。天阴阴的，温度又是这样地低，马蜂出来做什么呢？

马蜂飞了没多远，从一扇开着的窗户，飞进了一幢红砖的房子里。这曾是村中最美的一幢房屋。现在荒着。

房子红砖红瓦，从墙壁到屋顶，都爬满了爬山虎。门前院子里栽着蔷薇、风车茉莉和荼蘼，都是喜欢攀爬的花。他家的院子是用木头和竹篱笆围成的，经过多年的生长，整个篱笆墙也成了花墙。特别是春天，老人小孩走到这里都会停下脚，半天不肯走。到处都是蝴蝶和蜜蜂。

矮矮的院门是木栅栏的，虽然关着，也只是一个象征。什么都挡不住。院子里随意堆放着一些石头。大大小小，各种石料都有。有些裁剪过，有些雕刻过，不过都没有成型。只有一只雄鹿是一件已经完工的雕塑，可惜断了一根鹿角。这些石器和石材，其实是堆放在花丛中间。院子里到处长着花。有芍药、杜鹃、牡丹，有不同品种的兰花和菊花。还有许多我叫不出名的花草，长得都蓬蓬勃勃。花和石头杂处在一起，不违和，甚至还有一种质朴自然的美。

　　院子的主人戴着一副方框眼镜，目光很柔和。脸圆圆的，一头乱发。看上去三十多岁。上身的工作服满是灰尘和污渍，牛仔裤因为穿的时间长了，变得蓝白相间。脚上的一双旅游鞋大概从来没有擦洗过，已经辨不出颜色。

　　我问他院子里是些什么石头。他用手指给我看："这是汉白玉，你认得。这红、白、绿的都是花岗石。这是砂石。黑乎乎的是火山岩。这是青石。"

　　"你是雕塑家？"

　　"什么雕塑家，石匠。人家要什么，我就雕个什么给他。"

　　"他们都要些什么呢？"

　　"什么都有，牛啊，马啊，希腊女人啊。有时候，也有你说的雕塑家用泥捏个样子，让我用石头雕出来，也做。"

　　我从他家门前经过的时候，偶尔会进到院子里，和石匠说几句闲话。主要是看他的花。石匠边做活，边和我说话。他本是个温和甚至腼腆的人，可是说到高兴处，他会突然放声大笑。仰着头，一直笑。在他笑声的感染下，我也禁不住会笑起来。两个人站在满院参差不齐，甚至杂乱无章的花丛中，显得快活而幸福。

　　石匠不知道从哪里弄来一丛细竹，栽在院子的一个角落里。他得意地跟我说："这竹子好，不蹿。长上三五年，也就这么一圈。"他张开双臂，抱了一个圆。石匠在竹子的前面，放了一块没有雕凿过的大石头。我夸他的审美好，他又快活地仰面大笑。

两个多月前的一天，大概上午十点多，我看到他家门口停了两辆搬家公司的大卡车。石匠要搬走了。一组工人从家里搬着桌椅床柜，还有一些打包好的纸箱。另一组工人把院子里的石头搬往另一辆车。石匠站在路边上，沉默地看着。

"搬家啊。"我跟他打招呼。

"哎。"石匠回头看我一眼，神情有些黯然。

石匠把这些石器石材，贱价转给了一个同行，回城里去打工。他原本住到村子里来，是图这里有个院子，可以养些花花草草。做石器，本就挣不了多少钱，够生活就行。可是这样简单的生活也撑不住了。石匠说，已经半年坐吃山空了，退了房子，另谋出路吧。

"其他都还好，就是舍不得这些花花草草。"石匠叹了口气。

该带走的都已经装上了车。石匠又从车上拿下一把大水壶，放在院门里面显眼的地方，然后用绳子小心扣上矮木门。

石匠说走就走了。房子的主人没有来与他交接，一直没出现。每次从石匠的花园门外走过，我总还是要停下来看一看。可是因为他不在，院子的门又系着，不好进去，就在外面看一看。

院子里的花儿原先开得很盛，渐渐就谢了。好像知道主人离开，也没了开放的心思。不过都还活着，只是枝叶乱长。

即便是这样，这空着的房子，还是村里最好看的。

元旦过后，突然来了一个六十多岁的老人，带着砍刀、铁锹、梯子、长竹竿、绳索等等工具进了那个院子。冬季的爬山虎，叶子早已落尽，裸露在外面的，只有它老而坚韧的藤蔓。老人把墙脚下的粗藤一根根砍断。又用长竹竿上的钩子把墙上的细藤扯下来。这是一个不小的工程。老人花了三天时间才把所有的爬山虎清理干净。接下来的两天，他又把院子四周的篱笆墙砍倒。蔷薇、风车茉莉、荼蘼织成的花墙也完了。房屋像一个瘦骨嶙峋的老人，赤裸裸地站在阳光耀眼的冬天。

院子里杂草丛生，与各种原本漂亮的花纠缠在一起。才几个月时间，这里就成了一个荒园。老人显然是个庄稼人，对花没有太多的兴趣。他认认真真地对院子进行了一次清理，花和杂草都被连根铲除了。现在，老人的面前一片空旷。

从马路到这幢房屋，现在已经一览无余。中午时分，阳光正好。老人吃过了自己带来的饭菜，从保温杯里倒了一杯热茶，一口喝下去。他拆了一只大纸箱，铺在院子里的空地上，仰面躺在上面，屈起一只胳膊枕住头，跷着二郎腿。脚尖鸡啄米一般，一点一点地晃荡着。我听不见，不过我大概能想到，他嘴里一定轻哼着一支小曲，脚尖在打着节拍。在这片刻的闲暇里，他享受着一种坦然的幸福。

没人知道石匠去了哪里。他大概也不会知道，他放心不下的花园已经不在了。

那个清理花园的老人偶尔还会过来。每次看到他，我都特意走过去跟他搭话。老人并不认识石匠，只是房东请他来照看这个房子。

石匠的房子一直空着。在顶楼的屋檐下，长着一只巨大的马蜂窝。应该是石匠离开后长出来的。上次老人清理院子时，没敢动，一直在那里挂着。村里总有人激烈地要求把这只马蜂窝摘了。这座空房子离所有人的房屋都有很长的距离，是一只安全的马蜂窝。可是对于一些人来说，无论怎样细小、潜在的威胁，都不能容忍，都要铲除。

前天中午，我正在用桐油刷院子的木栅栏，远远看到一个人朝我走过来，一脸温和的笑，手里捧着一盆蜡梅。是石匠。

石匠是来看他原先的院子的。院子里什么都没有，光秃秃的。他说在花市场看到一盆老根的梅花，很喜欢，想到院子里有个角落正可以栽，就买了过来。没想到房子一直没人住，荒掉了。院子成了这个样子，梅花自然没办法栽了。想到我曾极力夸赞他的花，他抱过来送给我。

石匠帮我在我的院子里找了一个合适的地方，把梅花栽下去。我请他坐一坐，喝一杯茶。他说在城里做水电安装。问到家里的人和事，他说："我没个家。"他温和地笑着。

这棵梅花栽在我大门外的右侧，每次出门都要从它的旁边经过。树矮矮的，嫁接过了。树枝的形态很好，所有的枝头都努力往上生长。大概不用几年，就能长得和我一样高了。小小的梅树现在已经满枝花苞，每天都有几朵绽开来。每天一开门，就能闻到它的清香。

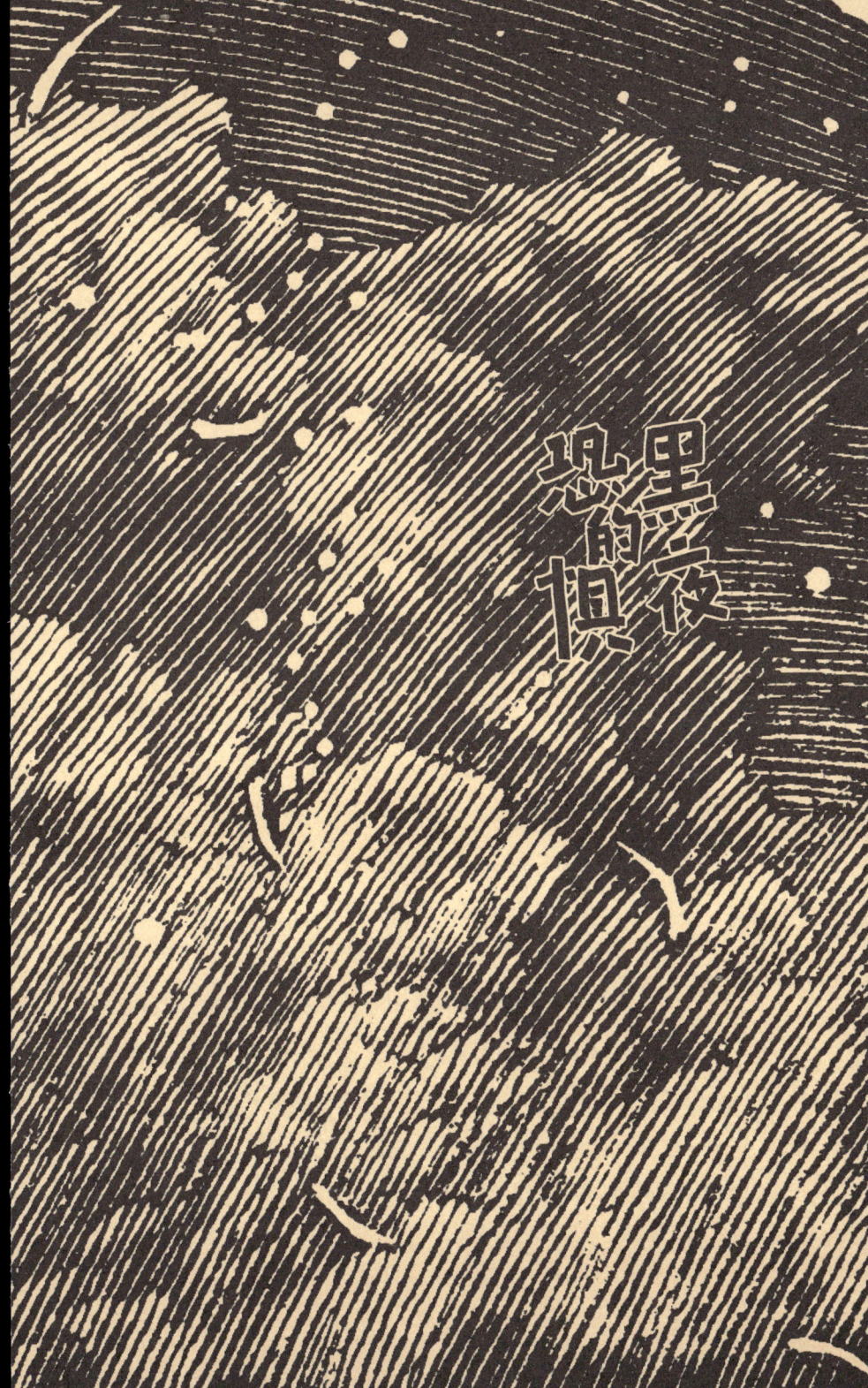

黑夜的恐惧

我的房子在维修的时候,李师傅为了赶时间,有一阵子,晚上也在干活。屋里屋外,灯火通明。院子里也拉上了电灯,到处明晃晃的。一位七十多岁的老人,一直在院外的小路上来回走动。我跟她打招呼。她说晚上空气好,出来散散心。

老人是我的邻居。不过离我这里有一段距离。沿着河一直往东,过了老枫杨树,再往前两百米,有一座小石桥。不过桥,在桥头有一户人家,就是老太太的家。

太阳好的时候,老太太会出来跳扇子舞。她的舞姿有点怪,既像打太极,又像民族舞,还有点跳大神的味道。不过她显然受过正式训练,一招一式,干净利索。特别是地上小音箱里乐声转调的那一瞬,她手一抖,扇子"啪"的一声打开,显得相当果决。

她总是到小河对岸的一块平地上跳,那里地面宽敞,无遮无挡。因为地方太大了,她一个人在那里跳,音乐再响,还是显得冷清。村子里只有她一个人跳舞。也只有她跳舞时才这么热闹,平时都是静悄悄的。住在这里的人本就不多,平时他们又总是在外面忙,老太太找不到伴。

老人放的是一首抒情的老歌,很有力,她年纪这么大,竟然都跟得上节奏。舞跳完了,老人走了,这曲调还在我脑子里循环往复。有天晚上,她又在我家院子前面来回散步,我想问问她白天跳的什么舞,李师傅跟我说:"不要睬她。"

往村子的东南走,出村不多远,有一条可以并排行走两辆车的路。路的一边,一到黄昏时分,就有村里人拎了菜在这里卖。青菜、萝卜、大蒜、黄瓜,等等,都是自家种的,很新鲜。路的另一边是一排平房,开着各样的店。有烧饼油条店、理发店、熟食店、馄饨店、小卖部等等。李师傅也在那里开了一间五金杂货店。门口竖了一块牌子:"承接房屋维修及各种安装"。所有店都开得很晚。邻居老太太先是逛菜摊。天黑了,菜摊收了,她就一家店一家店看过来。店里要是没客人,她就站住脚跟店主扯几句闲话。有人理她,有人不理她。

夜慢慢深了,店铺一家家关门关灯。关一家,她就去另一家。最后一家关门的总是挂面店。这也是我常去的店。我喜欢他家的水面,有韧性。店里是一对重庆夫妇,带着一个两三岁的胖嘟嘟的小女孩。有天我回家晚了,经过这里时,已经是晚上十一点,看到里面的灯还亮着,于是拐进去买几斤面。一进门，就看到邻居老太太还在他家柜台前坐着，笑眯眯地看小女孩在屋里玩。男人在用机器加工挂面。女人一把一把接过去，挂到屋顶的横梁上晾。他们彼此都不怎么说话。只有小女孩一会儿喊一声妈妈。

　　李师傅说，老太晚上不睡觉。有一次我从城里回来晚了，想起李师傅的话，特意绕到她家附近看了看。老太太家果然灯火通明，大概所有的灯都开着。从外面能看到客厅里挂着一盏巨大的水晶灯，光芒耀眼。不只是灯亮着，电视也开着，或者是收音机。听起来很热闹。看不到老人在哪里。

　　老太太晨昏颠倒，没有精力打理她的院子。这个院子以前被用心照料，现在却完全荒了。院子的围栏是不锈钢的。每一根钢条都像明晃晃的长矛，直刺着天空。围栏边长着一棵无刺蔷薇。因为没有修剪，蔷薇披头散发。照理扎在围栏上才好，没有。所有的枝条都耷拉着，往四面乱长。院子里有一棵柿子树，一棵山桃树，一棵石榴树。都是果树，冬天落了叶子，光秃秃的。去年结的石榴，有几只还挂在树枝上，像被鸟儿抛弃了的干瘪的小巢。石榴树底下放了一块石头，上面刻着"泰山石敢当"。石头已经被杂草盖了一半。老太曾经请李师傅在院子里盖一个八角小亭子，图样画好了，红彤彤很喜庆。价格也和李师傅谈好了，后来又不了了之。李师傅就不喜欢她。

　　老太太家门前的小河又窄又浅，即便是不会游泳的人，跳下去，扑腾扑腾，也能爬到对岸。可就是这样一条不起眼的小河，竟然淹死了一个人。

那个冬天我恰好住在这里。我是第二天早上才听到这个消息的。等我跑过去，只有几个闲人站在桥上议论纷纷。人早就被捞走了。大家七嘴八舌。说一个走亲戚还是访朋友的人，喝多了，半夜回去的时候，不小心滑到了河里。白天看起来，这里完全没有滑下去的可能。除非硬要往水里走。那天很冷，有点像一个月前的寒潮天气，水里结着薄冰。人到水里，很快就冻僵了。不知道有没有呼救。村子里空空旷旷，喊大概也不会有人听到。第二天，人们才发现他死了。就死在这桥底下。

醉汉死的地方正在老太太家的门前。事情很快也就过去了，再没有人谈论这件事。可是老太太记得。逢年过节，都要在河边上烧纸钱。也就是从有人淹死这天起，老太太夜里再也不肯睡觉。

"老太跟这个淹死的人有什么关系吧？"我问李师傅。

"有什么关系？屁关系没有。"

"她又是烧纸钱，又是夜里不睡觉，是不是听到人呼救，还是怎的？"

"没有。"李师傅说，"她就是害怕。她跟我说这事时，嘴里还在骂：不知道哪来的短命鬼。哪里不能死，死这里，多糟心。叫人怎么住？"

"她这样害怕，搬走算了。"我说。

"搬哪里去？房子卖不掉，她一个老太，也没钱另外买房子。"

"也是。"我点点头。

"请人作法画符,挂神像,请菩萨,打拳练气功,她都搞过。还是晚上不敢睡。"李师傅摇摇头。

"新冠"疫情越来越紧张。民工回乡也要核酸检测,从中高风险地方回来的人,都要隔离十四天。村里住了许多外地人,有些人早早就走了。一些人打算就在这里过年。总之这个年,大概是热闹不起来了。村里最害怕病毒的就是我这位邻居老太太。她每次出门,都戴着帽子、口罩、橡胶手套,把自己包裹得严严实实。她离人远远的,也不找人聊天了。不过只要哪家的灯亮着,她就在附近转着。她害怕人,又喜欢人。她害怕人群,又最喜欢热闹。无论白天黑夜,她都是村子里最张皇的人。

她害怕无声的黑暗。她觉得黑漆漆的夜里会生出可怕的鬼怪。无声的寂静象征着死亡。她希望即便是黑夜里,每个人也都大声地说话,热热闹闹。可是这里是偏僻的小村,在黑暗中谁也不说话。没有谈笑,没有哭闹,甚至灯光也很少。越来越多的人正离开这里,把恐怖扔给她一个人。她越害怕孤独,就越是孤独。越害怕黑夜,黑夜就越是来得早,来得快,而且特别地漫长。

老人不再找人扯闲话,她已经知道别人厌烦她。她随身背着一只小布包,里面放着馒头,然后耐心地把馒头捏成碎屑喂鸟。整个下午,她都坐在河边的那个小亭子里,朝坡下的草地上扔馒头的碎屑。一连几个小时,安安静静,慢慢等鸟儿过来啄食。

她的嘴动着,只有在很靠近她时,才听到她在说:"野鸽子，野鸽子。"

她每天下午都来。我只要走到阳台上，就能看到她。我就隔着河，默默地看她，也看一阵一阵地欢鸣着的鸟儿。有时一个小时，有时两个小时。

有几个朋友约在一起来看我。谈起这个不肯睡觉的老人，大家都很感慨，却不奇怪。

"我们家老人也不敢一个人住。我们万一晚上有事出去，她就在客厅里坐着，到十二点也不睡，一直要等我们回来。"这个朋友的母亲已经八十岁，"不知道她怕什么。问她，也说不出来。就是怕。"

"我有个阿姨，总觉得有人要害她。有陌生客人上门之后，她会三番五次检查家里的水壶、餐具、茶杯什么的，生怕有人给她下毒。她一个人住倒不害怕，就是怕陌生人。只要是陌生人，她就认为一定有颗害人的心。她从来不给陌生人开门。"

"他们还有自己的防护手段。"另一个朋友笑着说，"我一个朋友的父亲，只要人在家里，就用桌椅把门从里面顶着。客厅里、房门口、过道上，都摆上盆盆罐罐。说是有人走过，会'叮叮咚咚'报警。家里每天晚上都布个地雷阵，让人哭笑不得。"

"应该是他们那个时代留下的印记。"离炉火最远的朋友说，"时代必定会在我们身上留下印记，谁也摆脱不了。"

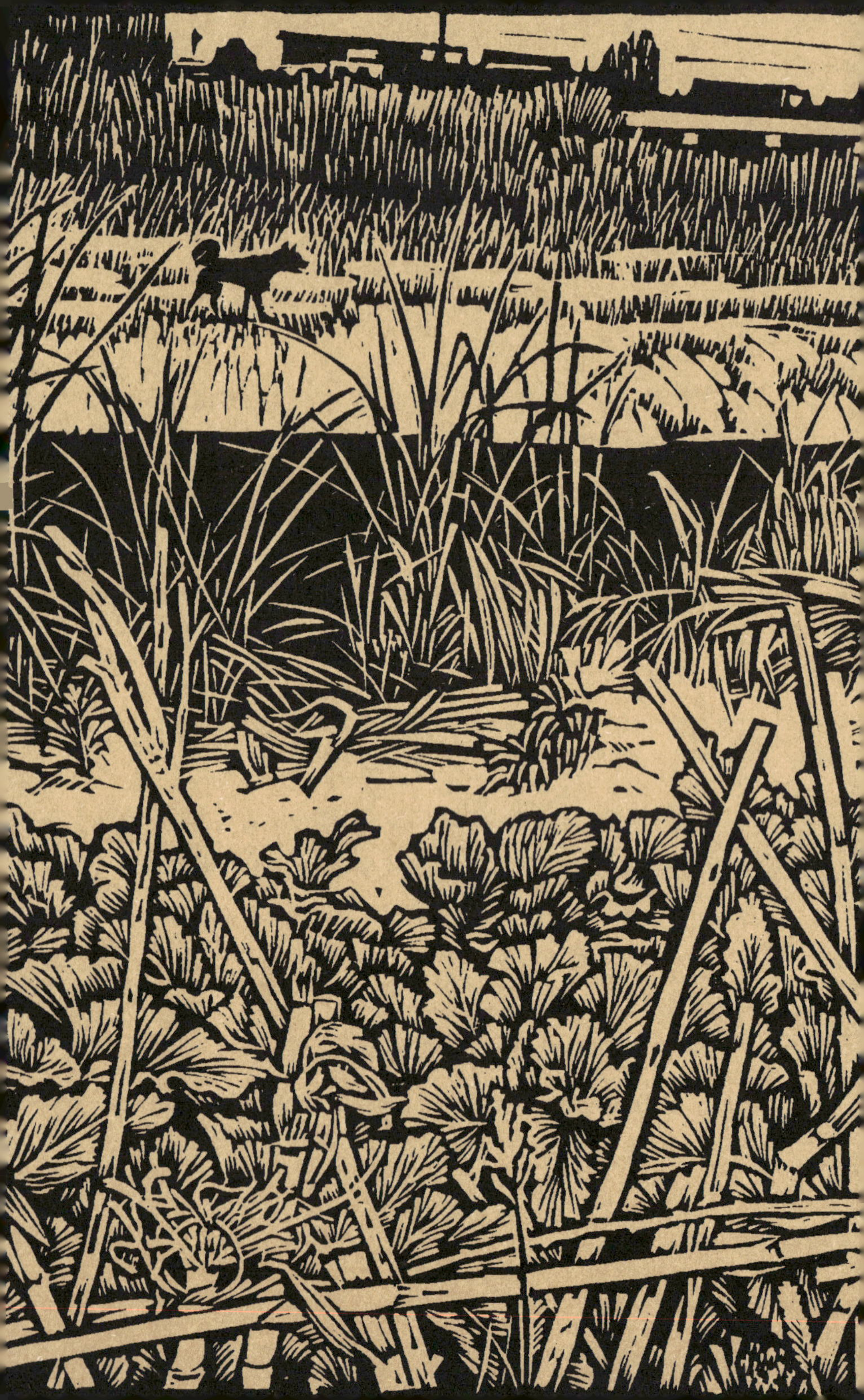

是死狗它的

一只狗的死亡

每天早上我都被斑鸠叫醒。它们要么在我屋后的栾树上,要么在房屋西边的广玉兰上,有时候也在屋子前面的乌桕上。"咕——咕咕"。或许是童年听惯了,听到这声音,就会忘了自己已经长大,心里小鹿一般,跳动着一种幼稚的快活。

栾树长得十分高大,斑鸠喜欢选高处的树枝站着,胸部一鼓一鼓的,发出嘹亮的鸣叫。整个冬天,栾树上都挂着一串串红灯笼一样的果子。每个小灯笼里都有一粒圆圆的小黑果。鸟儿们不慌不忙地啄食着。灯笼每天都在往下落,仿佛随着天气的寒冷,在一盏盏熄灭。到了大寒时节,树上的灯笼已经所剩无几,即便还挂着几只,里面的小黑果也掉了,空荡荡的,在光秃秃的枝头上飘着。这样的树,再也引不起鸟儿们的兴趣了。

从栾树顺着西墙往南，是两棵广玉兰。整个冬天，广玉兰树上都是很浓密的叶子。其实它的叶子不停地在落。落下的是老叶子，颜色憔悴而深沉。叶子落得很慢，不过几天下来，地上也铺了密密一层。就在老叶子日渐变得粗糙枯卷之时，它的叶柄旁，开始一粒一粒地冒出花苞，同时树枝也在不断地往前生长。新的嫩枝上，又长出新的叶子。新叶是浅绿的，每一片都柔嫩可爱，闻一闻，已经有春的气息。就在这绿得深浅不一的新叶与老叶之间，悬挂着一串一串的果荚。果荚是黑的，坚硬的，像某种昆虫的巢。巢里面的小圆果是柔软的，轻轻一掐就破开来，里面满满都是汁水。栾树和广玉兰的果子，都是鸟儿们喜欢的。可是到了大寒之后，这些秋天结出的果子，慢慢都落尽了。甚至门前那棵乌桕树上的白蜡果，也被风雨吹打得干干净净。鸟儿很少再来这些好树上欢聚了。特别是斑鸠，它们的鸣叫声越来越远。站在阳台上，已经完全看不到它们的身影。

从家里出来，四处走一走，我希望能找到一些仍然挂着果子的树。一棵也没有。土地还冻着，河水也是冰冷的。在春天真正到来之前，鸟儿们大概要饿一阵子了。那么多快活的斑鸠怎么办呢？我东张西望，村子里变得比平日更加安静。

再过几天就要过年了，回乡的已经早早回去，回城的也在陆续离开。住在这里的大都是外地来的候鸟。有打工的，有做小生意的，也有手工艺人。原先的村民几乎都走了，换了地方去落脚。二三十年来，人们开始随意迁来迁去，已经不在意故乡在哪里。像乱了季节的鸟群，留鸟变成候鸟，候鸟又变成他乡的留鸟。人一走，村子的历史也就消散了。我几番寻访，才打听出这里原先是做竹扒的一个村。家家户户都做。一到赶集，成捆地扛到镇上去卖。竹扒形似猪八戒的九齿钉耙，只不过是竹子做的。乡间收拢树叶、杂草和散落在田地里的麦秸和稻草时，都要用它。村里种了很多竹子，粗的细的都有。现在只剩下西北角很小的一片青竹园。早已没人做竹扒了。

狗房子就在竹园边上。房子的主人是一个神情冷漠的中年妇女，家里养了几条狗，每次从她家旁边走过，都闻到一股不好的气味。大概因为这个，村里人就称她家叫"狗房子"。她的院子里总是空空荡荡。放在屋门口的一个铁笼子的狗窝，里面关着一条黑色的大狗。大狗总是拖着长长的调子哀号着。它一叫，里面的狗就静下来。它一停，里面又开始了疯狂的吠叫。不知道里面还关着几条狗。女人很少出来遛狗。不知道是因为忙，还是有什么特殊原因。在狗的叫声中，常常听到她的叫骂。像骂一群恶棍，言语粗暴而高亢，透着巨大的愤怒。她的声音十分可怕，尖厉，像瓷器在刮擦。她这种极具穿透力的声音，是最好的绳鞭，所有的狗在这声音的牵扯和鞭打下，声音会慢慢低下去。

我和她相遇过几次，彼此没有说过一句话。她不看我。我看到她面无表情的样子，也赶紧把目光避开。每次见到她，她都是穿着一套毛茸茸的粉红棉睡衣。睡衣是连体的，还带一个帽兜。有风的时候她会系上帽兜。远远看上去，像一只从山岭里走出来的古怪动物。她的身上总是有着一种奇怪的气味。

我是听油漆匠说她家的大黑狗被人毒死的。

"那个女人发疯了。"油漆匠说，"物伤其类。"

油漆匠说话喜欢用成语。他喜欢猫，不喜欢狗，更不喜欢养狗的这个女人："有人把毒药包在香肠里，扔到关狗的铁笼子里。狗死了，她在那里又哭又喊呢。如丧考妣。"

"漆匠，嘴上要留德。"李师傅呵斥他。漆匠一笑，闭上了嘴不说。

太阳落山前，我特意从她家屋旁绕了一圈，屋里散着一种可怕的气味。看不到人，也听不到狗叫，静悄悄的。院子外面的一棵香樟树上，挂着一张巨大的硬纸板，上面用粗黑的笔写着："毒死狗的人，不得好死。"字旁边画着一个神秘怪异的图案。

第二天，我问油漆匠那个图案什么意思。

"请人画的符，咒人死呢。"油漆匠说，"一个是人命，一个是狗命，不好画等号。"

村里人相信，可怕的咒语一定会带来祸害。他们并不十分在意一条狗的死亡，对于咒人的那套巫术，却总是充满恐慌与厌恶。

因为我家的房屋一直在修修补补，活儿零碎，有时候不同工种的匠人会聚在一起。李师傅、水电工和木匠去看了那个古怪的符，回来一直在议论，担心着那个可怕的符，不知道会应在谁的身上。他们无比厌弃这个女人。他们对那条被毒死的狗少有同情，是有原因的。

那条大黑狗，从早到晚在嚎叫。那甚至不是狗的声音，而是一种拖长了调子的伤心欲绝的人的哀号，让人想到这畜牲是从地狱里跑出来的。这种可怕的声音有着一种强大的攻击性，让人烦躁甚至愤怒。狗用那种反复单调的长嚎，统治了整个村子。所有其他的声音都被抑制了。甚至这只狗不叫的时候，人的耳朵里、心里，也响着这刺耳的绝望的嚎叫。村子在这个声音的笼罩下，变得悲凉，变得更加死气沉沉。哀号成了这个村子的基调。不论是白天还是黑夜，这黑狗随时会发出嚎叫。嚎叫直往人心里钻，让人心灰意冷，让整个村子陷入更绝望的沉默。

有人突然把它毒死了。小村先是出现了奇怪的安静，然后终于可以听到了虫鸣鸟叫，小动物的跑动，还有路人的咳嗽。大黑狗死了，小村一下子变得松弛柔和了。

过了一天，养狗的女人竟然出来遛狗了。大概是有人告诉她，狗的嚎叫，是因为它们痛苦、难受，别人一定是受不了它的叫声，才毒死它的。要是把它们牵出来跑一阵子，放放风，就好了。对狗对人都好。

女人牵出来的是三条狗。她每天出来遛狗都是匆匆忙忙，一边走，嘴里一边骂骂咧咧，她是在骂人，骂那个不知名的凶手。她恨所有的人。那个催命的硬纸板一直挂在她家门口的树上。画在上面的那个符，像一只邪恶的眼睛，盯着每一个路过的人。

小村慢慢在恢复宁静。河坡上长出了许多小草，尖尖的，细细的，嫩嫩的。一大群灰斑鸠飞了过来。每天来这里喂鸟的老太太，也从来没有吸引来这么多的灰斑鸠。它们跳跃着，低飞着，轻快地欢鸣着，兴奋地啄食着这些刚刚长出来的嫩芽儿。果子没有了，大地立即就让小草接上。灰斑鸠们为嫩嫩的草芽儿而来。

女人又领了她的狗出来散步。狗在小路旁边的荒地里嗅着，搜索着，不知道在找什么。女人走到了桥头，她也看到了河坡上的这群斑鸠。它们太多了，太闹腾了。女人突然松开了拴狗的绳子。狗朝着那群斑鸠猛扑过去。狗逮不住鸟儿，可是喜欢惊吓它们。女人站在桥上，看着鸟儿们惊惶地飞走。狗仍然在兴奋地狂奔，对着飞过河岸的鸟儿吠叫。女人的脸上露出一种神秘的微笑。

女人总是让狗去追逐鸟儿。女人怀疑是这个每天喂鸟的，害怕黑夜的老太太毒死了她的狗。她没有任何证据。她跟她打工的老板，那个开农家乐的"诗人"说："就是那个老太干的。除了她，谁会半夜三更毒一条狗啊。有好几次，她向我抱怨我们家的大黑。肯定是她。"

"你不要惹事。"老板呵斥她。

她并不敢去责问老太，她怕被这个老太黏上。老太的眼神充满着阴郁和悲伤，像深渊，让人害怕。她于是让她的狗去惊吓老太喜欢的鸟。

连续几天的雨，让小河绵长的两岸，全部铺上了嫩绿的草芽儿。老太还是每天来这里喂鸟，喂这些成群结队的、她喊作"野鸽子"的斑鸠。黄昏时她才回去。她走了之后不久，那个女人就牵着她的狗跨过小桥，走过来。她大声辱骂着她的狗们，怂恿着它们去扑永远扑不到的鸟儿。她在她的"狗房子"里点燃了艾条。从她家旁边走过时，艾草的味道盖住了先前那种刺鼻的异味。画着符咒的纸板不知道是被风雨吹打掉了，还是被人扯掉了，已经不见了。即便这样，人们还是不愿从她家门前走过。

后来……

我是在半年之后，才偶然听到这条死去的狗的过往的。

它是一条住在高校里的狗。不知道被谁遗弃了，跑到了校园里。一位年轻教师收养了它，养在教学楼的顶层。学校里是不允许养狗的。这条狗就在老师和学生们的眼皮底下，悄悄地生活着。狗的脾气很好。学生们在上课的时候，它就趴在楼顶平层上，头从栏杆里伸出来，带着憨厚温和的表情，静静地看满满都是人的教室。学生们偶尔也回过头来，从窗户里面看它。人和狗之间仿佛有一种温存的默契。所有人都心照不宣地照顾着它。给它吃的，带它到校园的僻静处去玩耍。其实，也不能说是那位年轻教师一个人收养的。很多老师和学生都在照顾着它。它成了校园里一个秘密的小伙伴。

有一天，青年教师被调动走了。据说因为他在多年之前，在网络上，与人有过争执和对骂。那人发现他现在做了教师，教师更应该是道德楷模，当然不应当有这样的行为举止。于是向学校举报了他。

教师的离开，同时影响了这条狗。学校里又有人因为他的离开，顺水推舟，举报了这条狗。于是人们只好把狗送出去。

不知道经过怎样的辗转，狗被寄放到小村的这个女人的家里。

也不知道狗经受了什么，好脾气没有了，常常发出可怕的长嚎。

然后，竟被人毒死了。是因为它的嚎哭呢，还是被养它的那个女人牵连了？不知道。

我们从来不知道，哪一个细小的环，会给遥远的，另外一些环，带来怎样的命运。万事万物，都在长长的一根链条上。

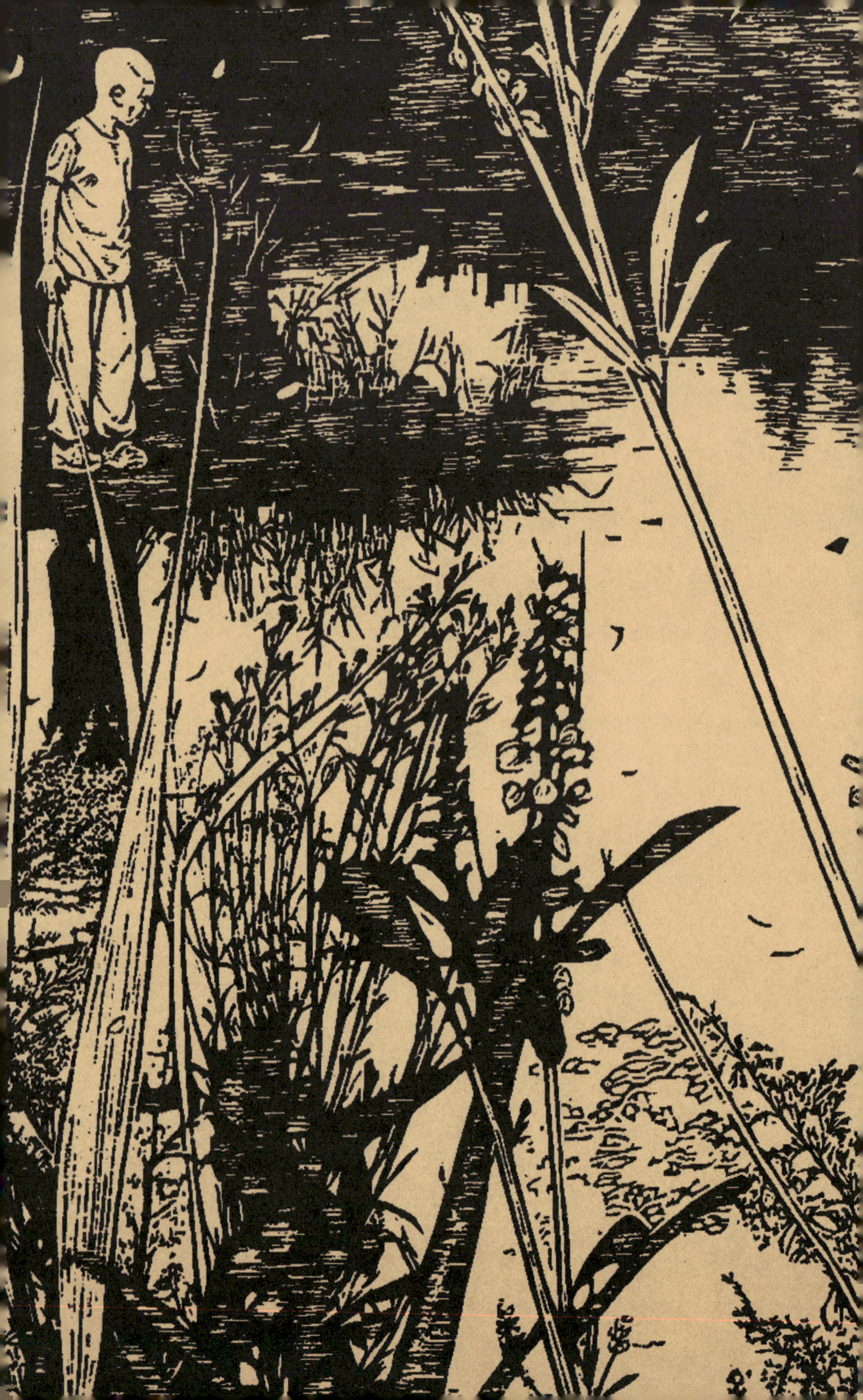

立春河里只鸭

立春河里一只鸭

自从我搬到郊外居住后,父亲一次也没有来过。之前我住在城里的时候,他是经常来的。他说,你那个地方,不就和我们乡下一样吗?

父亲觉得我住到这里没什么意思。他弄不懂我怎么回事。怎么过着过着,又转回去了,从城里,跑回了乡下。

"鸟倦飞而知还。"我说。

"好好,你跟鸟儿过去。"父亲说。

果真如父亲所说,这里陪伴我最多的就是鸟儿。前天陪我的是一只白鹭,昨天是一对喜鹊,今天是一只麻鸭。

白鹭一直漫步在门前的小河边。它一会儿朝远处张望着,一会儿低头把嘴啄进浅水里。水里并没有鱼虾。它的长喙是一种神奇的探测器，在插进水中泥沙的一瞬间，能感受到水的压力。如果这种压力有所异样，说明附近有贝壳之类的挡住了水流。那便是它要寻找的食物。我站在阳台上，看着这只坚韧的白鹭用它的长嘴不停地测来测去。它在这里寻觅了整整一下午，傍晚时分才飞走。我没见到它找到什么吃食。到现在，已经两天不见它的影子。经过一整个冬天，小河已经贫瘠之至。这种地方，这样的生活，大概完全让它失望了。

小河对岸长着一棵青杨树。四周都是矮小的灌木丛，青杨就显得特别高大挺拔。虽然光秃秃的，它还是张扬出一种孤傲的气概。因为这种木秀于林的姿态吧，青杨成了鸟儿们的驿站。每天都有各种各样的小鸟在上面跳跃、盘旋和栖息着。昨天上午十点多钟，忽然飞来了两只喜鹊，选了青杨上最好的一根树枝站着，"喳喳喳"地叫起来。它们的声音很大，一下子引起了我的注意。

雄鸟一直叫着，声音像电影里弓弩发射时的拟声，一声连一声，极具穿透力。雌鸟紧挨着它，不时地给它清理羽毛。显然，雌鸟正满怀着仰慕之情，在爱抚并鼓励着它的伴侣。这对喜鹊正在隆重宣布,以青杨为中心的这片地带，已经被它们占领。

天气很不好，阴沉沉的，除了喜鹊的鸣叫，大地一片寂静。不知道什么时候，一直蹲在邻居家门口的花猫，拖着肥胖的身躯跑到了小河对岸。它完全没在意头顶喜鹊的喊叫，从容不迫地从青杨树下走了过去。我和这只猫相处已经几个月了，关系一直没有缓和。我不喜欢它。它当然也清楚这一点，所以从来都离我远远的。不像那只黄猫，有时候会亲近地从我的腿脚之间穿过去。不喜欢这只花猫，是因为它的脸上长着一条黑杠，目光粗野，看上去有点凶残。我疑心死在苏铁下面的那只小鸟，就是它捕杀的。它杀死鸟儿并不是要吃它们，大概是讨厌看到鸟儿能自由地飞。

喜鹊最怕村里的猫。它们发出最响最急促的鸣叫，就是通知所有的同伴，猫来了。在猫的世界里，永远没有鸟类领地一说。它不是拒绝承认，不是置若罔闻，而是根本不知道。强者向来如此。

今天立春，天气像是特意配合这个节气，变得暖暖和和。照风俗，我用毛笔写了"宜春"两个字，贴在大门上。又到菜园子里拔了一根萝卜，回家洗一洗，啃一口，很甜，"立春萝卜赛脆梨"。之后我就坐到阳台上晒太阳，这对我的破肋骨有好处。白鹭一直没来。喜鹊的叫声还在，我看不到它，大概正在灌木丛中巡逻它的领地，或者躲避偶尔闲逛的猫。房间里的钟"滴答滴答"地响着。下午三点多钟，一只麻鸭从小桥底下游过来，在我院门外枫杨树底下上了岸，然后就窝在那里晒太阳，懒懒的，像我一样。

枫杨太老了，一丛的树根裸露在外面。麻鸭趴在树根之间，头往左边扭过来，枕着翅膀，右眼朝天睁着。它们睡觉时就是这样，总睁着一只眼睛，可以提防外敌袭击。任何时候，它们都可以一半大脑工作，另一半休息。这还不算最有本事的，据说雨燕能在飞行的时候睡觉。起先我是很惊叹的，可是接着又觉得可悲。谁希望被生活逼成这样呢？在我胡思乱想的时候，麻鸭已经下了水。我下楼出门，站到河边去看这只鸭子。

太阳把河水也晒得暖和了，鸭子翻过身子，屁股朝天，把头伸到水里淘食。鸭子的嘴很厉害。我小时候喂过许多鸭子，我知道。它最喜欢小鱼小虾，还有蚯蚓。你即使把这些与泥沙、石子混在一起，它也能只淘出美味，完全不会把别的杂物吃下去。人就不可以。鸭子的扁嘴要比我们的口舌灵敏得多。

"欸噢、欸噢"，有人在喊。太阳眼看就要下山了。这是召唤鸭子的声音。人被河边上一长排的杜英树挡着，看不着。"欸噢、欸噢"，声音越来越近，终于到了我的院子外面。是送货的老朱。

老朱是我的邻居，住在西边小桥的桥头。我们见面会点点头，从来没有说过话。因为修理房屋要买各种各样零零碎碎的物件，几乎每天都要买。李师傅给我推荐了老朱，买什么，都让他送。我这才知道，老朱的工作就是给人送货。水泥、黄沙、钢管、涂料油漆、窗户玻璃，什么都送。老朱的普通话相当好，完全听不出口音。听到他唤鸭子的调子，才知道跟我是老乡。这是苏北特有的调子。在我们的方言里，"欸"是"喂食"的意思。"欸猪"，"欸牛"，"欸鸡"，不能说"欸人"。给宝宝吃奶要说"喂奶"。说"欸某某"，就是骂人的话了。每天一到黄昏，家乡小河边此起彼伏，都是"欸噢"声。河里的鸭子们听到呼唤，立即拍打着翅膀，发出"嘎嘎"的欢鸣，一拐一拐爬上岸，跟着自家主人回家。

麻鸭没有理睬老朱，还在水里淘食。老朱看到它了，也就不喊了。

"老朱，鸭子是你的？"

"老家来人带的，下不了手杀，就养着。"老朱笑着给我递了一支烟，"不回老家过年？"

鸭子不上岸，我们就在河边闲聊。村里的人几乎走空了，有人说说话是很高兴的事。我有许多话想问老朱，又觉得不问最好。李师傅曾经跟我说过他。

"送货的老朱，研究生呢。"李师傅在跟我谈他儿子时，不知道怎么说起了老朱，"分在事业单位，铁饭碗，有编制。说是天天写材料没意思，不干了，回来骑三轮车送货。四十好几，马上就五十了，混混就有退休工资拿，他辞掉不干。一个人有一个人的想法。"

每次老朱来我家送货，都是一脸的笑。将近五十岁的人，笑得竟有点腼腆，可是笑得很真诚，也快活。有时搬东西热了，他脱掉上衣，露出黑红的皮肤，光着膀子就扛起来。让他帮个什么忙，也不计较。他跟匠人们都熟，大家随意拿他开玩笑，他也笑。他的状态自然、从容又和谐，完全看不出入这一行才两年。

老朱的事让我极为震撼。他把我心里最后一层壳打破了。我辞掉做了二十多年的记者工作，改行写作。自以为打掉了心里的一层硬壳，其实没有，还有一层，自己不肯说。写作真是最适合我的事？或者说做什么，才是我心里真正喜悦的？我最想做的，是种地。不要多，一两亩地，够生活就好。我曾经恨自己是一个农民，然后离开家乡一去不返。过了三十多年，发现自己最擅长、最喜欢的，还是做回一个农民。我从来不敢袒露我的内心，更不用说去做。我总是往亮鲜的地方走。在这点上，我不能嘲笑我的父亲。至少他会明白地说出来：人活着，就为了一个面子。我更要面子，只是比他做得更隐蔽、更狡猾、更堂皇。

我和老朱站在小河边上拉家常。他说着河道的清淤、小桥的修补，怎样给树木刷上石灰防虫害，语气殷切诚恳，仿佛他在这里已经住了大半生。我很想说点什么，可是又无从说起，更别提向他说我想做农民的事了。

"鸭子生蛋不？"我问他。老朱对着河滩喊了两声，鸭子一摇一摆地终于爬上了岸。

"不生蛋。"老朱说，"最好是放生。它是家鸭，放在外面不是被咬死，就是饿死。没用的东西，黏人，放不掉。"

家鸭脚步蹒跚地跟在老朱后面快跑着，一边嘎嘎大叫。被养着好呢，还是去外面独立生活？家鸭自己大概也不知道。

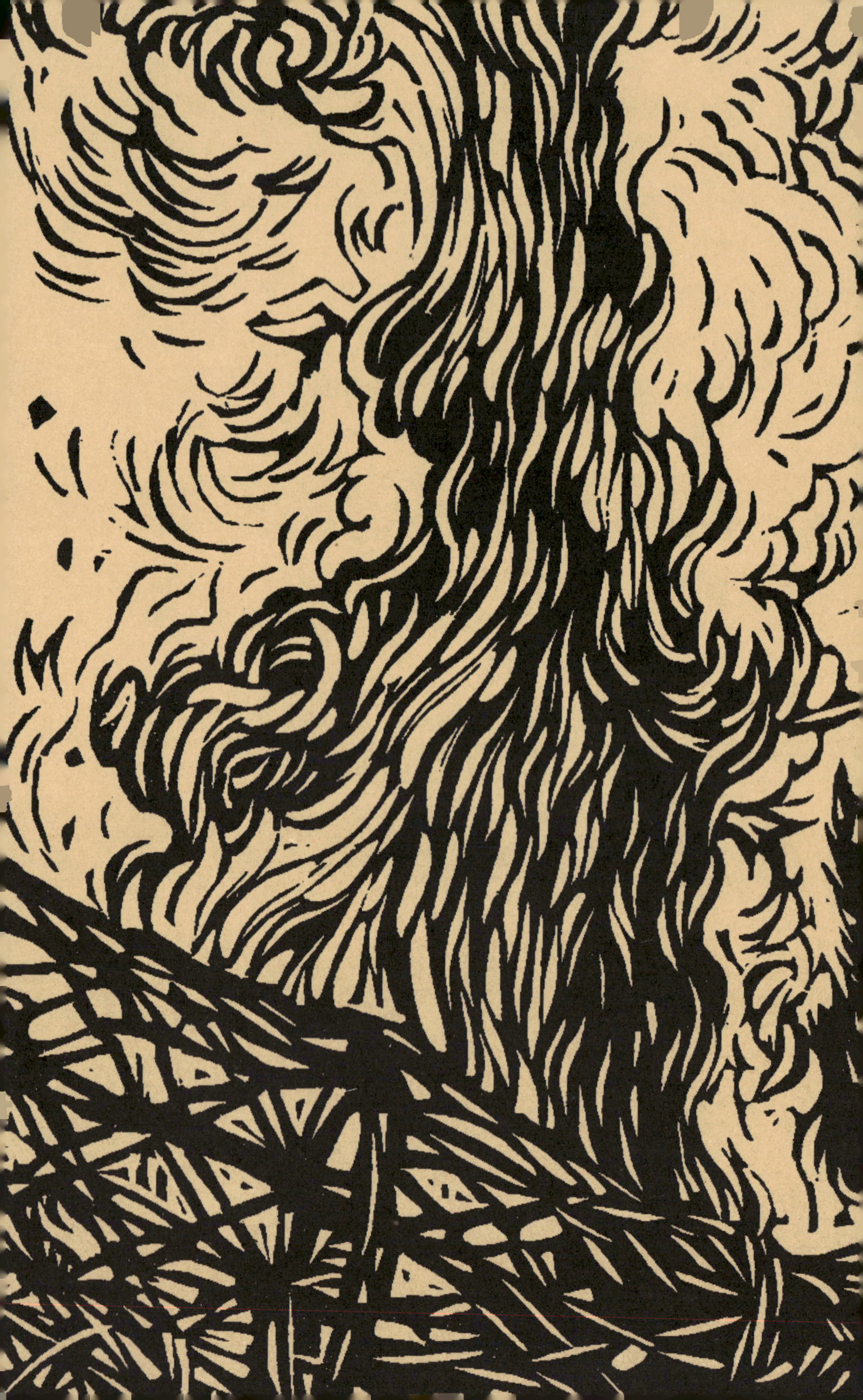

灶神的诗

诗人的灶神

老章给我送来一张灶王爷像。我找了一块木板锯成这张纸的大小，后面加一个支撑，把灶王爷贴在上面，放在冰箱顶上。

今天是小年，老家叫廿四夜，是送灶神的日子。灶神总是贴在大灶的烟囱上，廿四夜的黄昏，父亲把灶神揭下来，与用高粱秆和彩纸做的车和马一起烧掉，同时还要烧一把干草。灶王爷在烟火中乘着马车上天，去汇报这一年我家的状况。干草是马儿的饲料。由此可见，上天的路途的确很遥远。烧之前要在灶神面前放一碗香甜的糯米饭，上一炷香敬他。糯米有黏性，灶神吃了张不开嘴，也就不好乱说。实在想说什么，因为里面放了糖，说出来的自然都是甜言蜜语。灶王爷应该是上天安置在各家各户的督查神。

我新搬到这里，还没请过灶神。搬家时母亲反复叮咛：要把原先家里的观音像请过来。佛像摆放好了，才算是真正安家。这尊观音是多年前从鸡鸣寺请的。父亲来南京小住时，每天一早就在她面前上一炷香，供一碗清水。佛像不能随意摆放。地方要敞亮，位置要尊贵，视野要开阔，人的目光不能与她平视。新家里没有专门设供台，选来选去，只有厨房的大冰箱上比较合适。于是把观音请上去，面前放了香炉，敬了香，才算是踏实住下来。每天总要在厨房待很长时间，不至于冷落了菩萨。母亲说这样好。

桂花树和广玉兰的叶子一直在落，照老家的习俗，廿四夜要洒扫庭院，我拿一把扫帚正扫着落叶，老章来了，把电动车停在院门口。

我家修房工程开始不久，李师傅就领了一个人来参观。他是想多拉一笔生意。来人四十多岁，穿着一件风衣，头发梳得很整齐，胡子剃得干干净净。瘦瘦的一张脸上，戴着一副方框眼镜，淡淡地笑着。

"老板是写书的。"李师傅朝我扬了扬下巴，"同你一样是文化人，他家这个样子，我觉得蛮对你的路子。"

"嗯嗯。"来人扫了一眼我的书房，"这几根木梁不错。"

因为书房的尖顶太高，空荡荡的很难受，如果用吊顶抹平又可惜了空间。我让李师傅在上面加了几根木梁，看起来像乡下木结构的房子。屋梁是圆木的，把树去了皮，拿桐油一刷，树结疤也清清楚楚地露在外面。这样房间匀称了，也满足了我的乡土趣味。

我和他站在书房里说了一会儿话，算是认识了。他请李师傅给他盖一个木房子，做禅茶室。村西头有一个大池塘，池塘边上有几间青砖黑瓦的平房，就是他的家。外面用木架搭了个拱形的院门，上面写着某某精舍。李师傅等人照乡下的习惯，还是称它"农家乐"。池塘椭圆形，圆得不太规则，边上摆了一些木椅，让客人们能舒服地坐着钓鱼。钓上来的鱼要是不买走，就在这里现杀现烧。李师傅喊他章老板，我喊他老章。他喊我老渔。不知道他为什么这样喊。这没什么，有人喊我赋师傅，有人喊我渔老板，还有人喊我申贼渔。

老章的池塘里有芦苇，有睡莲，有荇菜，显得错落有致。岸边栽着杨柳、油桐、合欢之类，另外还有海棠、紫叶桃、蔷薇等等，没怎么修剪，混在杂草之中，也有一种自然质朴的美。李师傅帮他把小木屋造好之后，老章请我去喝过一次茶。木屋虽然简陋，却很有风格。柱子、椽子都是树原来的样子，只是砍去了树丫、树枝，树皮都没有去掉，显得原始又充满野趣。里面靠墙放着一张案桌，上面供放着一尊关公像。木像雕得细致逼真，每一根胡须，袍子的每一个皱褶，甚至大刀边缘上的图案，都清清楚楚，一看就是出自名匠之手。老章在关公像面前放了一把正德铜香炉，里面焚着上好的檀香。窗户一推开，正对着一池荷花。虽然是残荷，不过也好看。

"我的想法是给同道中人，造一个桃花源。来到这里，把世俗的东西隔在外面，好好享受内心的宁静。"老章说。

老章打算等春暖花开，疫情消散了，办几场雅集。老章说："到时候我喊你，你也来坐一坐。"他说了几个人的名字，都是我久仰的艺术家。

"五色令人目盲，五音令人耳聋。现代人最需要的是逃离。"老章说，"我要慢慢把这里打造成心灵的栖息地。这是我的理想。"

因为"新冠"疫情，农家乐这一年生意不好。原先雇了我们的邻居，那个养狗的女人帮忙的，不久前老章让她回家了，剩下自己一个人守在这里。我后来又去过他那里一次，这次聊的时间不长，不是很投机。他跟我说话时，滔滔不绝，我很难插进去一句。等他停下来，我无论说什么，他都不置可否，显得毫无兴趣。有时候我的话才说了一半，他就把头掉到另一边。我只好把话噎住，等他下一个话题。

李师傅也不喜欢他，因为老章给工钱不爽快。李师傅不喜欢，他的这帮匠人朋友对他也就没有多少好感。有时候就会在背后议论他，说他"净身出户"。只有油漆匠一个人对他表示赞赏，说老章读的书多。

"净身出户这个说法不好，何其歹毒。"油漆匠说，"什么人才净身？太监。"

没人理油漆匠，大家都知道他迂。"漆匠，不要在那里说胡话，把这包垃圾扛到楼底下去。"李师傅喊他。

油漆匠跟我说，老章是个诗人。

"我在他家给房子上油漆，问他要些废纸。他拿给我一捆写毛笔字的纸。我以为他在家练字呢。他说不是的，是他写诗的草稿。了不得。用毛笔写诗。"油漆匠竖竖大拇指，"这个村子虽说小，藏龙卧虎。"

我一直没有见到老章。要过年了，想去看看他，顺便从他那里买些草鸡蛋。我是昨天傍晚去的，天不好，飘着一点小雨。老章院门口"精舍"那几个字上的霓虹灯坏了，黑暗中显出"青口"两个字。

"最近诗坛流行的风格，叫口语诗。"老章跟我谈起诗歌，"诗这个东西，是要天赋的。同书法一样，入门容易，谁拿起笔来都能写，登堂入室难。口语也能写好诗，关键看有没有一颗澄澈之心。"

说完诗歌，老章很随意地向我介绍了他们新到的西藏香猪肉、自制的盐水鸭和专烧鱼头煲的大鱼。价格是贵些，当然不好跟菜场的比。老章说，人与人本没有区别。如果有，也只有一件，就是品位。我点点头。雨下得大了，买的年货有点多。老章说："这不要紧，明天用车子给你送。"

老章送年货来的时候，给我带了一张灶神像："老渔，今天小年，你刚搬过来，用不着送灶神。年三十接灶是要接的。"

"住到城里后，好多年没送灶接灶了。"我双手接过灶神像。

"现在人不讲究，要讲究。把灶神贴起来，先把地气接上。民以食为天，灶神是什么？是家的根本。说实话，这一年闹疫情，我最担心的是有没有饭吃。昨天其实忘了跟你说，家里要备个几百斤米和面。"

"在这里过年吧?"我问他。

"不在。三十前一天走。"他朝我挥挥手,"父母在老家倚门而望呢。"老章骑上电动车,车子呜呜地响着,沿着小河往西走了。

灶神印在一张红纸上,一位面容慈祥的老人笑眯眯地坐着,脚底下几个孩童在快活地玩耍,头顶上写着"东厨司命"四个字。和神像放在一起的,还有一副对子:"上天言好事,下界保平安。"毛笔字很清秀,应该是老章写的。

接灶神还要等几天,这几天门神、井神、树神、河神、土地神等等小神大神都上了天,百无禁忌。到大年三十的晚上,摆上酒肉,焚香唱喏,接灶神。接过灶神,众神归来。我们跟每一位神都有很好的相处方法。相处得好了,彼此心里舒坦踏实,这一年就过得好了。中国人在一个地方扎根,都是从请神开始的。

我把灶神立在观音菩萨的左边。退后几步看了看,觉得很不对称。等过了年吧,要是疫情不加重,夫子庙的元宵灯会今年能开,我就去请一张孔子像,放在右边。这样儒释道就全了。我们对每一个信仰都是虔诚的。对于神佛或者所有能统辖我的人,我并没有太多的祈求。正如躺在木桶里休息的第欧根尼,对亚历山大大帝所说的那样:"不要挡住我的阳光。"只要有光的温暖,和午后的宁静,就好。

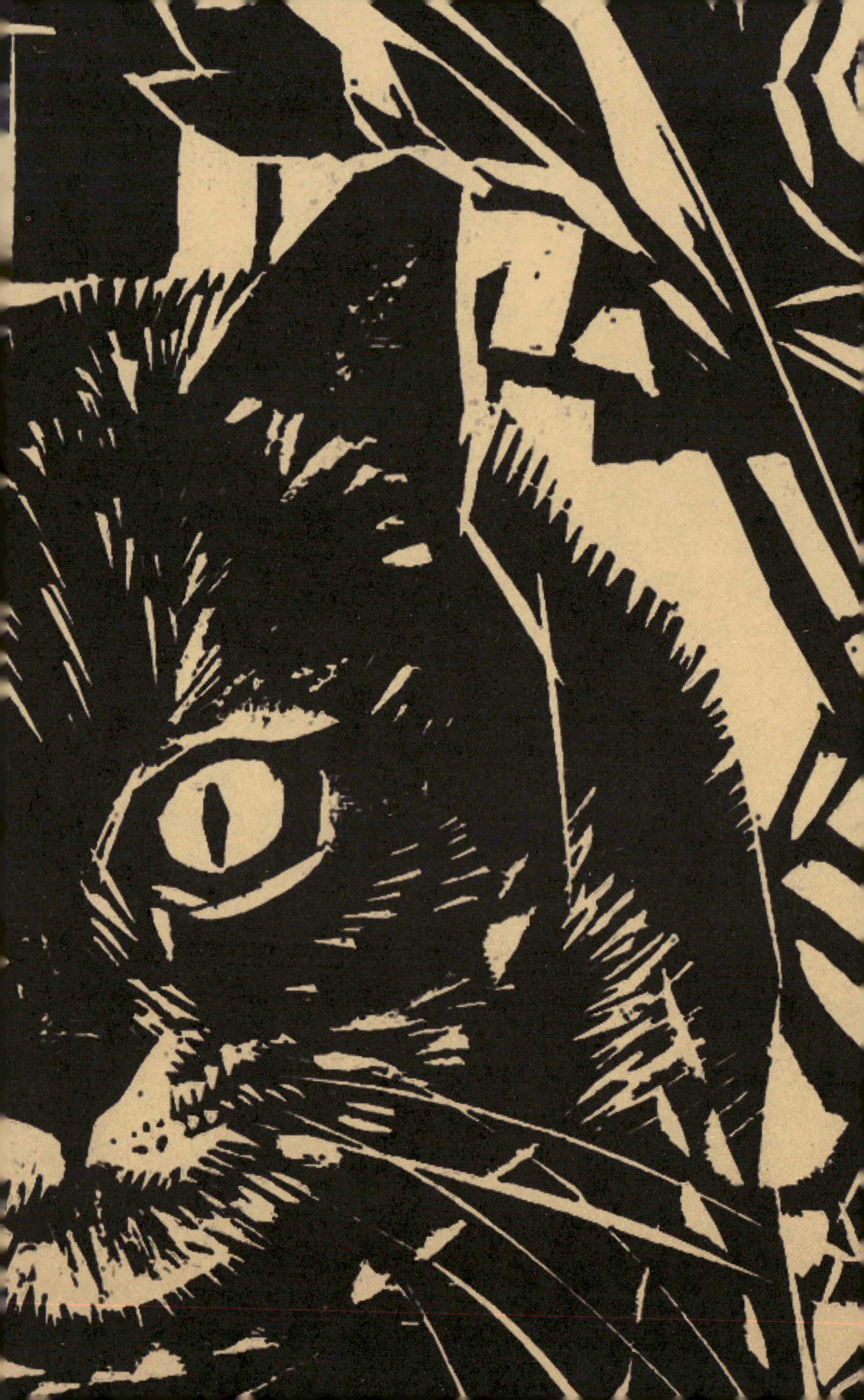

守岁一只猫

和一只猫守岁

因为疫情,媒体上一遍遍发通告:就地过年,减少流动。于是我也留在郊外的小村,没有回老家。不过年还是要过的。以往过年都是父亲张罗,我跟在后面打下手,从来不要考虑有哪些仪式,先做什么,后做什么。这一次要自己操办,提前几天就用纸笔一条一条列出来。不明白的,随时打电话向父亲请教。父亲格外热心。"过年要讲究。年过好了,明年一年才顺遂。"父亲说。

"顺遂"是一个特定用词。只有过年前后才使用。比如正月里,小孩子说了不吉利的话,骂架了,做了什么不得体的举动,都叫"不顺遂"。呸呸,要连吐两次口水,去晦气。年三十前,就要把过年的种种细节弄清楚,认真恭敬地去做,人鬼神都高兴,就顺遂。

虽说已经立春了，大地也没有完全苏醒。迎春花的枝条刚刚变绿，樱桃树上才冒出一点点的细芽。玉兰满树的花苞已经睡了一整个冬天，仍然毛茸茸地挂在枝头上一动不动。从物候上来说，它们都应该开花了。节候不能乱。乱了，就不只是几棵树的事，天地的脚步会一片凌乱。到了除夕，该唤醒它们了。再懒，也不能再装睡了。怎么唤醒呢？封树。

封树的习俗很古老，秦始皇曾把泰山上给他遮雨的一棵松树封为"五大夫"。普通人许诺不了什么，只是裁一片窄长的红纸条，贴在树干上。树木得到信息，知道一年结束，新一年又开始，立即长出一圈年轮。封树既是喊冬眠的树醒来，又是叮嘱它要好好生长。我院子里的树不多。除了樱桃和几棵玉兰树外，还有一棵桂树，两棵杨梅。不过院子外面的树多。我不能全封。每棵树有每棵树的神灵，不要扰乱他们。我只在栾树和乌桕上贴了一条红纸。这是我最喜欢的两棵，希望它们一直这么好看。

如果在老家，要贴很多对联。前门、后门、房门、猪栏、鸡窝等等，连碗橱上也要贴一副："一人巧作千人食，五味调和百味香。"对联我只写了一副，贴在大门上："堂前明月照，屋后清泉流。"这是小时候看父亲写的，一直记得。多少年来，觉得这才是家的样子。明月是有的，清泉就难了。不好实现，是个祈愿，才写在对联上。

对联贴好了，要挂门笺。老家叫"贴喜笺"。所谓喜笺，就是长方形的红纸上，刻着喜鹊登枝、红梅报春等等吉祥图案，中间是一个"囍"字，底端剪成了流苏。刻喜笺是我的事，也是所有上了初中的孩子们的事。放了寒假，拿几张大红纸，裁得大小合适，用夹子把一端夹上，表面放一张去年的喜笺样张，拿一把刻刀，慢慢刻。刻完一本再刻一本，要够家里用。多少张，要提前数好。每个门楣上五张，每扇窗户上一张，不能少。彤红的喜笺贴好后，风一吹，飘飘扬扬，很好看。一飘一整年。

我最喜欢的是挂年画。父亲很少买《六合同春》《寿比南山》这样的单幅画，他要买就买一大张画，挂满整面墙。大画是由连环画那样一小格一小格的画组成的。有时候是《贵妃醉酒》，有时候是《岳母刺字》。年画只挂正月，正月一过，收起来，来年再挂。几年下来，我家几乎每面墙上都挂着画。于是新年几天总有小朋友挤过来看，家里热热闹闹。爷爷好这个热闹。

我刚住到这个小村，既没有刻喜笺，也没有买年画。家里翻找半天，找到一幅孙老师写给我的字。孙老师是篆刻家，有年夏天陪我来看房子，看到门外一棵芭蕉长得好，随手折了一片宽大的叶子，在上面写了"余情舒卷"四个字。我觉得好，今天当年画挂起来。年画怡情，挂什么，自己喜欢最重要。

贴挂好了，开始敬神。先是门神。敬门神简单，把旧的门神像从大门上撕下来，换上新神像，一张是举锏的"秦叔宝"，一张是拿鞭的"尉迟恭"。这两个人我们都熟悉。到元宵节，唱书先生会来唱《说唐》。

护人的是门神，护六畜的是圈神。圈神管猪马牛羊鸡狗六畜，像一个长大的牧童。敬他不隆重，只是在他面前摆些糕点，上一炷香，就好了。接着要出门敬井神。

井神叫井泉童子。敬井神颇为隆重。拿一面竹筛子盖在井口上。在筛子里面放上井神像、纸马以及糕点水果。从年三十，井一直要盖到正月初三，不能打开筛子汲井水。这叫封井。所以年三十这天，家家都要把水缸里的水加满。年初三，焚香，烧纸马，送井神，井才解封。这时候，打一桶水上来，用手蘸着抹在眼睛上，这一年眼睛都不会昏花。井对人生是至关重要的，对一个村子也是。《易经》里有一个井卦，对此专门进行了意味深长的哲学分析。

廿四夜送上天的灶神，这时候也要接回来。摆上酒肉，焚香，他就回来了。大灶上已经烧好了大肉块，选一块最大的，在上面插上筷子，用竹篮子拎着去土地庙。家家户户都要去敬土地神。我猜这个村子也是有土地庙的，大概是被人拆了。等过了年，我要好好找一找。没有土地庙的村子，真不能叫村子。

有失眠症的人，记得要敬床神。祭床神当然在卧室。床神是两人，床公好茶，床婆好酒。所以床头柜上摆一杯茶，一杯酒。据《清嘉录》记载，最好再念一首《沁园春》的词，让床神愉悦。床神愉悦了，觉才睡得安稳。

总之，大年三十，有各路神仙要迎接，要敬拜。有人图省事，直接画了一幅《百神图》，有观音，有玉皇大帝，有关公，有龙王，和谐地放在一起，诸神保佑。

神都敬好了，放爆竹。放完爆竹，就可以吃年夜饭了。爆竹声从除夕晚上，一直要响到初一清晨。

天黑之前，还有一件重要的事要做。"打囤"。用小圆篓装上石灰，在地上印下一个个圆的图案，一个圆，象征了一个粮囤。里里外外，连院外的小路上，也打上了囤。真正是五谷丰登。除了打囤，在大门外还要画一张巨大的弓。箭已上弦，而且是三支箭，对着前方三个方向。弓旁边还画着两柄方天画戟，也是笔直地朝外指着。

屋前屋后，一切都布置好了。院子里，每一棵贴了红纸条的树，都有一个树神醒着，看护着一切。大门口护宅的神人张弓搭箭，严阵以待。大门上的门神怒目圆睁，目光如炬。窗口的喜笺也是传递信息的机关。院子里唯一的漏洞是水井，也已经封好，况且还有井神守着。屋里面灯火通明。灶神守着饭锅，圈神守着六畜，床神守着卧室。大厅里更是群神毕至。有菩萨，有财神，有福禄寿神，还有玉皇大帝和百无禁忌的姜太公。屋子的前后左右，都守得铁桶一般。爆竹声惊天动地。可是一家人还不放心，他们不睡觉，在守岁。岁是祟，是害人的鬼怪邪灵。它们就像看不见的病毒，随风飘荡着，窥视着。人们对岁的恐惧已经深入骨髓。新年与旧年之间，隔着一个漆黑的长夜。

大年三十的仪式里，浓缩着我们几千年历史里的巨大灾难。劫后余生的人们，把他们的悲伤、无奈、凄惶与恐惧，简化成了风俗。时光祥和宁静时,这些简单的仪式生动有趣，充满诗意，甚至满含着幸福。可是作祟的灾难再次出现时，仪式就是警惕和警示。

远处已经响起爆竹声,鸟儿们一阵一阵地欢鸣着,路上不时有人笑着在说话,小村也有了过年的气息。天气真正是暖和了。

今年的大年夜,我打算守岁。守岁的几样物件我已经准备好。一只大盘子里装着红桔、乌菱、荸荠和米饭,这是年饭,要放到初一再吃。表示家有余粮,人世间不会发生饥荒。一只香炉,里面放着苍术。在子夜点燃,可以驱除盘旋了已经整整一年的瘟疫。还有一支能够燃上一整夜的蜡烛。灯花可以占卜运程,还可以向未来许愿。

"我们一起守岁吧。"那只流浪黄猫蹲在我的屋门口,我朝它咕哝一句。今天破例,给它一条鱼。

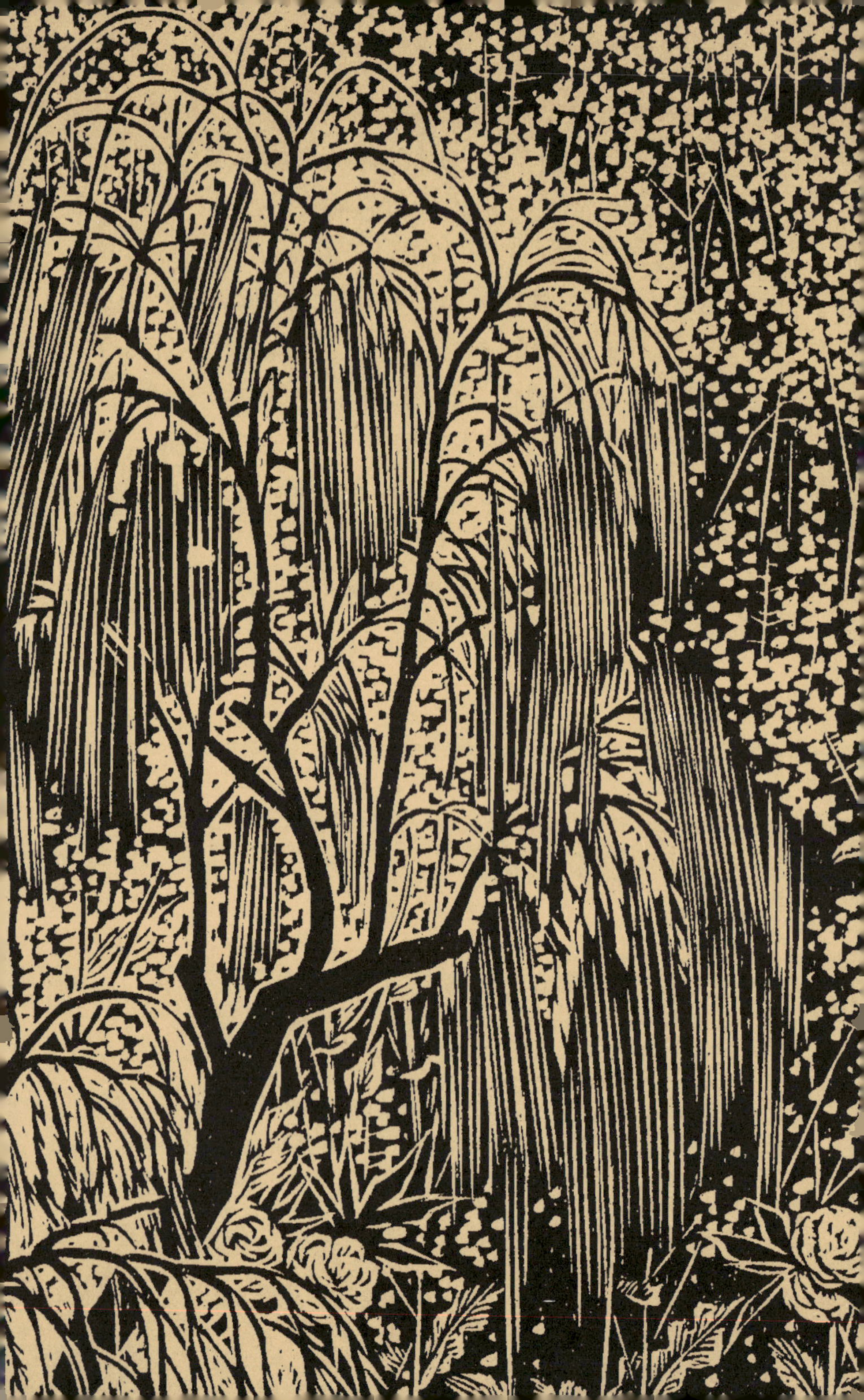

始娘令和
相娘会和

姑娘和相公

四面都有鞭炮声，都很远，看不到谁在燃放。大年初一的小村依然是出奇地冷清。没有人拜年，没有人问候，也看不到人走动。疫情依然紧张，不过暂居在这里的人们还是早早就离开了。越到过年，越是思乡心切。病毒也拦不住人们回家。

我有些不一样，我的心一直在外面漂着。自从十八岁离开家之后，我偶尔才会回老家过年，大部分时间都在离家很远的地方。不过无论离得多远，必定要给父母打电话拜年。

"恭喜你啊，爸爸。"

"恭喜你，相公。"

"恭喜你啊，妈妈。"

"恭喜你，相公。"

在老家的时候，每年大年初一都要这样拜年。昨天还是调皮捣蛋的"大鱼儿"和愣头愣脑的"小鱼儿"，今天都变成了穿着新衣新鞋、斯斯文文的相公。不只是我家，全村都如此。不能喊"二丫头""黄毛""狗头""哑巴小"，要喊"姑娘"和"相公"。到底为什么？长辈们也不知道，上一辈就是这么传下来的。大年初一这样喊一声，至少在心里觉得这些不争气的小东西，就要长大成人，变成家庭的柱石和国家的栋梁了。

这个期望随着过年的延续而减少。初二，爷爷奶奶爸爸妈妈已经恢复了原有的称呼，不过口气还是温和的，过年嘛。初二要去外公家拜年，外公外婆舅舅舅母们还喊我们"相公"。初三呢，村里的长辈还会这样喊。初四就只剩下年纪最老的几个老人喊了。到了初五，所有人的名字又回到原本的小名，不过犯了错，也还不会受责怪。过了初五财神日，打骂就如常进行了。于是鸡飞狗跳，打打闹闹的一年又开始。除了过年之外，只有离乡的游子，或者远嫁的女儿，多年之后回来了，村里的长辈会拉着手喊"相公""姑娘"。彼此情不自禁，热泪盈眶。

除了"相公"和"姑娘"，"恭喜"这个词，一年也就这么说一次。而这两个字，更有意思。

先是小孩子们来拜年。天才刚刚亮，一个个跑进来，有的进堂屋，有的钻厨房，有的不管不顾地去敲卧室的门，就为了说一句"恭喜"。哪家小孩没来，大人们就会嘀咕："怎么回事啊，日上三竿了，某家的孩子到现在都没来？""来的，你在厨房忙，他们在外面喊过了。""这孩子，拜年拜年，我还没恭喜他呢。"

孩子们拜过年了，家里的男主人才出门。他们三五成群，挨家挨户走。他们当然不像孩子们那样慌里慌张地乱窜，喊了恭喜，拿了糖果就走。走到哪家，说声"恭喜"，坐下来喝口茶，吃两颗花生，或者一两片点心。家家桌上都放着蒸好的馒头，主人不断地往客人手里塞，不要接，要说"囤着"。然后说几句闲话，换下一家。妈妈们要在接近中午的时候才出门拜年。有一个人的，也有两个人做伴的。她们就比较耐心了，一家坐好一会儿。平日里关系好的，就多坐会儿，甚至要吃上一只馒头。夸夸馒头的白，馅儿的鲜，主人就高兴。整个上午大人小孩都在拜年，到处闹哄哄。即便平常吵过架，互不往来的人家，也要去拜一拜。彼此道一声"恭喜"，去年的梁子就算过去了。路上遇到任何一个人，都要说一声"恭喜"。人人喜上眉梢。

可是，到底"喜"从何来呢？初一拜年，"恭喜"后面并没有一个实指。不是说"恭喜发财""恭喜新婚""恭喜新居落成"等等，就是"恭喜你啊"。你这个人年初一出现在这里，就让人觉得是意外之喜。大概年三十长长的一夜，的确是可怕的。所有从黑暗中走出来的人，都值得恭喜。我们要恭喜去年哭泣过的人。恭喜远在他乡的人。恭喜有人可以惦记或者被一个人惦记的人。恭喜孤独的人。在这相互的恭喜声中，有着深深的理解和没有说出口的牵挂。

在我的记忆里，村里日子最难的人，眉头锁得最紧的人，面容最愁苦的人，大年初一这一天，都是美的，都是甜蜜而幸福的。他们觉得自己应该这样，他们就变成了这样。每个人都从心底发出最真的笑。我曾经离家多年。我曾经许多年都是在异乡度过。每年初一早晨，故乡的人们在相互拜年的时候，我都会想起他们每一个人，每一张笑脸。他们是那样让人亲近。而这个亲近，正是够不着的乡愁。

外面的爆竹声越发响亮了，由远而近，由近而远。我在远离故乡的小村里听着与故乡一样火热的爆竹。最远处的爆竹声成了时间的背景，像沸腾了的水。那是母亲在烧一锅最馋人的美味。稍近一点的，像在敲打着梆子，舞龙灯的乡亲正踏着节拍而来。东北方的响声连成一串，那是故乡的方向，声音如同蚕豆爆裂在锅里。蚕豆是新年里必不可少的零食，甜甜脆脆，每个孩子的衣兜里都装着，走一路，吃一路。更近的爆竹声已经成片，像杂沓着孩子们脚步声的摇花船正在逼近。邻居的爆竹就更厉害了，像送吉祥话的人已经走到大门口，手里敲着小锣，用最大的嗓门在喊叫。所有这些声音都混合在一起，形成一种吵闹嘈杂的过年交响曲。从年三十的中午，一直演奏到现在。声音虽然吵闹，却像一场汹涌的洪流，把人彻底地冲洗了一整夜。病毒、霉运以及时代的刀锋……它们带来的一切苦痛都已被冲走，新年变得洁净、明亮、清清爽爽。

"恭喜你，姑娘。"

"恭喜你，相公。"

恭喜你，你是这么好。

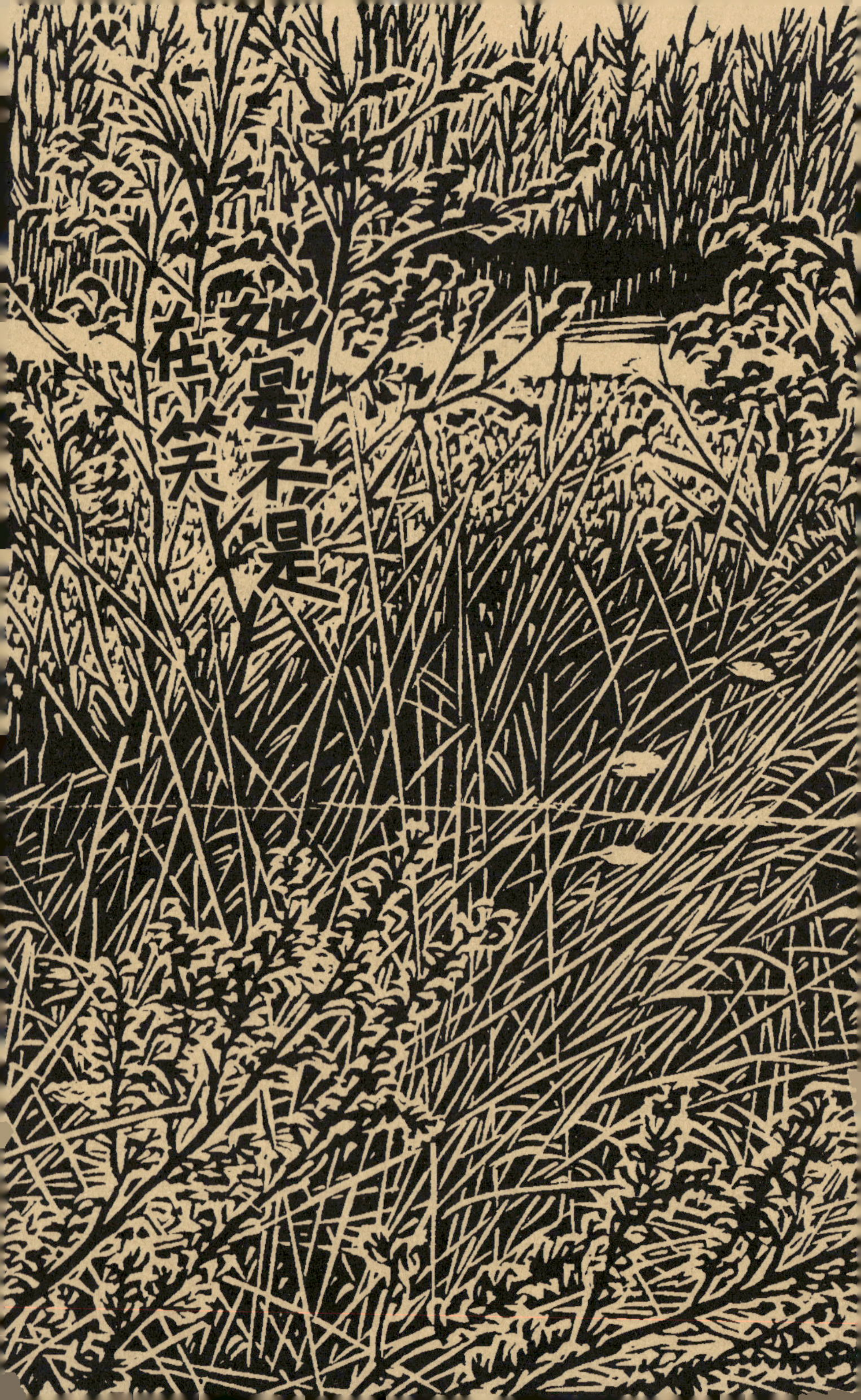
她是不是在笑

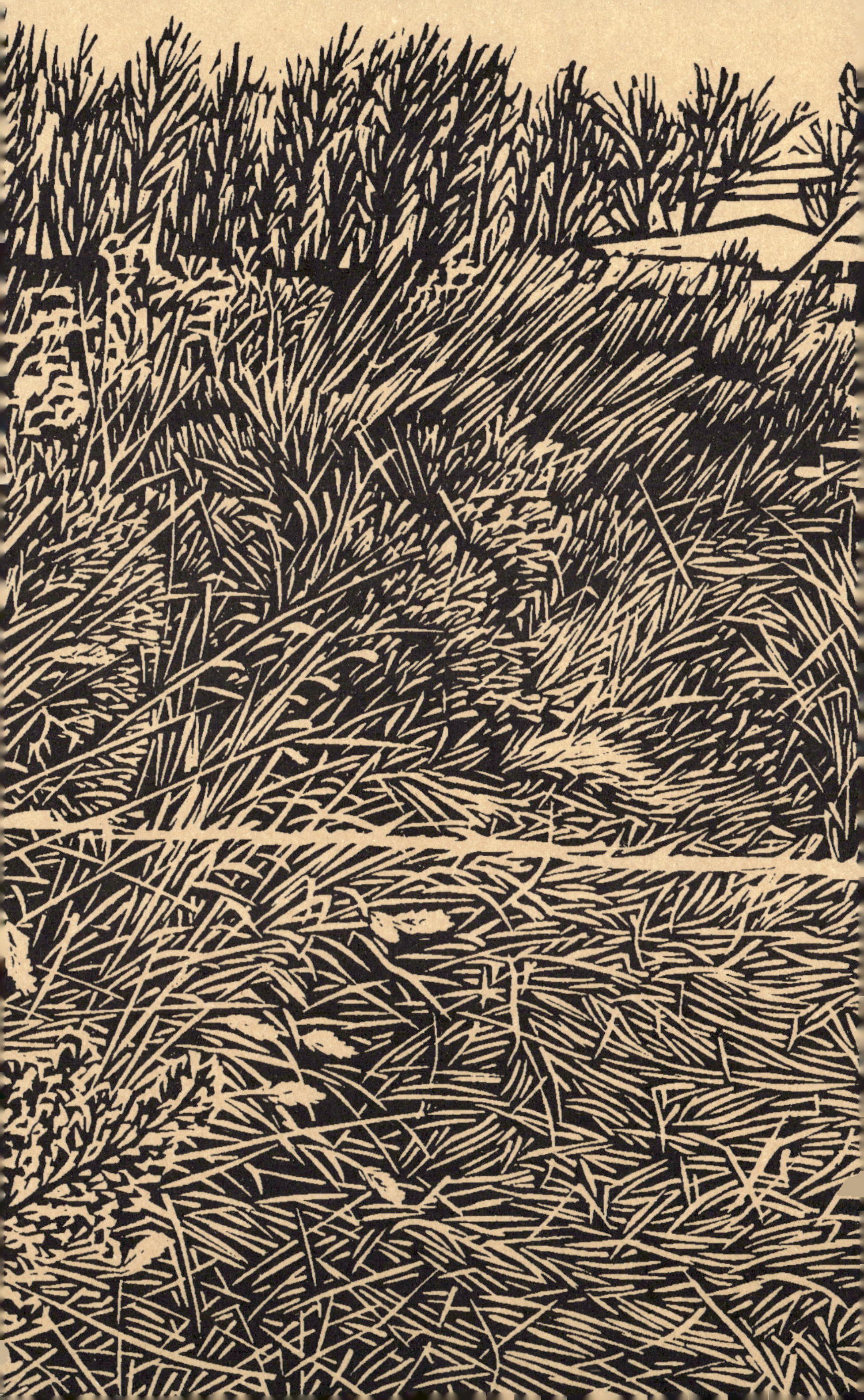

她是不是在笑

老刘给我送来一袋荞面。老刘是水电工。六年前，我住的这个房子还是一个空壳子，我请他来给我布置水电。这是个荒僻的小村，交通很是不便。老刘和妻子带着铺盖住在里面。

原本昏暗空寂的屋子，立即有了生活的气息，甚至有了家的样子。老刘在院子里用竹竿支起一个架子，上面晾着他们刚洗的衣服。客厅里放着一张用木板撑起来的桌子，上面放着老刘称手的工具和一台收音机。收音机从早到晚响着。家里有这个声音，就热闹了。他们把床铺放在最小的一个房间，既私密，又聚气。没有床，只能打地铺。妻子把铺盖下面垫得厚厚的，刚刚霜降，天气已经转冷。

妻子带了一只电炉,给他炒青菜、煎豆腐、做西红柿炒蛋。老刘每顿都要喝两杯。酒是妻子自己酿的,用装矿泉水的大桶装了一桶。老刘不爱吃米饭,妻子每顿都给他做面条。不是买来的挂面,而是自己擀。她有一根一米长的擀面杖。老刘说是她的"如意金箍棒"。妻子笑着说:"专门打你。"

干活的时候,妻子做老刘的助手。老刘的手艺相当好,动作如行云流水。妻子的配合也很默契。老刘在前面忙,头也不回,手向后一伸,盯着他看的妻子就把一件工具或者一个零件递到他的手上。我每次看到他们在忙,心里都十分惊叹。他们根本不像是在做水电工的活儿,倒像是在无影灯下做一场手术。老刘是医生,妻子是护士。

为了感谢老刘,我请他们到镇上去吃饭。老刘和妻子出门前,换了一身干净的衣服,把自己梳洗清爽。虽说是镇上,也还是乡下,可是他们还是要讲究。老刘四十多岁,国字形脸,不太说话,总是沉默地干活。只有在喝了两杯酒之后,话才多些。他说话极有分寸,处处透着一种体面与自尊。我如果对水电安装有些什么想法,必须委婉表达。那是他的专业,也是他的骄傲。

妻子的个子跟老刘差不多高,鹅蛋脸,不胖,长得很好。总是在笑。老刘说她有眩晕病,刚把工厂里的工作辞了。

"她现在就是陪我。"老刘说。

"她对水电工的活儿很熟啊。"我没想到他们是刚刚配合干活。

"马马虎虎。"老刘口气很平淡。妻子笑着，不接话，悄悄把自己面前的一盘菜换到老刘面前。老刘有点大男子主义。他跟妻子说话也少，开口就是吩咐这样吩咐那样。妻子呢，很仰慕他，对他言听计从。跟我说起来，就是"我们家老刘不一般呢"，脸上带着满足又有点不好意思的笑。我想，这样的男人，怕是要被宠坏的。

他们来我家干活的时候，是秋末冬初，正是荞麦成熟时节。老刘的妻子带来一袋荞面，给老刘做面条、摊煎饼。她做的饼薄，入口顺滑，不知道用什么手段去掉了荞麦的粗糙，又留着它质朴的香味。我心悦诚服地夸她的饼好。老刘对此倒也赞同，点点头："做饼、擀面，她是行的。"

我去年秋天回国时，郊外的这座房子早已破旧不堪，请了李师傅帮我整修了几个月，才焕然一新。因为当初老刘为我考虑得比较周全，水电没有任何需要改动和修理的地方，就没有再找水电工。过了年，我突发奇想，想在屋顶的平台上栽种一些花花草草，做个屋顶花园。如此一来，就要接一个水管到楼上。这是一个太小的活儿，不容易找工人。想来想去，我给老刘打了一个电话。六年前他做完我家的水电活儿之后，我们再也没有联系过。

老刘接到我的电话，很高兴。他还记得我。正好有空，第二天他就来了。见面他送了一袋荞麦面给我。"记得你喜欢吃的。"老刘说。

活儿少，老刘的动作又快，半天工夫就弄好了。老刘不急着走，阳光很好，我们就坐在屋顶平台上聊天。小河对岸的白玉兰开了，邻居家的红玉兰也开了。红玉兰旁边的那棵栾树长高了许多，上面还挂着那件匆忙逃走的大学生的白衬衫。我跟老刘说了这件白衬衫的事。他点点头，没有说话。大半年的风吹雨打，白衬衫已经变得灰扑扑的。我几次想把它拿下来，可是太高了，够不着。邻居一直没有来。过年的时候，有玩闹的孩童在他家门口放过鞭炮，纸屑散了一地。像凋落了很久的花瓣。

我家的紫玉兰已经挂了一冬天的花苞。满树都是。可是一点动静也没有。看到村子里的玉兰一家家开放，我心里有些着急。老刘安慰我："花就是这样，你看着它，它不开。你不在意，它就开了。"

"等花开了，我教你一个方法。"老刘说，"玉兰花摘下来，把花瓣洗干净。你在荞麦面里加上鸡蛋、盐和水，调成糊。不能太稀，也不能太稠，能挂在筷子上就行。这时候再把玉兰花瓣放到面糊里粘一粘，要细心粘，每个地方都粘到。然后放在油锅里炸。两面煎得金黄，捞出来，脆脆香，好吃。"

紫玉兰大概还要等几天。院子里的樱花倒是开了一树。"老刘，这樱花能吃么？"我问他。

"怎么不能？"老刘说，"把花摘下来，只要花瓣，洗干净，和在荞麦面里，擀面条。不能只放荞麦面，要加点小麦面，加几只鸡蛋，吃在嘴里滑，又有樱花的香，是不是简单？简单得很。"

"还有一种做法。"老刘越发有了兴致，指指院子外面的小河，"沟坎上都是荠菜，你去摘一篮子，做荞麦荠菜圆子。比糯米汤圆好，有咬劲。"

"这些都蛮好吃。每年春天我老婆都做的。"老刘说。

"她眩晕好些了吧。"我记得他老婆身体不好。

"她头里长了个瘤。先是腿脚不行，后来手也不能动。已经躺在床上两年多了。"老刘说，"我活儿现在干得少，远的地方就不去了。一天三顿饭要喂她。"

"有没有想办法治？"

"长的位置不好，手术动不起来。医生也说，主要靠护理。好好护理，也不是没有好的可能。"

老刘忽然掏出手机："前天她笑了，我抓拍了下来。"

六年前，她在我家给老刘做助手时，洗衣、烧菜、擀面条，忙前忙后，总是笑着，笑容满足还带着一点腼腆。手机上的那个人，已经完全不像她的样子。

"她是不是在笑？"老刘抬起头问我，神情满是欣喜。

一阵风吹过，从屋顶上看过去，小河两岸已经完全是春天的样子。老刘的头发被风吹乱了，一大半的头发已经变得斑白。他笑着。他已经不是六年前那个沉着、从容、骄傲的水电工了，他变得简简单单，有点像个孩子。

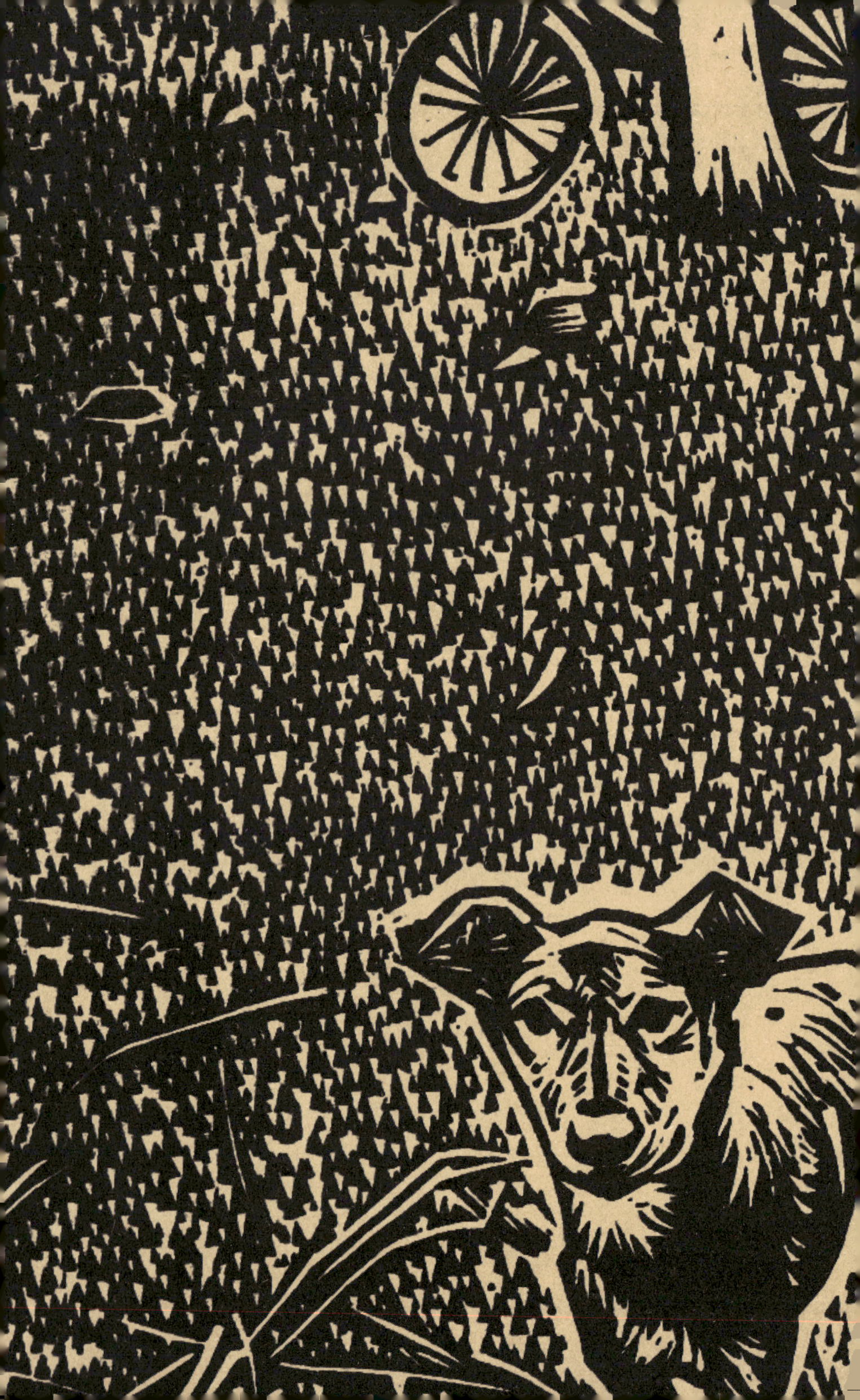

界为夭其

只为某一天

元宵节前,一连有好几个晴天,正是移植花草的好时节。我放下总也写不完的长篇,到院子里干活。

荼蘼是小寒时候买的,栽到盆里没几天,寒潮来临,江南下了一场大雪,我费尽力气,才把大花盆拖回屋内。荼蘼没有辜负我,它活了下来,并且在春节之前就开出一朵白色的小花。花瓣一层一层,重重叠叠,精致得让人心疼。小花一朵谢了,另一朵接着开,直到今天。"开到荼蘼花事了",荼蘼是最先开的花,它还要开到春天的最后。

另一盆我格外重视的花是风车茉莉。这是邻居石匠搬家时丢在外面我捡回来的。藤条已经有一米多长,只是根稍稍受了伤。我放在露台上，晒太阳，浇水，忙了一冬天；它毫无生机，叶子一片片地掉落。我几乎要绝望了。前天早上，它光秃秃的茎枝上，忽然长出了一片细小的嫩芽。看着这米粒大的细芽，我有些激动。再过一年，它就能爬满一整面墙了。

我把荼蘼、风车茉莉、杜鹃、两盆月季和一株梅花，栽到了院子里。每一棵都给它们找到最恰当的地方。那几天太阳厉害，我给它们各自撑了一把伞。然后元宵节下了一夜一天的雨。真是一场好雨。雨里的花儿们全活了。

雨是从正月十四开始下的。下了一夜，然后又是一天。然而爆竹声还是不断地从雨里传过来。怎样的天气，也挡不住人们过元宵节的欢喜。到了傍晚，雨终于停了。也不是全停，偶尔还飘一点细雨。早已经是春天了，雨落在脸上也不冷，这样的雨是可以忽略的。至少鸟儿是这样。我熟悉的那只白鹭展开翅膀，一圈又一圈地在小河上空盘旋。它并不是为了觅食，只是兴奋，飞得快活。爆竹声已经惊吓不了它，它习惯了。枫杨树上停了一群小山雀。枫杨树已经不是冬天那种干巴巴的枯瘦模样了，所有的枝头上都长出了嫩叶。山雀们融在其中，已经看不出它们真切的模样。它们吱吱喳喳，蹦来跳去，仿佛也在过元宵节。

元宵节是要隆重过一过的。早上已经吃了汤圆，晚上还要烧几样菜。最好是新鲜的野菜。卖野菜的在村口外面的一条小街上。其实这只是一条马路，一边是平房，一边空着，留给乡亲们摆菜摊。刚下过雨，地上还是湿的，到处有浅浅的水塘。他们避开水塘，在地上铺一块塑料布，摆上荠菜、豌豆苗、枸杞头、香椿头、菊花脑，每一样都教人看得眼馋。豌豆苗清炒，香椿头炒蛋，菊花脑烧汤，都好。

"师傅，都是野生的，刚摘下来。一年就吃这几天。过几天就老了。"

我原本上午就要上街的，被雨耽搁了。除了买菜，我还要剪一剪头发。理发店就在野菜摊子的斜对面。理发师叫小龙，我们也已经熟悉。他是李师傅儿子的朋友。空闲的时候，他们经常坐在理发店门外抽烟，快活地说笑。李师傅不喜欢小龙，总觉得他身上有些说不清道不明的东西。而这些不明朗的影子，迟早会把他的儿子带坏。李师傅说，那对住在我家隔壁的大学生，就是小龙介绍给房东的。大学生跑掉了，房东向小龙询问，小龙说他什么都不知道。

"推得比狗舔的还干净。他会不知道吗？"李师傅愤愤地说。

"他说不知道就是不知道。他知道也不一定非得告诉你。"李师傅的儿子说。李师傅相信他儿子也知道某些内情。

"只讲义气，不讲公德。迟早会惹大祸。"李师傅愤慨却又无可奈何。儿子对他的大道理，从来嗤之以鼻。

我的邻居跟小龙吵了很长一段时间，终于没有得到两个大学生的丝毫线索。他被这件事伤透了心。自此之后，他再也没有来过这个村子。曾有人想租住他的房子，可是怎么也找不到他。他也消失了。

因为元宵节,也因为下雨,理发店里没有顾客。我一推门,门铃"叮咚"一声,小龙从里面笑着迎出来。

小龙笑得很好看,牙齿白白的很整齐。他的头发烫过了,卷卷的,的确有种青年艺术家的气息。他知道自己笑得很好看,就总是在笑。他的工具盒里有最全的理发工具,可是几次来,他几乎总是用一把剪刀。他的剪刀用得很顺手,咔嚓咔嚓,带着一种节奏。节奏快慢长短不一,有时又会突然停下来,然后一阵快剪,接着是很慢、很慢。一会儿是大口地张合,一会儿又很碎很碎。他一边给我剪头发,一边轻声地哼着一首歌。听不清唱什么,有一句翻来覆去,像是"只为某一天"。伴着这颇为洗脑的歌,是他剪刀的咔嚓声。歌和剪刀的节奏应和着呼吸,听着舒服,大脑慢慢停止运转,眼睛渐渐合上。快要睡着的时候,或者已经睡着了,脸上突然觉得一阵特别的舒适。那是刀刃从脸上刮过。钢铁的锋利和皮肤的柔软完美地交接一起。痒痒的,麻麻的,既危险又享受。让人从昏沉中苏醒,又想留在这尖利的昏沉之中。睁开眼,小龙已经解下围在我胸前的布单。镜子不用照,发型必然是对的,因为我感觉到那种舒服。舒服一定是好的。

因为疫情,今年就地过年。这是外出十年来,小龙第一次在外地过年。不过不回也好。回去,父母必定又要唠叨。小龙已经三十岁。这是乡下的算法,其实才二十八岁。

小龙有很多商业计划。计划的最终目的,是到镇上去买一间二手房。

"我要让儿子出生在这里，在这里上学。"

小龙还没有女朋友。

理完发出来的时候，天已经完全黑了。四面爆竹声响成一片。小龙早就买了烟花，他现在不放。他说要在夜深人静的时候放。我没有问他原因，大概他是想放给自己一个人看。我也喜欢在夜深的时候看烟火。晚上烟花太多了，太热闹。半夜时，站在露台上看，常常只有一支，很美地开在夜空。另一支要隔很久，也是单独一个开在暗黑的天上。每一支都很孤独，可是也很特别。

从理发店玻璃门往里看，灯光底下，小龙一个人坐在椅子上。脸上的笑容没有了，露出他朴实的样子。看起来很面熟，像我乡下少年时的伙伴。我的伙伴们都还在外面，只是已经老了，头发白了，早就没有了小龙那样的笑容。

回到家，院子里的太阳能灯已经亮起来。天黑了，它把前些天储存好的阳光，一点点地还给天空。灯光照在旁边的玉兰树上，玉兰花竟然开了。

自从春节过后，村子里的玉兰花就在一棵棵地开放。先是河对岸的白玉兰，接着是左右邻居的红玉兰。我院子里的这棵紫玉兰，一直默不作声。每天早上一起床我就来看它。几个月来每天都看。从立冬到雨水，它一直这样。毛茸茸的花苞，一动不动地挂在枝头上，像是睡着了。

昨天一夜的雨，使得气温降下去好几度。到了早上，雨还在下，而且越来越大。我没有开窗，也没有到外面去看。傍晚雨一停，我就出门了。整整一天，我没有看一眼这棵每天看的玉兰。然而它在雨里竟然开出花来。毛茸茸的花萼裂开来,露出紫红色的花苞。花苞没有张开,像一只只朝天举着的小铃铛,还在等一个信号,才一齐摇响。我觉得它这样比盛开还要好。元宵节,是它开花的日子。

"只为某一天……"我哼着小龙唱的那句歌。

天完全黑了,飞了一天的小鸟不知道躲去了哪里。惊蛰没到,小虫子还没有出来。爆竹声渐渐远了,村边上有人举着火把无声地往前飞跑,天空中升起一只孔明灯,小村安安静静。在这个寂静中,玉兰和风车茉莉,卖菜的农夫和理发师,还有我,都在等着某一天。其实那一天也只是一个普通的日子,只是因为我们在等,所以才好。

木者有戶
足住一間
地泥半脚

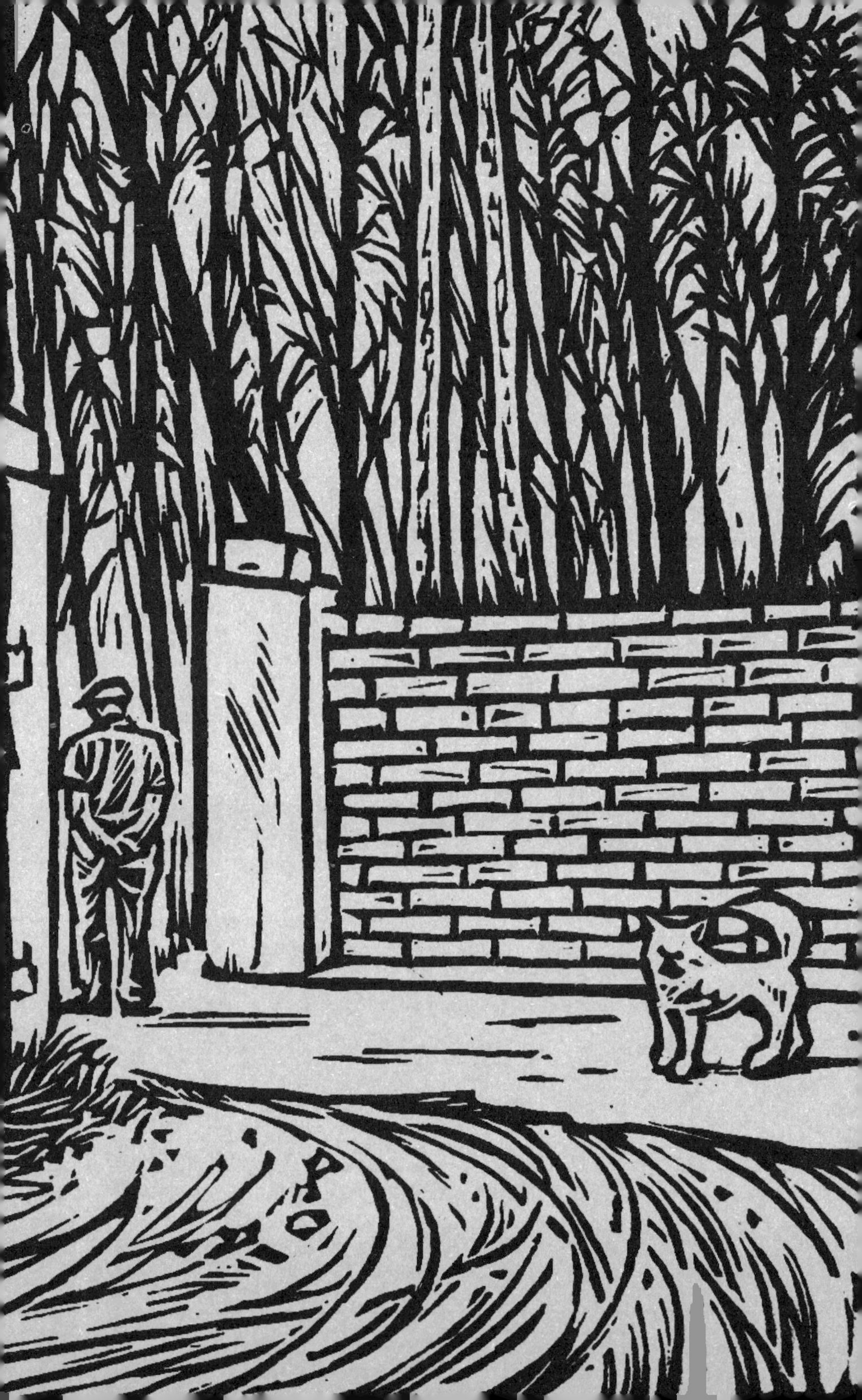

赤着脚，踩在泥地上

大门外有一块水泥地，显得与周围的一切都格格不入。惊蛰过后，我请了曾经帮我修整房屋的一位泥瓦匠来把它敲掉。

水泥地北边靠墙，东、南、西三边都是没有整理过的土地。东边长着一簇野蔷薇和一棵芭蕉。芭蕉冬天的时候枯掉了，还没有长出叶芽。如果到夏天，它的叶子会遮住半个屋檐。野蔷薇已经长出了嫩绿的枝叶，我一直在等它开花。所有花里面，我最喜欢的还是蔷薇。小小的白花，开在如锦的绿叶当中，像夜空里的星星。野蔷薇是谁带来的？不知道。也许是鸟儿，也许是风。

南边是一棵杜鹃，杜鹃也是野的。有一天，它自己从地里长了出来。这样长出的花，一点儿不用打理，壮实得很。立春到现在，杜鹃已经开了几批花。谢了又开，开了又谢，周围落满了花的碎瓣。离它不远是一棵桂花树。桂树已经长了好多年。我来的时候它就长在这里。树冠太大了，好大一块地都属于它，树下什么也不长，显得相当强势。不过一到秋天，就会显出它的好来。满树都是金色的碎花，满院满屋都是它的花香。因为这个，我就由它长去，一次也没有修剪。它自己就长得很美，每一根枝条都自然舒展，像有一只手在抚摸它，指引它。

　　西边这块地就让我操心了。这是两百多平方米的一块土地，一直荒着，除了杂草，什么都不长。父亲说好好一块庄稼地，被人糟蹋完了。我不听他的，我觉得它充满生机。春天刚开始，荠菜就钻出了嫩芽，接着是酢浆草长出小小的圆叶，一簇一簇。点缀在它们中间的是黄鹌菜、石头花、萝卜七，还有沿阶草和蛇莓。父亲几年前栽的韭菜也稀落地长出了几根。雨水过后不久，这种随意和谐的状况忽然被打破。这是一种叶片细长，颜色嫩绿的野草。起先看起来还清新可人，可是很快就露出了野性。它四处蔓延，慢慢包围了散淡自在的野菜野草，然后用力挤压，很快就淹没了一切。唯一还在跟它争斗的，只有酢浆草。这片田地，渐渐被分成了泾渭分明的两股势力。一个深绿粗野，一个嫩绿柔弱。现在，粗野的先头部队，已经插入了柔弱的那片嫩叶中间。不用多久，大概也会被它分割歼灭。

这个侵略性极强的家伙，名叫"加拿大一枝黄花"，有人给它起了一个反差很大的好名字，叫"黄莺"。我不满意它的蛮横，随手拔了两棵。一拔，不由得大吃一惊。看起来无害甚至可口的东西，竟然长着粗壮结实的根系。长长的一条根，在地底下横着向前疯长。我一棵一棵地拔下去，终于停下手来。这片土地，已经完全被它占领了。其他偶尔生存下来的小草，只是在它的空隙间偷生。而这样的空隙，也越来越少。

这片表面繁荣的土地，的确已经死了。我在泥土中发现了水稻、麦子、玉米、大豆的根，一些正在腐烂，一些依然坚硬。在"一枝黄花"到来之前，它的地力已经耗尽。"一枝黄花"又给了这土地致命一击。

这片不大的荒芜的地块，它不被任何人在意，却是我的全部。它可以睡着，却不能死去。土地的死亡，是所有事件里最为可怕的。土地是一切生命的开始。即便是最小的一块土地，里面也包含着一种神秘而巨大的力量。

第二天一早，我开始拔除"一枝黄花"。工作了六个小时，我腰酸腿痛，已经不能再继续。我绝望地发现，"一枝黄花"的根系，已经成了一个不可清除的网络。它在泥土之下，它在泥土之中，它和泥土纠缠为一个整体。它绑架了泥土；同时让泥土窒息。

在发现可怕的"一枝黄花"之前，我就约好了东村的泥瓦匠，请他来把我门外的水泥地拆了。水泥底下的土地是无法呼吸的。当他挥动大铁锤开始工作的时候，我才醒悟到，水泥底下的这块土地，是"一枝黄花"唯一没能攻占的地方。水泥拆除之日，就是"一枝黄花"占领之时。

听到我唉声叹气，泥瓦匠停住大锤。

"耕一耕就好。"他看了看被我弄得一片狼藉的田地。

第二天一早，我才起床，泥瓦匠就来了。他骑着电动车。他的儿子骑着三轮电动车。车上放着一柄铁犁。这柄像是从摩崖石刻上取下来的铁犁，就是解放我这块土地的神秘武器。

铁犁的形状很奇怪，像一柄巨大的鱼钩。两根长长的木柄，泥瓦匠左右手各抓一根。木柄呈锐角在前面交会，交会处是铁的犁头。犁头像一支雪亮的铁钩，深深地扎进泥土。泥瓦匠握住两根木柄，腰上背着一根系在木柄上的皮带，往后倒退着行走，用力拉着这柄铁犁。泥土一垄一垄地被犁开。已经开花的荠菜，能吃出酸味的酢浆草，父亲栽下的几株韭菜，还有满地的"一枝黄花"，全都被连根犁起。泥瓦匠的儿子拎着一只蛇皮口袋，在泥土中捡拾着"一枝黄花"的根。

泥瓦匠的儿子是个时尚青年，头发染成了低调的黄色，穿着一件瘦身的白衬衫，一条做旧的蓝色牛仔裤。脚上是一双白色的旅游鞋。我担心他的鞋被新耕的泥土弄脏，让他站到水泥地上歇一歇，我去捡。他朝我笑一笑，低头继续捡着暴露在外的那些可恶的根茎。

"整天趴在电脑上。星期天，让他出来动一动。接一接地气。"泥瓦匠说。他的儿子在一家网游公司工作，刚刚辞职回家了。

年轻人几乎不说话。他的目光是柔和的，脸上带着笑容。父亲让他做这做那，他都去做。然而在他的神情动作中，不是顺从，而是宽容，或者是一种对和父亲争执的不屑。

地耕完了，"一枝黄花"的根被塞了整整一袋。泥瓦匠交代儿子："这个草厉害得很，不能沾泥，沾泥就活。你要放到水泥地上晒，把它晒死。"

儿子应答着，把犁放到三轮车上，"呜"地一声开走了。泥瓦匠摇摇头："你不要看他们年轻，从来没吃过苦，不行。耕地、砸水泥，这些重活儿都做不了，不如我这个老头。"

泥瓦匠还不是老头，他属猪，才五十岁。不过头发已经花白，脸上有许多斑点和皱纹。他的身体很壮实，也因此吧，他对以后的日子既焦躁又有信心。

"烂泥糊不上墙。"泥瓦匠说，"这么大的人不谈女朋友，工作也无所谓，什么都不在乎，每天还快快活活。"

"一代人有一代人的活法。"我说，"等他们知道自己要什么了，他们会做的。"

"有意思吗？这样有意思吗？"泥瓦匠说，"不成家，不立业。"

泥瓦匠在村子里有一幢三层的楼房，镇上有一个小门面房。照理说应该能安居乐业，他还是一天都不肯歇。他一直在向我打听，哪里有更多的活儿。他说他什么都能做。木工、瓦工、电焊、油漆、水电安装，都行。

泥瓦匠不欠债，还给儿子备下了一笔结婚金。一家人衣食无忧,他还是恐慌,总要不停地忙。问他为什么,他说不出。一天不出来挣钱,就慌得不行。他总是说:"我要苦钱啊,不苦钱怎么行?"

儿子呢?儿子不问他要钱。对房子也不怎么在意。对于这个忙忙碌碌的社会,他不觉得有多好,也没有觉得什么不好,只是他活着的一个背景。与女朋友谈一场恋爱,还不如打通一个好游戏。

"他不接地气,活在梦里。"泥瓦匠说,"长多大他都不会过日子。我说你这不就是躺平吗?他说什么?躺平怎么啦?躺平挺好。"

花了三天时间,泥瓦匠帮我把院子里的田地全都平整好。他指导我,这里种青菜,那里栽西红柿,那边长茄子。靠墙支起一个架子可以长丝瓜。

"你把这块地弄好,就不用买菜了。"他拎了一桶水在院子里冲脚。地里的活儿干完之后,他光着脚在地里走了几圈。他说脚踩在泥土上舒服,走一走,接一接地气。

泥瓦匠走了。我脱掉鞋袜,光着脚,在这新翻的泥土上来回走着。河边的青草散着春日的清香,一群鸟儿欢鸣着,从岸边枫杨树的顶上飞过去。夕阳把刚刚长出新叶的枫杨的树影,投在这褐色的土地上。土地也是新的。吹在脸上的风带着泥土的气息。三十多年了,离开家乡之后,我就没有这样踩在泥土上。这是真正的土地的感觉,新鲜、湿润、温暖,像刚刚劳动过的母亲的手。

我不打算在这块土地上栽种任何作物。它应该休息了。

泥瓦匠答应给我送来几袋草木灰，还要送我一盆蚯蚓。"有蚯蚓的地，才是活土。"他也承认这块地已经奄奄一息。他说，活土才长庄稼。可是，土地并不是只用来长庄稼的。人们不停地在土地上收割和索取，"一枝黄花"这样的野草编成网来掠夺，使它贫瘠、干涸和枯竭。土地沉默不语，无声地承载着这一切，可是它什么都知道。

我赤着脚，站在新翻的土地的中央，四周安安静静。我的脚陷在泥土里。松软的泥土紧紧握着我。握着我的脚跟、脚心，和每一只脚趾。我像是从大地上长出来的一株野蔷薇、一棵桂花或者河岸上的那棵枫杨。在泥土中，我重新联结上了与大地的情感。我开始变得安静。在我的心真正变得安静的时候，大地将开口和我说话。它要比我们自己，更知道人类的命运。它知道一切生活于其上的生物的命运。

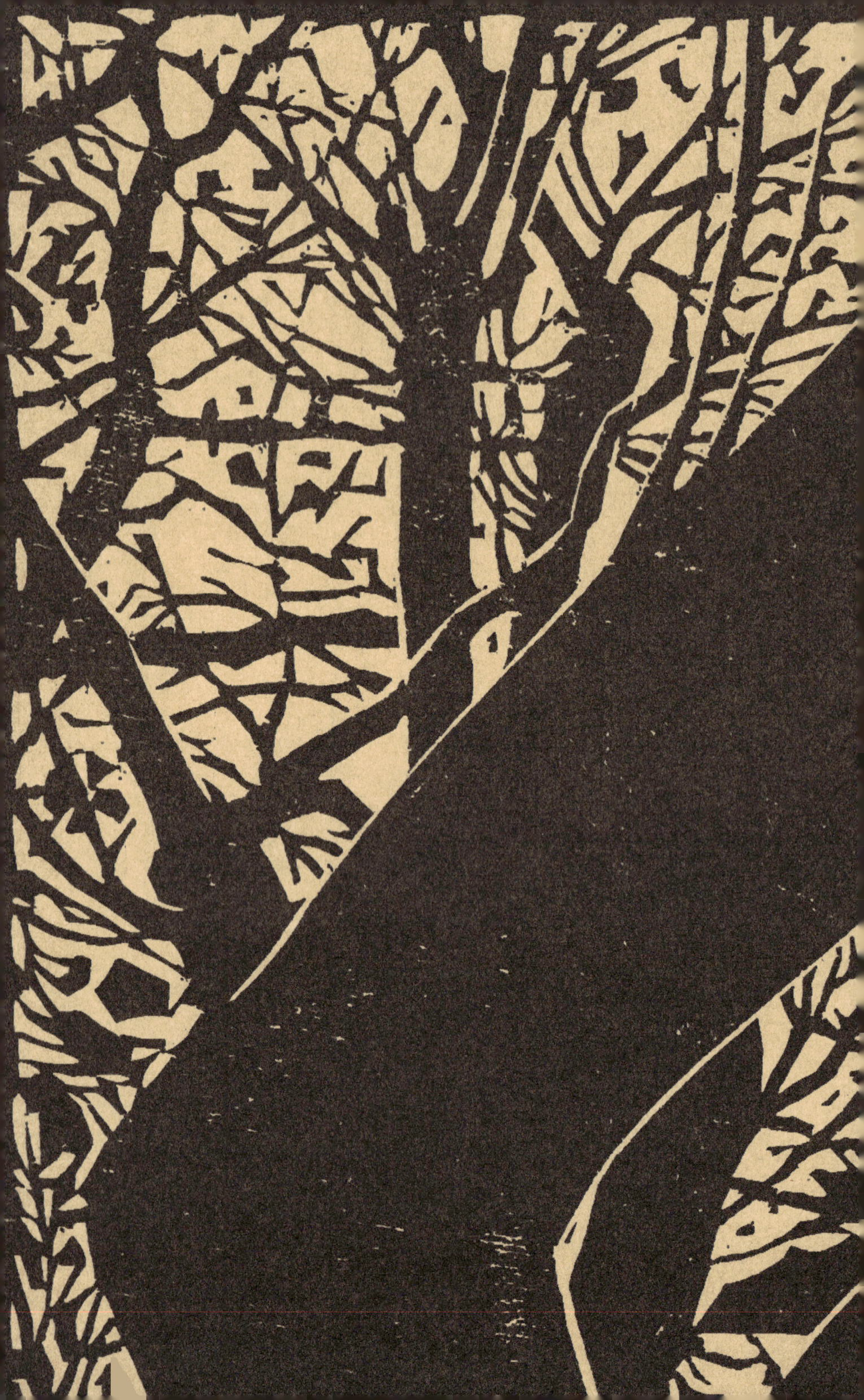

打对
知什
道么
都

树什么都知道

　　我做了一个梦。我从梦中惊醒过来。他们在锯一棵树,"嗨哟""嗨哟"地锯着河岸边上的那棵枫杨。树倒下来,发出惊天动地的巨响。

　　我拉开窗帘,外面黑黑的,天还没有亮。黑暗中能感觉到那个巨大的黑影还在。没有人锯那棵大树。

　　我重新躺回床上,可是再也不能入睡。我的心脏还在"嗵嗵"直跳。我被惊吓了。我很少在意那棵高大的枫杨。它就在那里,永远在那里。它一声不响,一直沉默地站着。在梦中,当它倒下来的时候,我的心一阵剧痛。像是这个世界上发生了一个大灾难。一棵树的倒下为什么让我这么难过呢?我不知道。

　　乡下的夜是静的,清晨也是静的。我在睡梦与醒来的边缘。然后就听到乌鸫的鸣叫。乌鸫的歌声圆润、晶莹、清澈,在尾声处又带着一种历经沧桑的嘶哑。像是一树露珠,被风吹动了,从叶子上滑落下来,落在青石板上、枯叶上或者某件破碎的瓷器上。乌鸫在哪里呢?听不出来。大概就在枫杨树的底下。

我穿上衣服出门。仅仅经过一夜,苍老的树上已经长满了绿叶,叶子鲜嫩、年轻、茁壮。我说得不对,枫杨是高大的,粗壮的,可是不苍老。不能因为它的年纪就称它为苍老。对于一棵树来说,它正当壮年,甚至是青年。可是这么一棵生机勃勃的树,我怎么就没有在意呢?直到它要不在了,我才想起我对它一无所知。我才想起这条小河的边上,这块小小的天地间,不可以缺少它。如果缺少了,就残破了。这个春天就不完整,也许接下的夏天、秋天和冬天,都是残破的。是长久的时间构成了这样的和谐。如果和谐被打破了,要十倍的时间来恢复。也许永远都不能恢复。

我盯着它看,我用手抚摸着它粗糙的树皮。我蹲下来,用手指搜寻着它半露出地面的根。根一直往岸上伸展,一直伸往我的院子。粗壮的根只往这里,而不是伸向水的方向。我忽然明白,它是要紧紧抓住岸上的泥土,好让自己不往河水里倾斜,不要滑落下去。现在的它,已经不用担心了。它不为人知地努力了一百年。它的根已经伸得足够深,伸得足够远。河水可以淹没它,可是绝不可能把它扯倒。

站在枫杨树底下,我惊讶地发现了一个大秘密。我一直以为所有的树都是无所事事,或者无可奈何的。它们只能站在同一个地方。无论这个地方是河滩还是荒漠,是山岭还是广莫之野,它们只能呆呆地一动不动,听天由命。然而完全不是这样。

枫杨的根沿着河岸往上攀爬着，使得整棵树稳稳当当地笔直地站着。树干粗壮有力。这种粗壮是健康的，没有丝毫的累赘和臃肿，显得堂堂正正。所有的树枝在树干上有序展开。那是一种极其精密的秩序，让人叹为观止。树枝有的弯曲，有的盘旋，有的往上升起，有的横生出去。有的粗如手臂，有的又柔软纤细。可是整个树冠，都遵循着一种神奇的韵律。从哪个方向看，都是平衡的、优美的。每一个细节它都考虑到了。像一个天才的建筑家，在盖一座伟大的教堂。带着某种仪式，饱含着神圣的虔诚。就是这样一棵普普通通的树，它完美地处理好了一切力学与工程学的问题。树还在不断地长大，就像一座伟大的建筑还在施工当中。没有完工的建筑体现不出它的美，甚至是丑陋的。可是生长着的一棵树，每时每刻都是美的，并且带着一种诗意的节奏。它在人类的毫无觉察中，建起一个奇迹。它自己并不在意这个奇迹，它就这样生长着。为它自己，为昆虫和飞鸟，或者为大地上的这一小片天空。

　　整个上午，我都带着一种惊异之心，观测着、抚摸着这棵我差点在梦中失去的枫杨。我在它的周围转来转去。一连几天的春雨，使得小河的水涨了不少。然而离枫杨还有很远。河水离它是远是近，枫杨不在乎。它有足够的水分。如果我有精灵的眼睛，我的眼前将是一种无比壮观的景象。细如蛛丝的水线，密密麻麻，从树的根部源源不断地流向每一片叶子。那是绿叶在吮吸。整棵枫杨像一座精致壮观的喷泉，随着叶片上气孔的开合，在阳光底下吐出最清新的氧气。它所需要的一切，都来自土地。所以它只要和大地融为一体，只要把根扎下去，只要稳稳地站立在大地上，它就可以永远保持沉默。它丝毫不在乎我会在它的旁边站上一天，或者一年。它不需要人类，只有人类需要它们。据说我们四肢的敏捷以及大脑能够思考，就是因为我们的先祖曾经在树上生活了八亿年。

枫杨并不像看上去那样沉默不语。它和大地说话，和风说话，和暴雨雷电说话，和歇脚的动物或者栖息的鸟儿说话。它有着独特的言语方式。它说的每句话都有意义，它要沟通的对象太多了。脚下的苔藓是它的朋友，蜜蜂、蝴蝶、飞蛾、蚂蚁，是它的朋友。身旁的苏铁、乌桕，不远处的含笑，也是它的朋友。那只每天都有一长段时间停歇在它身上的白鹭，几乎像它亲近的家人。它知道怎样和它们相处。它甚至记得它们说过的话。它会因为它们的话，调整自己生长的姿态，改变自己开花、结果或者落叶的时间。

开花和落叶并没有那么简单。它要提前一周做好准备。它必须算好日照的长短、温度的高低，随着节气的交替运转，准备好开花或者结果前的营养，在落叶前把叶子里面的养分吸收干净。叶子落往脚下之前，还要嘱咐它们，让它们护好根基，不要让不相干的植物蔓延过来。

没有一棵树只是轻松地站在那里，没有一棵树不是在紧张地忙碌。有一些树，甚至会在夜间失眠。它们喜欢白天就是白天，黑夜就是黑夜。它们不喜欢黑白颠倒。如果黑夜像白天那样明亮，白天总被雾霾遮挡，冬天总也不冷，夏天酷热干旱，它会烦躁不安，它会拒绝开花，或者只开很少的花。它们会等一个好年成再结出满枝头的果子。它们有耐心，它们比最有耐心的人更有耐心。对于一棵大树来说，一个怎样辉煌或者如何苦难的时代，都只是一场匆忙收尾的戏剧。

跟这棵枫杨树相比，我显得浅薄而无知。我们活在一个空间里，却不是活在一个维度上。我自高自大又自艾自怜。我渴望与人说话，说完之后又深自痛悔。我嘲讽着我自以为了解的人，事实上却是在嘲笑自己的荒谬。我羡慕沉默，却在聒噪中可耻地蹉跎着岁月。也许就因为这些原因，梦中枫杨的死让我心口大痛。我从来不轻视梦，梦总是比现实告诉我的还要多。

只有风在说话，风逗弄着它的叶子，枫杨仍旧一言不发。它默不作声地恋爱、繁衍，结交各样的朋友，详细记载每一年的历史，站在高处洞察着未来。它不说话，却把每一天都活得美好。它把每片叶子、每朵花、每一粒果实，都用心长好。这样的好，就是最伟大的艺术家也无从挑剔。这样的好，它知道，也可能不知道。它不是十分在意。它因为沉默而高大，它因为了解自己而沉默。

那只乌鸦一直徘徊在枫杨的周围。我慢慢想起来，它总是在这附近。我记得它的鸣叫，早晨、中午、晚上，它不停地在唱，它的声音这样年轻又如此苍老。也许只有枫杨知道它的故事。它们的关系，要比我和它们亲密得多。我什么都不懂。可是在它的鸣叫里，我听得出，不只是一只鸟儿的生活那么简单。我听到了树木、河水和鸟儿们之间的相互劝慰。

一只燕子飞过来，在枫杨脚下的水边衔起一口泥，掠过水面飞过去。我忽然想起，今天是春分，春天已经过了一半。照老家的风俗，要去找一盆佛指甲草，放到我新修好的屋顶。佛指甲能消灾避火。树啊，草啊，它们总是知道一些我们人类不知道的事。

坐在屋顶的平台上，我一直在看这棵消失在梦中的枫杨。一群小山雀在树间快活地嬉闹着，长着新叶的枝头在风中轻轻地摇晃。小河涨起了春水，闪着亮光，往东北流过去。长江在北边。我的故乡在长江的北岸。

年少的时候，有个女孩跟我说，她将来爱的人，应该是"高大而沉默的"。我不知道，她那么小，怎么就能这样深刻。然而她是对的。

我希望她能找到一棵她爱的树。如果这样，她是幸福的，树也是。树什么都知道。

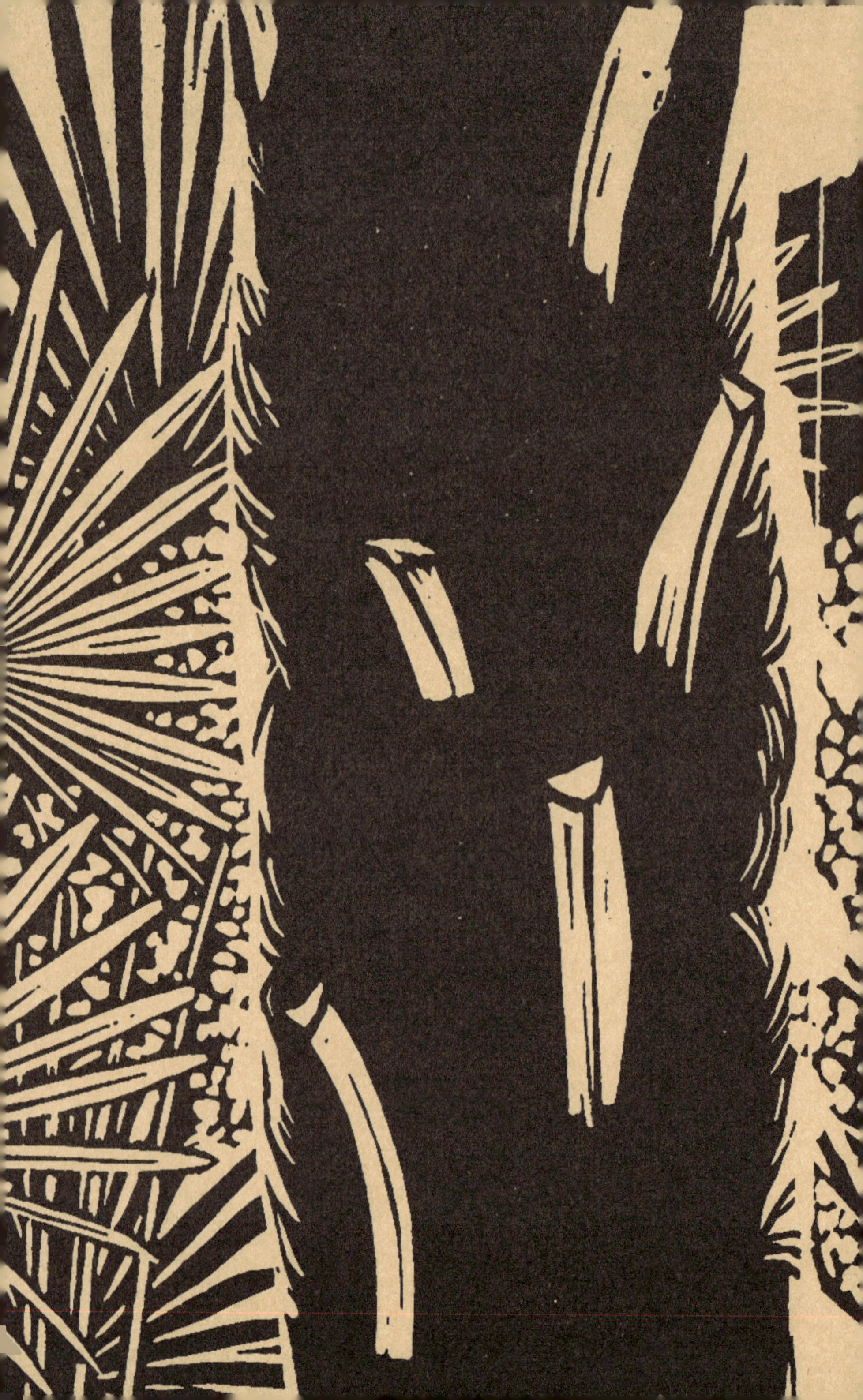

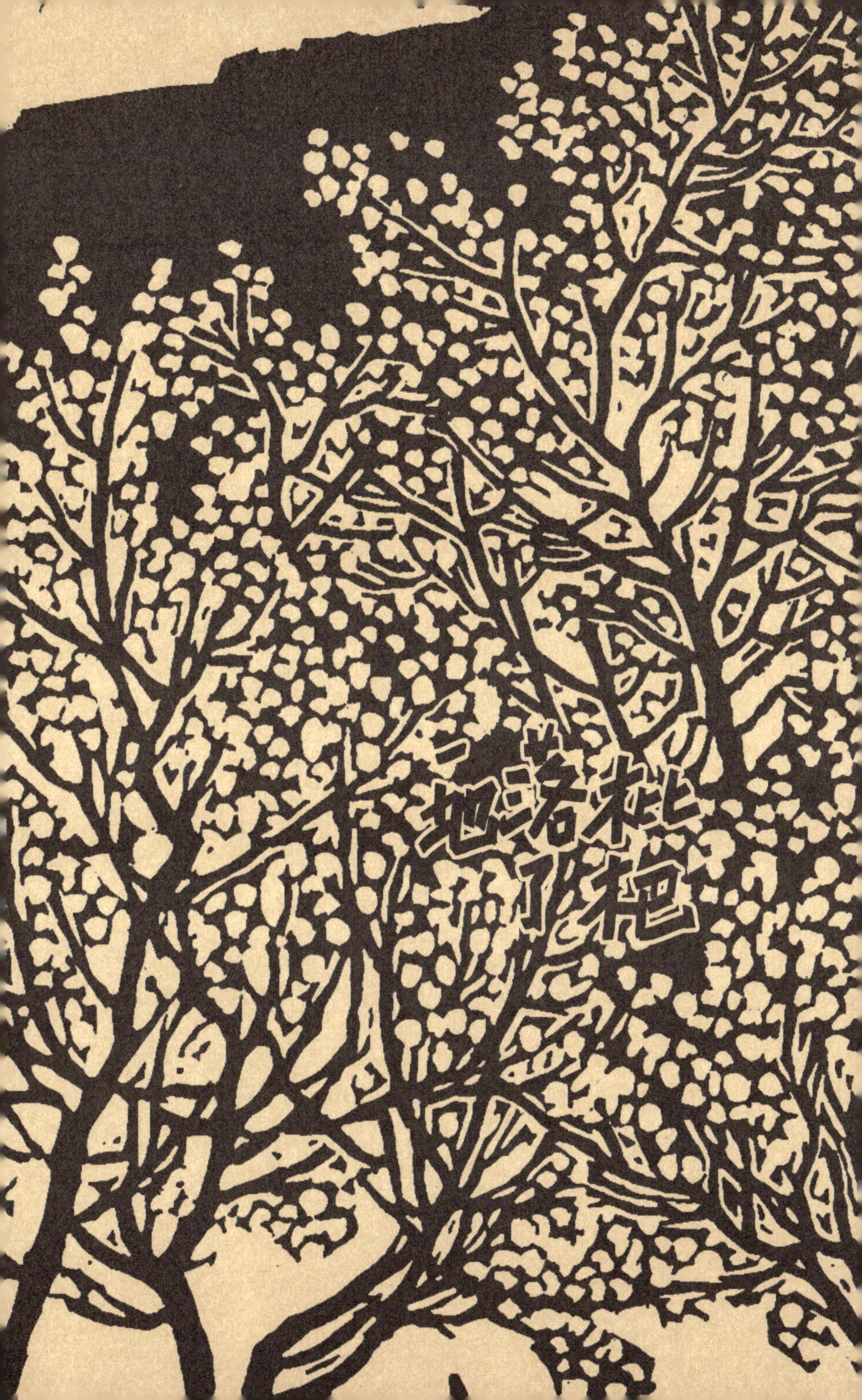

枇杷落了一地

刚刚下过一场小雨，空气格外清新。我过了小木桥，走到河的对岸。放眼望去，枝头上所有的新叶都嫩绿可爱，然而每一个层次的绿又都不一样，每一笔都涂抹得恰到好处。最淡的是玉兰树叶。玉兰花刚谢，枯萎的花瓣还挂在枝头上，旁边已经长出了新叶。叶片的绿是透明的，像是水彩的绿被调到了最淡。颜色稍深一点的是香樟树叶，树冠深色的旧叶上面新长出了柔和的嫩叶。香樟树是一长排，离得比较远，在几幢房子后面的路边上，是行道树。它的绿像是给天际线勾了一个绿边。这么一来，整个眼前的画面，就全是春天的底色了。

接下来的绿,就是小河边的垂柳了。颜色虽然深了些,可是这样的绿在风里飘来荡去,不呆板。在新长出来的叶子里面,颜色最深的是枫杨,它已经是翠绿了。一直以来,我总是在我家的露台上看这棵巨大的枫杨。现在换了一个角度,从河对岸再看它,发现它更加舒展、宏伟而壮观。如果说照管着小河沿岸树木的精灵,冬天住在那棵乌桕树里,春天她已经把家搬到了这棵枫杨上。现在,这棵枫杨成了这片土地上的灵魂。

在这样的色彩里,我不打算立即回去,我想往更远处逛一逛。河对岸的景象要比岸这边更荒凉。一幢一幢的房屋空关着。一些墙上的砖块大片地脱落了,显出墙壁的丑陋。一些窗户上的玻璃也破碎了,露出一个个不规则的黑洞。栅栏围着的院子里杂草丛生,偶尔有几棵桃树开着满树的花。只有灿烂的花,没有人。春天在这样的院子里,显得更寂寞。

我无所事事地从一个院子走到另一个院子。忽然看到一棵巨大的枇杷树。它是整个小村中的枇杷之王。枇杷的树冠盖住了整个院子,树底下密密麻麻长着无数的小枇杷。我愣在这里。这棵枇杷树虽然枝叶繁茂,苍劲有力,可是我感觉到的,已经不是春天的寂寞,而是遗忘,是深入骨髓的孤独。

枇杷秋天结花蕾,冬天开花,春天结果,到夏天果实真正成熟。所以古人说枇杷果里有着"四时之气"。我老家的大门口有一棵枝节横生的枇杷树。因为爷爷总是咳嗽,母亲常常给他做一碗枇杷百合银耳汤或者枇杷雪梨金桔汤。至于川贝枇杷膏,是爷爷亲手做。枇杷膏要熬一天。枇杷的皮和核要去掉。枇杷核有毒,不能吃。把枇杷的果肉放到大铁锅里,用火烧开,加上冰糖,用木勺不停地搅拌。搅拌的总是伯父,他力气大,能一站几个小时。爷爷呢,在大灶后面烧柴火。枇杷膏成不成功,靠火候。爷爷掌握火候,并监督伯父不要偷懒。川贝粉要到最后再加,加上,再熬一会儿,就成了金黄诱人的枇杷膏。熬好了,放凉了,装在瓶子里。爷爷每顿一勺,慢慢吃。对于我来说,枇杷树像一位老人,它是慈祥的、温暖的,它从不孤独。

眼前这棵枇杷树是我老家那棵的两倍大。花早谢了,已经结出了满树的果子,一粒一粒,一簇一簇。果子被粗大的琵琶形的叶子托着,黄褐色,不好看。其实枇杷树的花也不好看。去年冬天下第一场雪的时候,小河边上的枇杷正好开花。照理说冬天的花很少,该会引人注目,可是枇杷花总是被人忽略。枇杷花是五瓣的小白花,被毛茸茸的萼牢牢地护着,加上满树都是肥厚的枇杷叶,几乎看不到。那么一点白,陷在毛糙的花萼里,显不出美。可是这么不好看的花,也吸引了许多寒冬里四处流浪的昆虫。从现在枝头上累累的果子就知道,曾有足够多的昆虫帮它授粉。

过几天就是清明,清明之后是谷雨,谷雨之后是立夏。进到夏天,枇杷的果子就成熟了。看着这棵长在荒凉院落中硕果累累的枇杷树,我很替它担心。

枇杷的果子是诱惑,也是奖品。当它成熟了,就在枝头呼唤着鸟儿、松鼠、刺猬或者随便什么小动物，愿意来的都可以，来吃它的果子，同时把果核带得远远的。显然，前些年并没有那么多的动物来接受它的邀请。它的果子只能落在自己的脚下，种子只能在母树的脚下发芽。这样的成长是畸形的。母亲的树冠在头顶上遮住了阳光，根在脚底下抢夺着水分和营养。小树长不高，也长不好。更何况，还有这么多的兄弟姐妹们挤在一起呢。只要母树长在这里，越是高大，后代就越是孱弱。

这是母树不愿意看到的。母树想尽办法让种子远离它而去。总会有鸟儿、小动物、蚂蚁或者猛烈的暴风雨来访吧。可是这个院子里到底发生了什么？就是没人把老枇杷的果子带走呢？

这是我在村子里见到的最大的悲剧。大自然原本不是这样安排的。树要比人在大地上生存得长久。在这长久的岁月里，它比人学得了更多的智慧。这棵大枇杷树的悲剧，也许只是一个意外。没有一棵树会让自己的后代拥挤在脚下饥肠辘辘、坐以待毙的。

每一棵树，都在尽力地把它的果子抛得更远。每一只果子的旅途都充满着凶险。可是果子只能上路。大自然从来没有无私的奉献。果子要分给鸟儿们果肉，鸟儿带它远去。可是鸟儿并不承担更多的责任，它们把果核随意抛弃。一些搁浅在石头上，永远不会发芽。一些落入河水，一生在泥水下沉默。一些被车轮压碎，一些被小虫子啃食干净。只有少数的种子有着好运。譬如恰好遇上一只喜欢储存粮食的田鼠。田鼠把它埋在泥土中，又把它忘记了。这些好运的种子，还要继续它的好运。它不能被蚯蚓埋得更深，它生活的土壤上面不能很快就被其他杂草覆盖。它就在这地底下等待着。等多长时间呢？是第二年的春天就发芽，还是再等上一年、两年、五年、十年？种子做不了主，它在长成种子的时候，母亲就在它的身体里调好了闹钟。母亲是有道理的。如果所有的种子都同时发芽，万一碰上可怕的天灾，不论是干旱、洪水或者野火，它们就会全族覆灭。所以种子要轮流发芽。就是听到母亲的闹铃了，种子也不能莽撞地钻出来。它要敏锐地知道外面的温度、湿度和光照。稍不合适，还要埋头大睡。

老枇杷树下的种子发芽了，长成了这满眼的小枇杷。每一棵小枇杷，都是一朵花变成了一只果，一只果落下了一只核，一只核被大地喊醒，探出了头。只要从大地上探出头来，它就再也不能改变自己的命运了。它和人不一样，它不能动，它只能一动不动地站在这里，接受命运。而人的出生，才是生命刚刚开始。在这幢房子里，是不是也曾有一个孩子出生？是不是他也每天都在这棵老枇杷树底下嬉戏玩耍？是不是也曾有一位老人，采下树上的果子，花上大半天的时间熬一锅香甜的枇杷膏呢？他们又都去了哪里？

我从这棵老枇杷树上摘了一粒小果子回来。云层不断地往前流动，一会儿放出阳光，一会儿又把它遮住。我坐在露台上，小心地剥开这只毛茸茸的、花生米那么大的枇杷果。它外面是一层坚硬的表皮，里面是一粒白色的米粒大小的圆核。圆核再打开，里面是一粒更小的核仁。核仁柔软鲜嫩，仿佛风一吹，就会长出一片细叶。我抬起头，住着精灵的枫杨树上停着一只蜡嘴雀。它拖着缓慢悠长的调子吟唱着，不慌不忙，像在呼唤什么，深情绵长，一声又一声，让人的心一阵地颤动。

如果我手心里的这只小果子依然挂在树上，不久之后它就成熟了，就会变得汁水淋漓，肥美可爱。然后呢？它也许又落在母亲的脚下，发芽，或者不发芽。如果发芽，也只会度过孱弱的一生，也许很快就会夭折。也许，它会被一只馋嘴的鸟儿衔走，落在我永远不会路过的一片泥土上。它会长成一棵参天大树，然后又把它的种子抛向更远的地方。如果大自然给它足够大的原野，它将会长成一座无边无际的森林。"风生于地，起于青蘋之末。"每一座森林都是从一粒种子开始的，就像每一段人生都是从一个意念开始。

美玲朋的命的

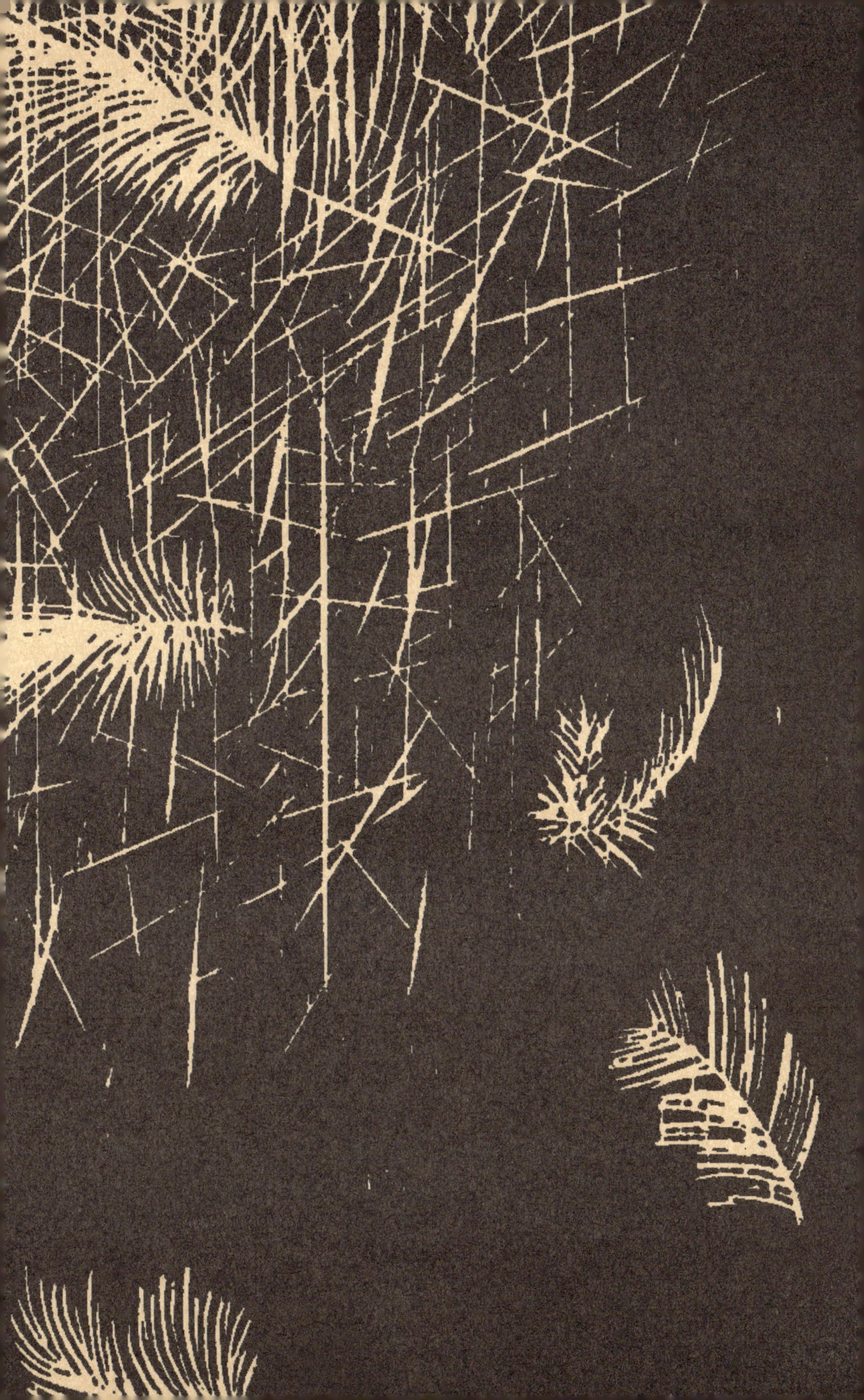

致命的美丽

门前的一小块空地，原本铺着水泥，我觉得闷气，请人砸掉了。春天总是下雨，裸露着的这块地变得泥泞不堪，几乎迈不出脚。这完全出乎我的意料。我记得老家的大门外也是一块泥地，每次雨过天晴，就又立即变得光滑柔和，像一块刚刚铺好的绸缎，多少年来总是平整结实，从来没有糟糕成这样。打电话问父亲，才知道，院子里的泥地要夯实了，经过多年的踩踏之后，才不怕雨淋水淹。

"你得有人气。人来人往，走走，地就实了。"父亲说，"你那个地方，半个月不见一个人影子，过多少年也没用。"

思量再三，我请李师傅帮忙，在这块地上架起一层防腐木，边上再装上两块木栅栏，然后放上一方小石桌，几把小椅子。这样就舒服了。随时可以到外面坐一坐，走一走。木板外面的野蔷薇已经长得很好，我引了几根枝条过来，让它们攀爬在栅栏上。再过上一两年，大概我的木栅栏就会变成开满蔷薇的花墙了。一幢房子，有花了，才算是真正的家，才是美的。父亲说房子要有人气，我觉得有花了，也是人气。有人了，花会开得更好。这样的花里，就带着人的气息。

每天我都走到栅栏边上看几眼。蔷薇长得一点也不努力。它是野的，既不要我浇水，也不要我施肥，我当然就不能对它的长势有什么要求。好些天下来，它只在原先的位置往前探了探头。倒是防腐木的缝隙中，冒出了好几根嫩芽。我蹲下来仔细一看，是菟丝子。

新长出的菟丝子只是一株纤细的嫩芽，柔软得让人心疼。不过它很快就能爬过栅栏，轻松愉快地攀上多刺的野蔷薇。那时候，菟丝子就和蔷薇合而为一了。菟丝子不长叶子，会开出白色的小瓶子一样的花，很好看。菟丝子长得太快了，它的感情是奔放的，它的缠绵也是义无反顾。《诗经》里最炽热大胆的一首诗，就是以菟丝子起兴。"爰采唐矣？沬之乡矣。云谁之思？美孟姜矣。期我乎桑中，要我乎上宫，送我乎淇之上矣。""唐"就是菟丝子。看到菟丝子，诗人立即就想起心仪的女孩。他们在桑林中约会，在上宫楼中欢聚，又在淇水边依依告别。眼前这棵菟丝子从发芽、钻过木板的缝隙，到往野蔷薇方向的攀爬，以及野蔷薇矜持谨慎的接应，每一个场景，都是对《诗经·桑中》的完美呼应。事实上，菟丝的果子的确会让人变得莫名兴奋。这里面甚至牵扯到一个古远的神话。

炎帝有个女儿叫瑶姬，没有出嫁就死了。死后她的魂魄化成一种草，叫瑶草。瑶草结的果子细细圆圆，淡褐色，跟菟丝的果子一样，像一颗药丸。《山海经》上说："服之媚于人。"吃下去，别人就会喜欢你。《神农本草经》上也说多吃菟丝子，可以祛除脸上的黑斑。总而言之，吃了就会生出由内而外的美。传说中的瑶姬有着无可挑剔的美。因为葬在巫山，她又成了巫山神女，且为朝云，暮为行雨。神女曾经与楚王在梦中相会。诗人宋玉也曾梦见过她。宋玉说她"茂矣美矣，诸好备矣""皎若明月舒其光"。女神之美，仿佛月光照在静谧的大海上。月光中包含着柔情和甜美，大海中又蕴藏着自由与奔放。

联想到这一段神话的时候，我已经清扫过院子，在小石桌旁边坐下来。刚泡好的新茶有些烫，放一放，等会儿再喝。每天上午有很长一段时间，我在院子里拔草剪枝，捡拾石子，或者看着树上新长出的嫩叶发呆。总有蜜蜂围着我转，"嗡嗡"地吵着。不用赶它，玩累了它自己会走。它一走，世界立刻变得安静，连微风吹动树叶的声音都听得到。可是这安静只有短短一瞬。蜜蜂刚走，一只相思鸟就停在了院边的石楠树上，脚才站稳，就开始了吟唱。

红叶石楠是我的院墙。说是墙，其实只是一个象征。所以树栽得稀稀落落，猫狗从任意一个地方都可以直接进来。正是石楠长叶子的时候，满眼都是红色。这样的红是最美的，任何一种颜料都调不到这么悦目。红叶围成的院子很小，也很简陋。我没有太多干涉这块地的野性。苔藓、阶前草、野杜鹃、蕨菜、车前子，我都喜欢。只有霸道疯长的野草我才拔除。我觉得这样是美的。母亲准备了青菜、茄子、辣椒和豌豆的种子，等我清明节回家祭祖后带回来。也好，就种在边边角角的地方，它们愿意怎么长就怎么长。小虫子和小鸟应该比我更加期待。我觉得这样也是美的。只要能生长植物的土地都是美的。

相思鸟换了一棵石楠树，还在歌唱。我看不到另外一只。当然我也不会多心地认为它是在唱给我听。不过作为旁听者，内心也有着自己的幸福。鸟儿的鸣叫并不会让这块小天地变得吵闹，甚至因为它们的鸣叫，反而显得更加安静。如果你感觉不到时间，心里又有一种淡淡的愉悦，你就知道，时间慢下来了。

时间一慢，不只是耳朵变得更灵敏，你的目光也会敏锐许多。你能听到鸟儿不同声部的演唱，同时看到它们是比拇指大不了多少的小山雀，还是一只对着伴侣频频地点头致意、倾诉衷情的斑鸠。更多往来的，是一些没有见过的鸟儿。它们一只比一只斑斓，一只比一只惊艳。

羽毛绚丽的大多是雄鸟。它们把自己打扮得这么漂亮，当然是为了吸引雌鸟。可是雌鸟真觉得它们好看么？雌鸟看中雄鸟的不是美，而是羽毛背后的生存逻辑。

雄鸟把自己的羽毛长得那么漂亮，更加引起了天敌的注意。它要为了这份美，去与天敌周旋甚至以死相搏。雌鸟在意的，正是雄鸟对抗危险的能力。能活到成年的美丽雄鸟，没有哪只不经受过无数次的生死考验。雌鸟在意的是雄鸟的生命力，这个生命力里包含的基因，对未来的小鸟儿是好的。雌鸟爱上的，不是美丽，是因为美丽而历经沧桑。是因为美丽，才有未来。而那些死于美丽的雄鸟，雌鸟不在意。它们悄悄地就不在了。大自然生机勃勃，又冷酷无情。美丽对一些鸟是幸运，对于另外一些鸟则是灾难。动听的歌喉也是。能自由歌唱是幸福的，可是因此被捕鸟人捉到笼中却是痛苦的。无论多么华贵的鸟笼都让我厌恶。

昆虫、草木、矫健的猛兽或者人，所有美丽的背后，都藏着不为人知的痛苦，甚至不忍直视的残酷。

菟丝子柔弱地把它多情纤细的吸管伸进与它纠缠在一起的树木的茎干。树木从大地吸收的营养和水分，被它截留、盗取了，被它缠绕的身躯变得僵化干枯。菟丝子迅速地往上攀爬，很快就覆盖住树木巨大的树冠。现在，树木越是高大伟岸，就越是衬托出菟丝子的繁茂与美丽。它开出白色的花；结出褐色的果。它的目标是整个森林。森林有多大，它的梦想就有多大。它成了所有树木的噩梦。这样的悲剧，诗人们看不到。诗人们很少歌唱悲惨。诗人总是喜欢把悲惨的境况包裹上华美的外衣。

往往如此，诗人们讴歌什么，正是因为缺少什么。关于爱情，关于真诚，关于美，关于宽容，关于和平，一本本诗集堆放在我的桌椅、茶几和床头。诗人们知道他们在说什么，我也知道他们在说什么，写诗的人与读诗的人达成了某种默契，时间里有一些苦涩与无聊需要打发。

相思鸟依然在唱着一曲纯熟的歌，像极了一个诗人，一个演员，一个作家。只有冷峻的哲学家才会挑明真相。

庄子说："天地有大美而不言。"一朵花，一根羽毛，一种寂寞，所有美丽的背后，都有着一段难以言说的过往。即便天地之大美，也只是某种道的表象。佛曰："不可说。"

果树开花的桃树

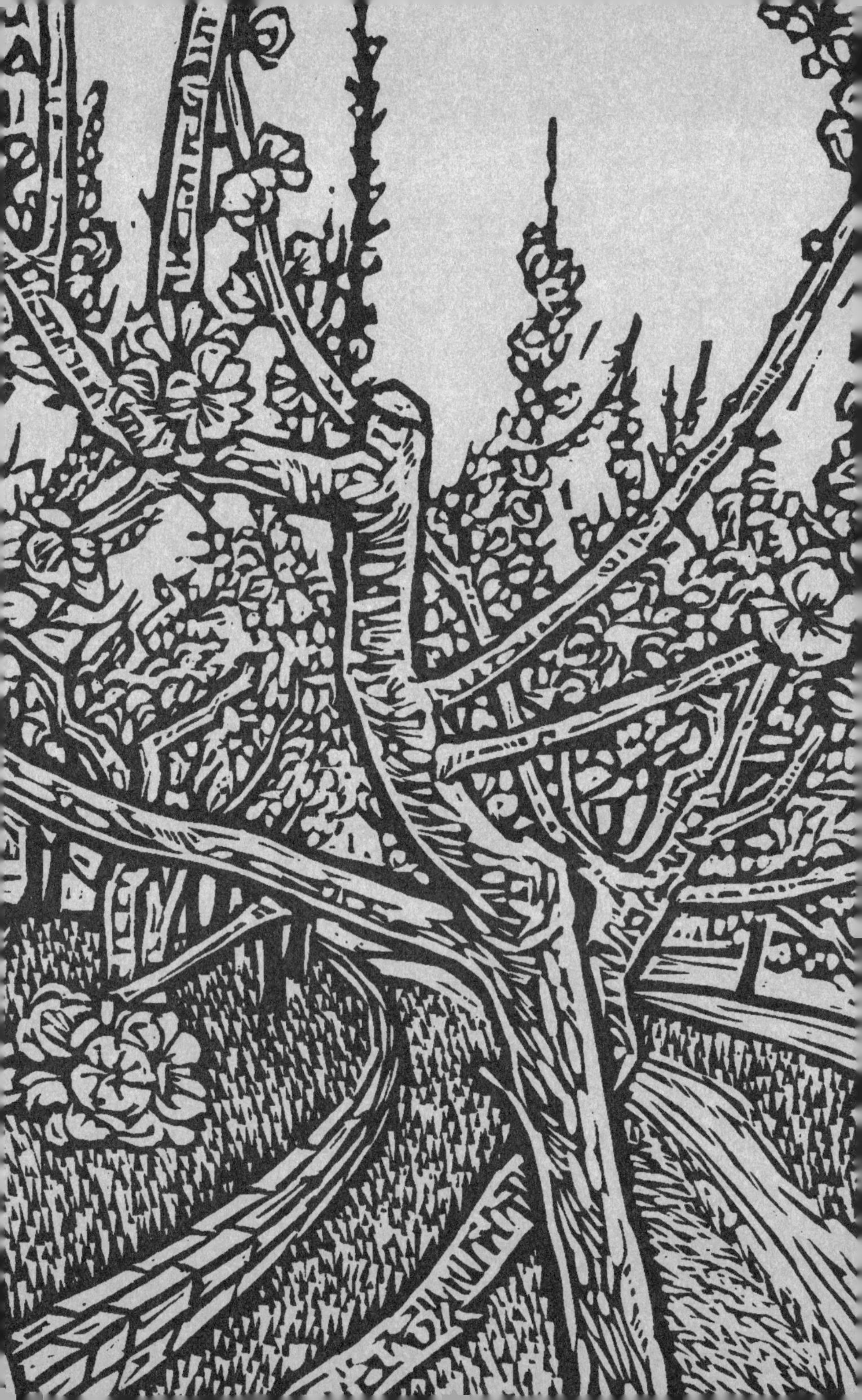

一棵开花的桃树

清明节回老家,我去镇上姨父的店里买金漆和红漆。爷爷奶奶墓碑上的字已经模糊不清,清明节前要描一下。名字不能湮没,名字湮没了,他们就真正不在了。名字不只是在我们的心里,名字还要刻在碑上。

乡下的桃花已经开了一个月。桃花的花信风是从惊蛰吹起的。而后,桃花就一直在开。一树谢了,另一树又开。姨父店旁边有一棵桃树,花开得迟,正是满树桃花。姨父的孙子坐在桃树下的一把椅子上弹吉他。男孩刚刚十六岁,在县城读书,清明放假才回来。

姨父不高兴。一向节俭的孙子,买了一把三千多元的吉他。整天抱着,叮叮咚咚地拨弄。我的姨娘不在了。她得了白血病，治了几年，欠下一大笔债，人还是走了。男孩想要一把好吉他。他没有钱。父亲母亲也没有。整个寒假他都在县城里给人洗车，年三十、年初一也没有回来。回到家的时候，满手都是冻疮，可是钱还是不够。姨父心疼他，想办法补齐了孙子买吉他的钱。

姨父让这个十六岁的少年给我弹一曲。少年犹豫再三，终于理了理弦，弹奏起来。他的爷爷、爸爸、妈妈，并不认真听，一直在跟我唠着家常。妈妈说他谈了一个女朋友，喜欢弹吉他，他就是跟她在学。爸爸说今年的夏天，他和她要在县城里做一个表演。少年不说话，一直低着头，用心地弹一首曲子。弹完了，一句话不说，站起身，往店里走。

"《平凡之路》。"我说，"好听。"

少年回过头，眼睛里闪过一抹亮光。

我推车离开。少年眼里的光一直闪在我的心里。他上的是技术学校，再过两年，就要回到社会。爷爷老了，父亲身体不好，母亲一天工作十二个小时，已经瘦弱不堪。还有奶奶看病的一笔巨债要还。生活的负担正沉重地等着他。而这两年，也许是他生命中最自由最张扬最浪漫的时光。在这样的时光里，整个世界都是他的背景，他的眼睛里只有爱情。而后呢——

从镇上回家，如果稍微弯一下路，就能经过我上高中的学校。学校早就关闭了，现在成了一座面粉厂。原先的大门还在，大门外面的那条路还在。路的一边是一排桃树。这里的桃树开花还要迟，一些开了，一些还含着花苞。路上没有人。路两边是大片金黄的油菜花。这和三十年前的春天几乎是一样的。那是高三的春天，也是高中的最后一学期。这一学期上完了，我和我的同学们就各奔东西，也许再也不会相见。

  我爱着的那个女孩，每天放学都骑着车从这条路上走过。桃花含苞了，桃花慢慢地绽放了。我骑着车，远远地跟在她的后面，远得几乎看不到她，远得只看到桃花的影子里，那个十八岁的女孩，只是轻轻一晃，就不复再见。

  人的心，并不知道岁月是怎样地无情，或者对时光的流逝下意识地麻木迟钝。每当想起自己样子的时候，我们从来不知道自己的身体和容貌已经发生了怎样巨大的改变。我们只记得自己想记得的样子。每当说起"我"这个字的时候，我的脑海里出现的那个形象，绝不是现在的我。要年轻得多，要年轻很多很多。或许，就是我十八岁时的那个样子。那个相信爱情、以为爱情就是全部生命时的样子。

  桃树下面弯弯曲曲的乡路上，没有一个人，静静的，像是被时光定格在这里。新开的桃花永远是年轻的，永远是美的。可是我再从这里走过，已经过去了三十年。我曾多次回到故乡，从来不曾绕路来这里看一看。那个在桃树下弹吉他的孩子，突然让我想起了这里。就像我的心跟他一样年轻，就像我心里同他一样，也有着一个年轻的姑娘。是的，我也有。她骑着车，穿着白衬衫，从这排桃树底下鸟儿一样飞过去。她飞过去，可是她永远飞不远。她就在十八岁，她让我和她一起一直年轻。然后呢——

十八岁之后,我就跌进了生活的泥淖。遥远的爱情像一张干干净净的画布,被生活一笔一笔涂上凌乱的色彩。或者像桃树底下少年弹奏的吉他曲。人在慢慢长大,再也不能专心,调子一跑再跑。然后,我们就都成年了,娶妻生子,成家立业,重走父母的老路。然后,就老了。老得再也记不起曾用极昂贵的代价,买过一把吉他。

在我家老屋的门口,井栏的旁边,原先也有一棵桃树。在我外出的那些年里,枯死了。父亲说是虫子蛀的。村子里最老的一棵桃树在我二爷爷家门口。二爷爷早就不在了,就埋在离桃树不远的地方。他的儿子十斤叔刚刚来看我。

我问起他家门口的这棵桃树,这么老了,怎么还长得这样地好。

"你要跟它亲。一亲,就有感应。有感应,它就长得好。"十斤叔就是这样说话,总是神秘玄乎。他相信一切神秘的东西。他敬神也敬鬼。他说神是鬼变的,鬼是人变的。清明节是大节,他和弟弟跟斤儿已经忙了两天。他们要清除祖先坟上的杂草,给坟茔添上新土。他们要清扫祖先们回家的路径,安排好祖先就座的位置。他还要分配好烧给他们的器物和纸钱。

"我是信鬼神的。"十斤叔点点头,"人过一生,没的来处,又没去处,有什么意思?"

"要信的。"他的弟弟跟斤儿收起嬉皮笑脸的样子,郑重地朝我点点头。跟斤儿的理想是做一个算命先生。可是村子里没有人相信他。人们嘲笑他,鄙视他,呵斥他。可是跟斤儿不在意。哪家有婚丧之事，他都会主动上门，拿一本万年历，比来比去。他说，万年历上什么都可以看见。活着的人，死去的人，所有人的命运。"一天到晚瞎说。"十斤叔总是骂他。他就嬉皮笑脸拖长调子说："瞎说——不瞎说。"

晚上我去看十斤叔。他家窗口的灯光照在外面那棵老桃树上。花早开过了，满树都是细嫩的叶子。我小时候每天都从它下面走过。可是直到离开家乡，我几乎没在意到它开花的美，总是急不可耐地等着桃子成熟。不那么熟了，也会摘一只下来，用衣角擦一擦，放到嘴里就咬。我们太性急了，果子青涩苦口。现在知道等待了，现在总是吃最成熟的果子。可是再也没有了少年时那种龇牙咧嘴狂笑的快乐。

十斤叔在拉二胡，十斤婶专心地在听。他们都是七十多岁的老人，两人结婚已经五十多年。十斤婶已经上床了。她靠着床头，坐在被子里。被子上绣着大红的牡丹。十斤叔坐在床旁边的木椅上，拉着一把已经相当破旧的二胡。二胡是他自己做的。十斤婶每天晚上都要听。

"拉哪首呢？"十斤叔让十斤婶点。

"拉那个长的。"十斤婶说。她不说曲名。只说"长的""短的""快的""慢的"。

十斤叔不识谱，翻来覆去地拉着年轻时学会的几首曲。十斤叔的琴声嘶哑，拉哪一曲都是全心投入。

十斤婶是在参加春节文娱演出时认识十斤叔的。十斤叔正在拉一曲二胡,十斤婶挑着花担子在跳舞。那时他们都还年轻,刚刚成为人民公社的社员。

他们吃了他们那一代人的苦,我们难以想象的苦。然而在十斤婶的眼中,十斤叔永远是那个拉二胡的翩翩少年。她觉得她这辈子活得很好,很真实。对她来说,爱情就是这样。她爱听的二胡,每天他都会拉。这就够了。

从十斤叔家回去的路上,暗黑一片。抬起头,繁星满天。我在想,弹吉他的小镇男孩,尾随着穿白衬衫姑娘的高中男生,还有拉二胡的乡村少年,他们是不是永远都在那个不变的时空里,等着另一个时空里的另一个人?一颗星,是不是就是一个时空呢?我们所有人,只是从不同星球出发的时空旅人,我们把自己的一段段时光,留在不同的星球。

我回城之前,十斤叔送来一棵小桃树。这是一棵从老桃树旁边长出来的树苗。

"这棵树的种好,结的桃子大。"十斤叔说,"再说,也是老家的树。"

我已经不在乎桃子的大小,是否饱满或者香甜了。"桃之夭夭,灼灼其华。"我更在意的是春天的桃花。桃花的美是一种自尊的美。它大大方方,开得极有分寸,颜色也是恰到好处。它像一个老朋友一样和你恬淡相处,不惊天动地,也不自怜自艾。相处久了,它又成了一种象征。它是爱情,是简朴温暖的家,也是与世无争的故乡。我喜欢这棵小桃树。我相信它很快就能长成一棵大树。父亲仔细地在桃树的根上裹上两层家门口的泥土，用袋子装好。他说这样栽的树，好活。

  我把小桃树带到南方我居住的小院，找了向阳的一块地栽下。十斤叔说已经嫁接过了，过两年就能开花结果。然后呢，年年开花，年年结果。据说桃树是"夸父逐日"时拄的拐杖变的。夸父已经追到了太阳，却被太阳烤得干渴。他在渴死之前，把手里的拐杖一扔，变成了三百里桃花林。夸父逐日，是在追赶一个巨大的星球。他大概也是想从一个空间旅行到另一个空间。他死了。也许他是找到了他要去的空间。他种下的桃花林终于把时间定格下来。年年岁岁，开花结果，青春永驻。也许桃花林就是夸父留下的一个时空转换的舞台。人可以从这里在命运之间跳越，可以从一个星球，走到另一个星球。可以从一个自己，走到另一个自己。总有一天，或者一个时刻，人会知道自己可以穿越前世今生，会看到一个真实的自己。

凌晨两点的
寂静

凌晨两点的寂静

我喜欢坐在露台上看落日。小村安安静静，众鸟盘旋欢鸣，昆虫嘤嘤嗡嗡地往来飞舞，河畔的小猫小狗跑来跑去。灰色的屋顶、绿色的树梢甚至摇曳着水草的河面上，都被晚霞点染成透亮的五彩。天地一下子变得辉煌而壮观。《山海经》上说，秋神蓐收住在西天的泑山上，深情地守护着夕阳，让它每天都要这般美丽。一天又一天，蓐收凝望着落日的红光，怅然不动。日落的确是一出气势磅礴的大剧，并且每天都有新的剧目。日落的过程中，我常常会站起身，往夕阳的方向走过去，仿佛身陷剧情的观众，情不自禁地要挤到舞台的近前，希望能更清晰地看到主演倾国倾城的容颜。

和我一起观看这出大戏的是一只白鹭。它歇在杨树的高处，缩着脖子一动不动，丝毫不管四周吵嚷着回巢的那些鸟儿。太阳即将落下山去的一刻，白鹭把左翅和左腿同时往下一抻，伸了一个懒腰，一展翅，突兀地发出一声嘶哑的鸣叫，划过夕阳飞走了。暗夜随之来临。

几只散养的家禽都回了各自的窝，远处有一两声犬吠。因为村里少有行人，狗也变得懒懒的。灯光也少。东一处，西一处，零零散散，让黑夜显得有些落寞，同时进入一种广阔的寂静。

我是住到这个小村之后，才真正开始体会寂静的。寂静随着黑夜的深入而变得清晰。寂静并不是无声的，寂静是一种特别的声音。寂静是一种触摸得到的温度，也是一种淡墨简笔勾勒出的图画。

一连五六天，我坐在露台上听夜的寂静。昨天竟然听到凌晨两点。我用耳朵在听，用我的记忆在听。四周漆黑一团。

夜黑了之后，雨就一直在下，各个方向的水都流往门前的小河。河水流淌着，声音很轻，可是能听到。像用长柄的木勺在浇一块菜地，或者街头一个不引人注目的小喷泉，在寂寞地流淌。在这个声音里，我听到了我熟悉的过往。

夏天的时候，要从远处的大河里，用渠道把水引到稻田里。各家要轮流看护渠道。往往是老鼠或者兔子打的洞，会引起一长段渠道的垮塌。我扛着一柄铁锹，随着父亲在渠道上游走。整个夏天，我都在听这河水流淌的声音。我听得到水流往稻田，淹没了禾苗。我听到青蛙突然停止鸣叫跳到水中。我听到远处有人抄近路，正从渠道里蹚水过去。那时的我，是能听到寂静的，可是少年的心躁动不安，他不知道耐心倾听。他的心在寂静之外。他不知道他听到的，都是最好的声音。

一片虫鸣声里，拎着马灯的夜归人，走到了田埂上，蹚过了水渠，穿过月光底下的稻田，往村里走去。这样的行人，总会先脱下布鞋拎在手上，光着脚走，即便是离你近了，也听不到脚步声。然而只要听到他轻轻一声咳嗽，就知道是谁。这一声故意的轻咳，便是田野里的寂静。这寂静里带着人情的暖意。

也有到半夜了，一阵电闪雷鸣，突然下起一场大雨。水泵停下来，渠道不再需要看护。稻田很快就被雨水淹没，村边枯干了好些天的河沟里也是河水暴涨。早有人戴着斗笠，提着一张四角的渔网，在河口的流水里捕鱼。雨突然又停了，四周变得无比地安静，只听到远处的那个捕鱼人，用腿脚把鱼在往渔网里驱赶。这哗哗的搅水声，是夏夜里的寂静。可是我不知道这是寂静，我也不知道黑暗的旷野中，他竹篓里大鱼的扑腾是一种寂静。

我像一头老牛，坐在露台上，反刍着我在不经意中刻录在心里的一段又一段寂静。我听到母亲把铁锅反扣在门外，用铁铲铲除着锅底的锅灰。我听到邻居的篾匠爷爷用篾刀剖开了一竿青竹。我听到远处有人骑着单车拖着长调叫卖着豆腐。我听到从家门口经过的乡亲大着嗓门跟父亲打着招呼。这些声音,都是突然从乡下的宁静中冒出来的,而后又被这静悄悄的空气淹没。这种突兀,正是乡下的寂静。它让我内心安然、心生暖意。我现在居住的这个小村子里,已经没有了这样带着烟火气的声音。人们不住在这里了,人们都去了附近的城镇。人们甚至连一盏灯都没有留下。我花了好几个月才习惯这样的寂静,才慢慢听懂。

现在,虽然少了人气,却多了几分自然的味道。我并不是一下子就接受这个带着荒芜味道的自然的,它让我觉得陌生,而陌生总是让人心生恐惧。我一点点跟它接近,像一个学着走路的孩子,伸出手,努力抓住每一件东西,握得牢牢的,把自己稳住。等我终于和这片陌生的土地混熟了,我就不再害怕。我知道哪棵树长在哪里,我知道小河在哪里拐弯,我知道哪一座房屋已经完全被废弃,哪一座正有人在修理。我知道小路怎样走向大路,我知道大路通往哪里。即便在这午夜的黑暗里,所有这一切也清晰无比地显现在我的大脑之中。于是巨大的黑暗,也变得像一头温驯的大狮子,趴在我的脚边,安安静静。

时间从流逝的沙漏开始变得像和缓的河水,一波一波地在我的心里荡漾着。一天已经过去,新的一天又已经到来。日子的更替,也选择在黑夜当中。可是在寂静之中,我捕获了这个狡猾的家伙。我的心里有着一种胜利的喜悦,同时又听到了一种更大的寂静。寂静把麻木的灵性在慢慢地唤醒。它开始治疗早已变得迟钝的听力,接着拼接起破碎的记忆,随后又召回了久违的触觉和感知。午夜的雨打在树叶上、屋瓦上、台阶上、泥土上，层次分明。这样的雨声，仿佛是意念飘行的脚步。

现在是凌晨一点。我的意念在一个又一个画面之间穿梭。意念并不是杂乱无章，而是充满着美好、赞叹与欢喜。在寂静之中，心不会特意停留在某个地方，绑在心上的种种束缚，都被解开。心趁着黑夜在无边的时空里飞行。我看到旅居法国时寂寞无人的斯特拉斯堡，成团的雪花从窗前落下。我看到故乡草屋的屋檐上，冰凌融化成滴答的水滴。我看到巴黎寓所的窗户在春天打开，一只鸽子飞进来，落在我的书桌上，咕咕地鸣叫。我看到一树的紫薇花，在我居住了二十年的南京公寓的窗外，被风一瓣瓣吹落。《金刚经》上说："应无所住，而生其心。"如果听到了真正的寂静，心就不会停滞在某一处，心像被风吹起的羽毛，会在空中轻柔地舞动。

雨完全停了。凌晨两点，我躺到床上，窗子开着。我听到自己的心跳。血液从指尖回流到心脏，一路往下，直抵脚心，然后又盘旋着，回到指尖。我的呼吸变得绵长，身体也完全松弛。我睡着了。并没有完全睡着，只是身体睡了，意念还在飞行。意念的速度比宇宙中的光还要快。意念也可以慢腾腾地像一只懒猫那样行走。它不再走远，大概是累了。小河里一只青蛙叫了两声，我的意念不经意地去绕了一圈。不远，就在门外的小河边。芦苇已经出落得很是高挑，田字草又长出一大片，荇菜的叶子上挂满了水珠，鸭舌草正努力地往河滩上攀爬。青蛙躲了起来，不声不响,我看不到,也不想寻找,懒懒地回到床上的躯体中。这回,我是真正睡着了。

夜黑沉沉的,浓稠而沉重,有一种压迫感。这很不利于我的寂静。最好的寂静是为了能够听见最细微的声音,而不是浓稠的静默。过分的静默,与巨大的噪音一样,都会遮盖住丰富的世界。

夜里,我做了一个梦。我发现我说不出话来,无论怎么大声喊叫,喉咙里也发不出声音。所有人都若无其事地从我的旁边走过,丝毫不知道在我的身上发生了多么可怕的遭遇。我的喊声几乎要把我的耳朵、我的心震破了,可是没有人听见。我坐在路边的一块石头上,失声痛哭。既没有哭声,也没有眼泪。

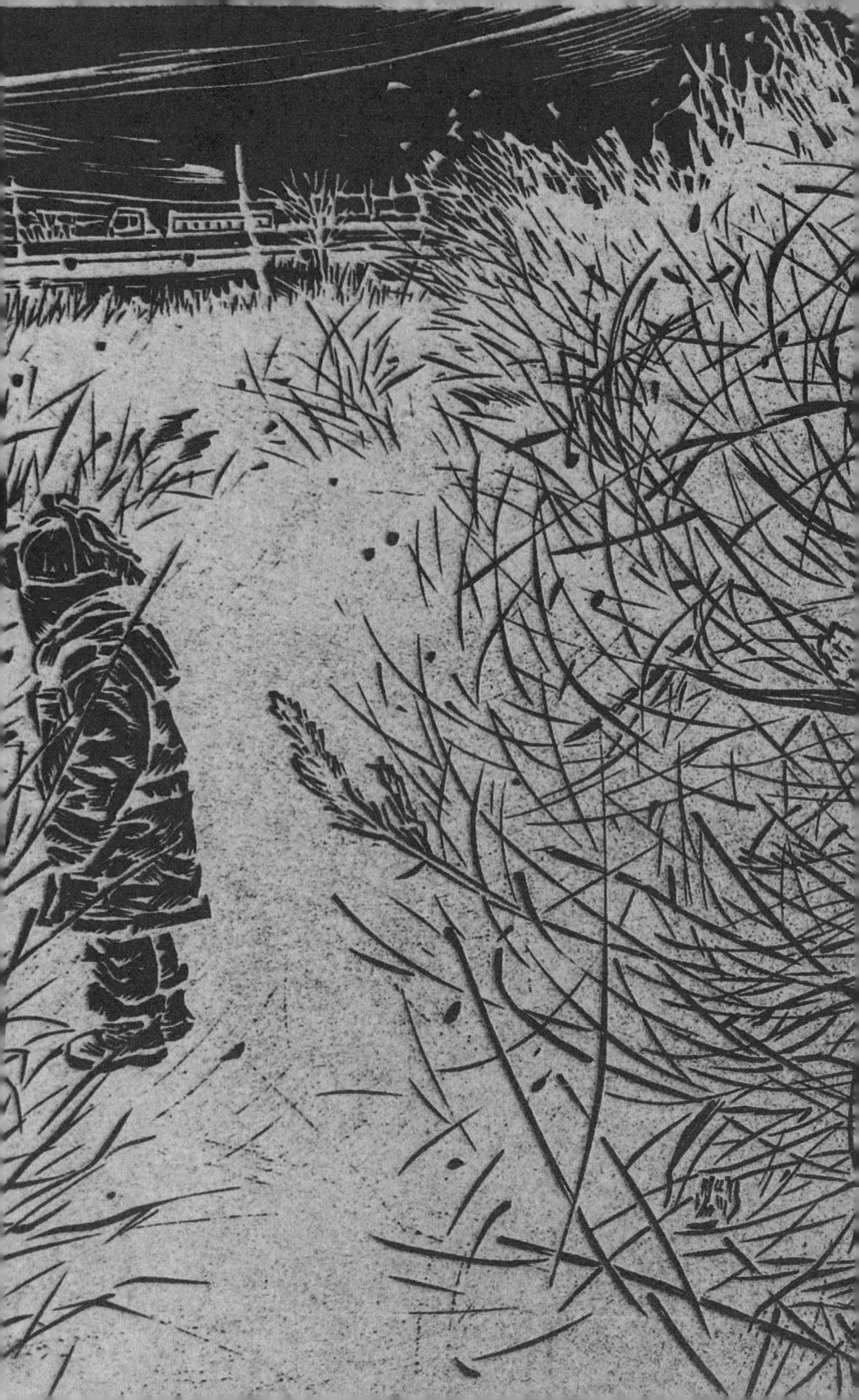

他其实是个小孩

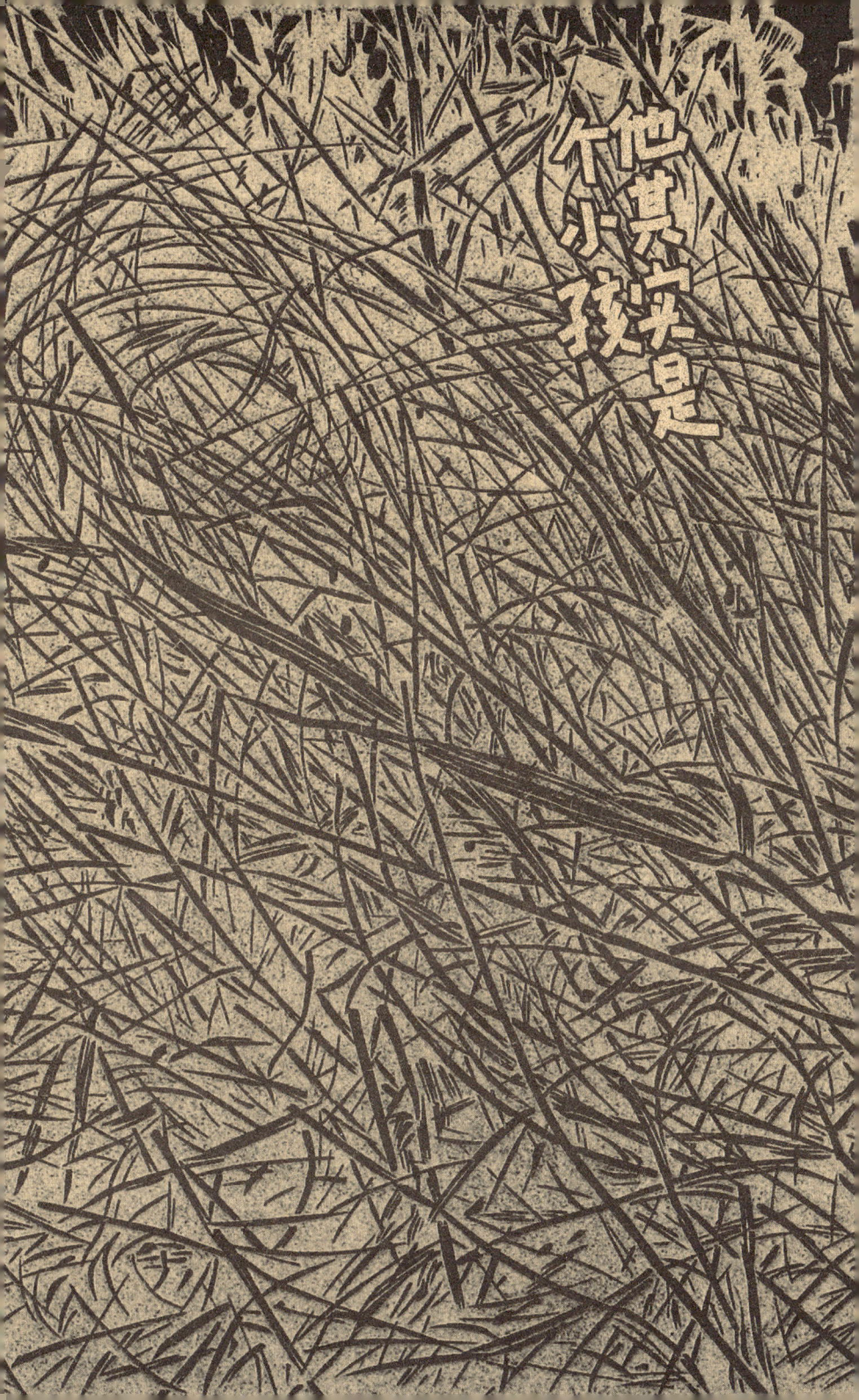

他其实是个小孩

清明节刚回到老家,有人就在院子外面大声地喊:"大鱼儿家来啦。"

是跟斤儿,我赶忙出门给他递烟。跟斤儿是我二爷爷的小儿子。我叫他跟斤叔。他的哥哥生下来时有十斤重,就叫"十斤儿"。他出生时是一九五七年,生下来骨瘦如柴,也没有称,就随着他哥哥的名字,叫"跟斤儿"——跟在十斤儿后面出生的小东西。

跟斤儿出生之后，遇上大饥荒，母亲没有奶水，他靠一点汤汤水水挣扎着活。有一次已经死了，他父亲用蒲席裹起来准备去埋掉，母亲夺下来抱着哭，哭着哭着，他又醒了。他的哥哥偶然从牛粪堆里捡了一只刚生下来的死小牛，带回来，煮了一家人吃，竟然奇迹般保住了跟斤儿的命。

"好，长得壮了。"跟斤儿从头到脚打量着我。在乡下，看人胖了，就说长得壮。这是褒义词，说明人或者动物长得好，壮实。一头猪长得十分肥硕，可以卖了，叫壮猪。不过现在胖的人多了，乡亲们也知道用"壮"夸人不妥当，说的人少了。跟斤儿不管，照样这般夸每个从城里回来的人。

"还好，不壮。"我应酬着他。跟斤儿说什么，没人跟他计较。乡邻们说他是个"没头绪"的人。没头绪，就是乱七八糟，无从说起。父亲说他是活生生的阿Q。我每次回家，都能听到有关他的笑话。他是村里人茶余饭后，最开心的话题。同时他又是全村消息最灵通的人。哪家来客了，哪家吵架了，哪家儿孙在外面出事了，哪家有什么亲戚朋友发财了，他全知道。他自己身上发生的稀奇古怪的事，也是接连不断。他不说自己，可是不说别人也知道。

人们总会当面问他："跟斤儿，你怎么就从桥上跌到河里去了呢？""让人的，让人的。"他不说自己喝多了酒。他骑车驮着两筐收来的废铜烂铁，避让一个过桥的老人，冲过桥栏掉到河中心，差点淹死。

"跟斤儿，你杀猪怎么让猪满地跑呢？"他跟屠夫吹牛，自己的刀使得如何厉害。屠夫塞把刀给他，让他动手。他吓得双腿直抖。

"跟斤儿，你弹棉花的弓呢？"他不理人。他的弓被外村一个瓦匠扣留了，说跟斤儿和他老婆眉来眼去。

有跟斤儿的申村是生动的，热闹的。他总是让这个日渐衰败沉寂的村子，时不时地发出欢笑。人们嘲笑他，有些可怜，有些轻蔑，又有着一种善意的宽容。跟斤儿不在意。他总是嬉皮笑脸，说再严肃的话题，也是一脸不正经的样子。

大伯去世的时候，我从南京赶回来，在他灵前磕了三个头。跟斤儿站在旁边，大声嚷嚷着："这几个头磕得好，响。"他本心是想夸赞我，却让人不知道怎么接话。他说话就是这样。

十多天前我回乡祭祖，刚到家不久，跟斤儿就来了。他把我递过去的烟夹在耳朵上，一边递上一桶菜油。"自己家里榨的，香。不像城里的，烧菜不冒烟，也没味儿。"说着，打开我汽车的后备厢，塞了进去。

"跟斤儿，在我家吃饭吧。"母亲开始把饭菜端上桌。跟斤儿掉头就跑："不了，我家去吃。"

哪家有热闹，跟斤儿往哪家跑，大大咧咧地坐下来，毫不见外地跟人天南海北地胡吹。一到吃饭，他转身就走。赖在人家吃饭，会被人骂"没意思"。这就让人看不起了。不在人家吃饭，是他的原则。

跟斤儿还有一个原则，就是借钱必还。村里人彼此之间借钱是常事，从来没有借条一说。不过像跟斤儿这般绝对恪守信义的，不多。也因为这个原则，跟斤儿对自己的贫穷与借债，从不觉得惭愧。他在谁的面前都抬得起头来。人们借钱给他，并不只是因为他讲信义，还有他的热心。村里哪家有事要帮忙，他一喊必到，做完就走。

"跟斤儿，我家西边那块地，帮忙耕一下呢。"

"跟斤儿，我家屋后面那棵树不行了，有空你来帮忙锯一锯。"

"跟斤儿，明天陪我到黄桥去买几只大缸啊。"

他都答应。村里年轻人太少了。跟斤儿六十出头，算是留在村里最年富力强的人了。几乎家家都剩下老弱病残，只能彼此扶持。跟斤儿是所有人得力的好帮手。都是乡邻，平时都是杂七杂八的小事，不好算工钱。有时给他一包烟，有时给他一瓶酒。这些他要，收下来，美滋滋拿回去，给他的老婆。他的疯子老婆既抽烟，又喝酒，瘾很大。

村里人喊他的老婆叫"蛮子"。说外地方言或者普通话的人，只要不说我们这里的方言，村里人都称之为"蛮"。如果我回老家不说方言，就会被村里人嘲讽："哎哟，出去几年，调蛮呢。"语调成了蛮人的了。

蛮子有疯病，结婚之前她父亲就和跟斤儿说了。跟斤儿不在意，他初中毕业，蛮子高中毕业，他觉得她是个文化人，看上去不像有病。

跟蛮子结了婚，跟斤儿拼命干活挣钱，给蛮子买奶粉，买麦乳精，还买了一身新衣服。这些，他自己从来都是舍不得的。蛮子一直没有发病，过了一年，蛮子养得白白胖胖，给他生下一个女儿。跟斤儿对这个女儿爱若掌上明珠，天天抱在手里。蛮子只让跟斤儿抱自己的女儿，别的谁也不让。邻居家一个小男孩来玩，用手想摸摸这个可爱的小宝宝。蛮子从桌上拿起一把菜刀就朝他砍过去，幸好旁边有人一拉，只是砍伤了男孩的耳朵，鲜血直流。

在这之后，蛮子开始发病，常常满村子乱跑，到处问"申庆来呢？"申庆来是跟斤儿的大名。忽然有一天，蛮子扔下女儿，不见了。

申村人全部出动，四面八方去找。一连找了十多天，踪影俱无。一到夜里，跟斤儿就抱着女儿坐在床上号哭。嫂子劝他，找不到算了，孩子我帮你带。跟斤儿不听，天一亮，就把孩子包在包裹里，挂在胸前，骑着自行车四处乱找。一个月下来，跟斤儿人更瘦了，像个游魂。突然有人来报信，蛮子跑到五十多里外的一个村子里，被一个老光棍带回家了。蛮子翻来覆去地说："申庆来呢？"

当天晚上，一个邻居开着拖拉机，带着跟斤儿、十斤儿等等十多个人，去那个村里找人。平时蛮子对我母亲还算友善，母亲也坐着拖拉机赶过去，到时可以帮忙安抚她。喊开门，领头的人把跟斤儿与蛮子的结婚证明给那老光棍看过，众人把蛮子带了往外走。跟斤儿在最后面，还在与那人握手，连声说谢谢。领头的人踹了他一脚，他才跑出来，爬上拖拉机，看着蛮子呵呵地笑。

跟斤儿一直怕蛮子死掉。蛮子活着，又找到了，他心里只剩下高兴。

清明节回老家，我给蛮子带了一条香烟。他们的女儿已经出嫁，家里只有跟斤儿和蛮子两个人。蛮子因为吃药，变得很胖，疯病好多了，有时候还能把屋子里外扫一扫。我把烟递给她，她笑着朝我点点头，接过去。跟斤儿喊："不要，不要。"蛮子不理他，紧紧地抱着烟进了里屋。跟斤儿咧开嘴，朝我嘿嘿地笑。

"来来来，你几年没回家，我带你看好东西。"他朝我招手。

在他家院子的南边，盖了一个古色古香的小房子。跟斤儿推开门，带我进去，是个土地庙。里面供着土地公公、土地娘娘。原先的土地庙早就倒塌了，土地公公、土地娘娘的塑像也丢了。跟斤儿经过曲折的寻访，终于找回来。又挨家挨户请人捐钱修庙。庙很快修好了，虽然小，也还十分精细。我朝土地公公、土地娘娘唱了几个喏。

跟斤儿看我的态度虔诚，很是满意，用手抹了抹下巴上的胡楂，认认真真地说道："没有土地庙的村子，叫什么村子？不叫村子。从我们村子出去的人，跑得再远，土地神都保佑他。根在这里啊。跟你说，逢年过节，你爸妈都来这里祷告，请土地神保你们平安呢。"

清明节一过，我就离开申村回了南京。今天是谷雨，父亲给我打来电话，说跟斤儿死了，被车撞死的。

天已经黑了，我一直坐在院子里，看着头顶的月亮。月亮残缺了一大块，四周散落着一些忽明忽暗的星星。就在昨晚这个时分，跟斤儿骑着电瓶车去附近的镇上，被一辆汽车撞了。

跟斤儿在西村一户盖新房的人家做了一天的苦力，黄昏时才回家。之前每天晚上他都去河里抓黄鳝。近些年，村子周边的小河都填了，这个活儿就断了。蛮子要治病，每天都要吃药。他不能不没日没夜地挣钱。他又去田地里挖蚯蚓，有人专门收购。

他去镇上送蚯蚓时被汽车撞了。他的三轮电瓶车被撞成了碎片。他的头破了，脾脏破了，送到医院抢救到半夜，还是死了。

一种巨大的悲伤让我浑身失去了力气。我一动不动，在风吹着的树影里坐着。我看到眼前升起一股雾气。在雾气里，跟斤儿用自行车驮着我，送二十岁的我去镇上的车站。我要到珠海去打工。

"大鱼儿，外面混不下去，就家来。有你跟斤叔在，怕还没有一口饭吃？"跟斤儿说。

申村再也没有那么响的笑声和叫嚷了。跟斤儿不在了，村子变得残缺了，变得冷冷清清。再也没有人关心东家长西家短，再也没有人传播新闻制造笑话，再也没有人夹着棋盒子，挨家找人下象棋了。

我的女儿三岁时，曾经回老家住过一段时间。她和跟斤儿玩得很熟，女儿在他的膝盖上爬上爬下。女儿对他说："你只不过看上去像个爷爷，其实你是个小孩儿。"

我从女儿小时候回忆起，又从我小时候回忆起。也许是大人们嫌弃他，笑话他，他总是跟小孩玩。他是我小时候的玩伴，又是我女儿小时候的玩伴。他是我们村子里所有孩子的玩伴。在这个黑夜里，我想起来的跟斤儿的样子，都是顽童一般的嬉皮笑脸。可是他那张胡子拉碴的笑脸，却让我止不住地流泪。从清明到谷雨，我才刚刚离开一个节气，怎么像离开了一辈子？

"跟斤儿。"无论谁喊，再也没有人大声快活地应答一声："哎！"申村的大地变得荒凉冷寂、空空旷旷，变得让人伤心，却又无言以对。

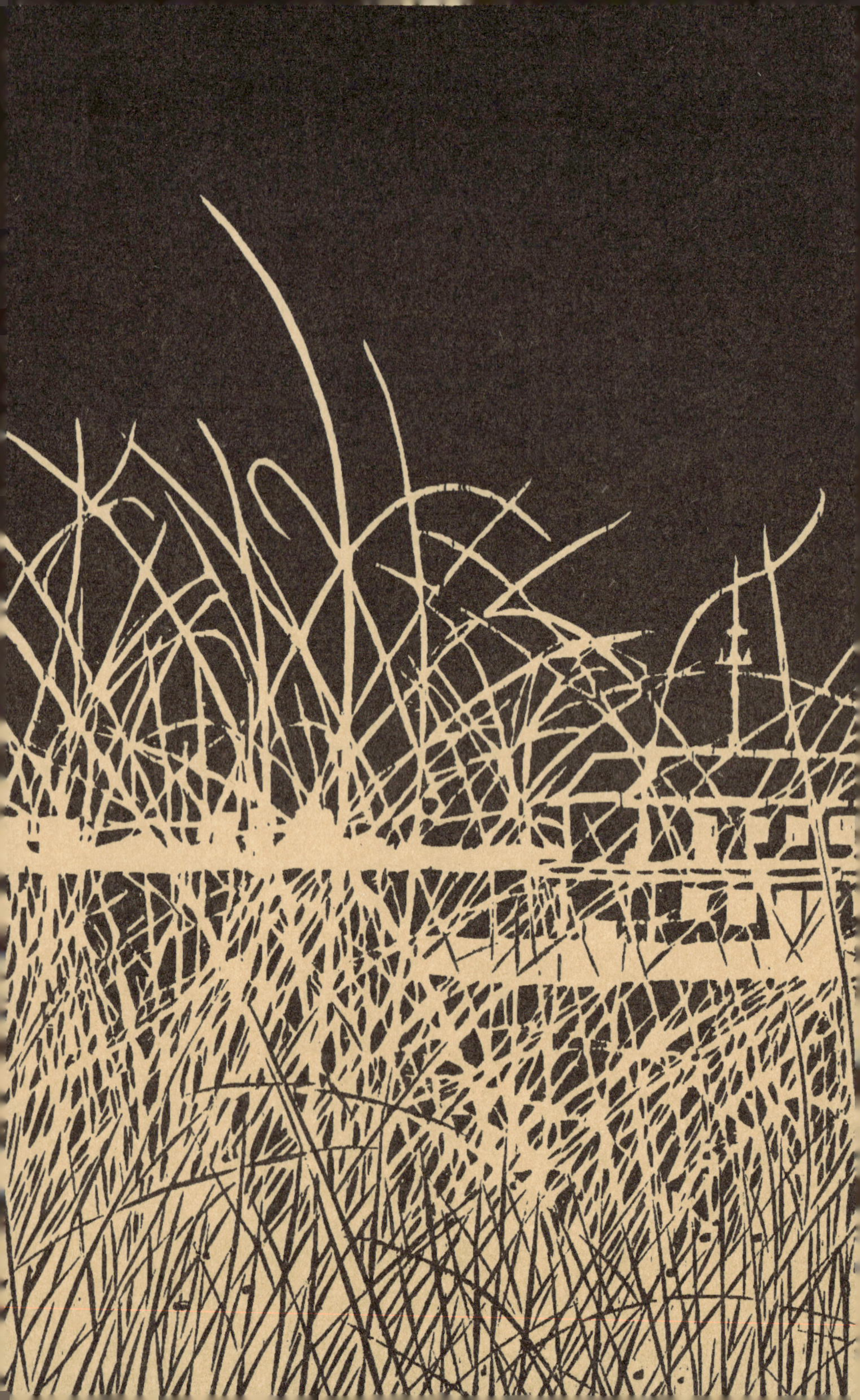

自己之二

自己的命运

跟斤儿的丧事刚刚结束,父亲就来了我居住的小村。他大概也想躲一躲因为跟斤儿的死,乡间弥漫的那种痛苦和愤懑,还有种种让人心烦意乱的怪异。我和父亲长时间坐在院子里,我们喝着茶,偶尔说几句话,大部分时间都是沉默不语。虽然我们远离了故乡,可是情绪还是牵在那里,解也解不开。

"跟斤儿被车子撞死了。"有人告诉跟斤儿的老婆蛮子。

"申庆来卖蚯蚓去了,没死。他死了会打电话给我的。"蛮子说。

我父亲去找阴阳先生,询问给跟斤儿发表的日子。照乡下的规矩,要问一下"落魂"的时间。人在死之前,已经先丢了魂。什么时候丢的,阴阳先生知道。

"跟斤儿的魂，十二天前就落了。"阴阳先生说。

"不错。"跟斤儿的哥哥十斤儿说，"他家的狗一连叫了十二天。"

那条小黄狗，是七八年前，跟斤儿从外村一户人家抱回来的。小奶狗渐渐长成了小黄狗，总是跟他形影不离。只要跟斤儿朝他的电动三轮车走过去，狗就抢先一步跳上车子。车子开到田间或者镇子上，跟斤儿干活去，小黄狗就守着他的车子。谁要靠近，它就汪汪大叫。有人故意骑上三轮车逗它，小黄狗就扑过去，咬着他的裤脚从车上往下拽。

谷雨前一天，太阳西斜，跟斤儿从外村做完活儿回家，喝了口水，又拿着小铁锹去挖蚯蚓。他走在前面，蛮子拎着一只小桶跟在后面。

"挖蚯蚓啊。"父亲跟他们打招呼。跟斤儿和蛮子从我家院子外面走过。

"哎。"跟斤儿笑嘻嘻地朝我父亲点点头。蛮子的脸上也带着笑，还是不说话。

我家东边是铁匠家。铁匠早就不在了，他的儿子活到八十多岁，也不在了。房子被推平，竹篱笆的院墙也拆了，用犁耕了一遍，重新变成田地。或许因为是一块住了多年的宅基地，土地的肥力不够，上面的油菜花开得不好，疏疏落落的。不过因为稀疏，人能走到地里，这也好。跟斤儿和蛮子就在这片油菜花的中间挖蚯蚓。跟斤儿在前面挖，蛮子在后面捡。这是很大的一片油菜地，满满地长着金黄的菜花，夕阳一照，流动着波浪一般的光。跟斤儿和蛮子像两个小黑点，在这一大片的金色里忙忙碌碌。

小黄狗没有跟进去，站在离他们不远的小路边上，仰着头，朝着什么也没有的空气吠叫着。跟斤儿嫌它吵，呵斥它几句。小黄狗停一停，又叫起来。听到小黄狗不停地叫，邻居六斤儿家的狗也跑出来，站在路的另一头汪汪地叫。如果没有陌生人进村，小狗们从来不叫。这种不同寻常的犬吠，让人的心里有着说不出来的烦躁。

天黑下来，跟斤儿要去另一个村子卖蚯蚓，刚刚才跨上三轮车，发现小黄狗已经坐在了车上。

"下去，好好看家，我一会儿就回来。"跟斤儿朝狗喊着。狗不动。

"下去。"跟斤儿朝它挥手，"你看家，陪王蓉。"

小黄狗跳下车。王蓉是蛮子的名字。平常，也只有跟斤儿喊她的名字。陪王蓉，也是小黄狗的责任。王蓉一发病，就会到处乱跑。只要小黄狗跟着，王蓉就不会走丢掉。

跟斤儿开着三轮车走了，小黄狗汪汪地叫着。小黄狗一直叫到半夜，不叫了。这天夜里，跟斤儿在过姜黄公路一个十字路口时，被一辆车子撞了。送到黄桥医院，抢救到半夜，没能救回来。

"跟斤儿死啦。"有人告诉王蓉。

"胡说。"王蓉说，"他没死。他去卖蚯蚓了。"

"卖蚯蚓的路上被撞死啦。"

"他马上就回来了。"王蓉走到路口朝远处张望着。

"不骗你,他是不是几天都没回家了?"

"申庆来没死。他死了,会打电话给我的。"王蓉很认真地说。

没人再敢跟王蓉说什么,怕她的疯病发作。王蓉站在路口一支接一支地抽着香烟,嘴里嘀嘀咕咕,不知道在说什么。

跟斤儿被送回家。王蓉一直盯着跟斤儿看,一句话不说。看着看着,忽然伸出手去拉他。旁边人赶紧把王蓉带离开。王蓉在不远处的一只小板凳上坐着,一言不发,脸上什么表情也没有。

左邻右舍、亲戚朋友都来跟斤儿灵前磕头。跟斤儿的女儿女婿跪在跟斤儿的旁边,一边哭,一边向每个人磕头还礼。女儿生了一个儿子。清明节回老家时,我看到跟斤儿在院子里教小宝宝学走路。跟斤儿伸出一根手指,让小宝宝揪着。小宝宝摇摇晃晃地站着,抓着跟斤儿的手指,怎么也不敢放开。跟斤儿朝他喊:"走走走。"小宝宝就是不走,一步也不肯迈。大家都在旁边看着笑。

灵车来了,送跟斤儿去火化。一直沉默不语的王蓉突然大喊大叫起来,冲过去用手拍着灵车的窗户,不让车子把跟斤儿带走。几个人才把王蓉拉开。灵车开走了,王蓉站在大门外的路口,一动不动地发呆。

"害我。害我。害我。"王蓉嘴里翻来覆去地念叨着这两个字。

"害我"是我们的方言。王蓉到申村二十多年,从来不说我们的方言。如果开口说话，就说她的家乡话。这是人们第一次听她说我们的一句方言。这两个字，在我们的方言里，有着复杂的情绪和意义。它并不只是字面上所说，"有谁伤害了自己"的意思。它是说被人孤单地抛下了，人生再也没有着落，不知如何是好。这里面藏着一种无可奈何的绝望，有着对死者突然撒手而去的怨恨、痛苦和不能自已的悲伤。就像被人抽走了可以攀爬的绳索，正滑向一个无底深渊。

出嫁才一年多的女儿，搬回了申村。她原本打算等孩子再大一点，就去城里打工。父亲死了，母亲要人照顾，现在她哪里也去不了。她从跟斤儿的柜子里翻出一个本子。里面夹着一张存折，上面有几万元。这是跟斤儿全部的积蓄。这是一个记账本，里面写着借钱、还钱、购物、人情往来等等很细致的账目。跟斤儿没有欠债。在一页一页的数字中间，有一行字特别醒目："今年有血光之灾，无法可逃。"

跟斤儿初中毕业，在他那辈人中，算是个文化人。跟斤儿除了在家种地、打短工，还做过收废品、开小店、贩卖鸡蛋等等职业。所有这些，他都不喜欢。他最想做的，是阴阳先生。他从各个地方搜集了十多本书，有易经八卦、有风水、有画符催邪，还有摸骨相面等等。村里有婚丧嫁娶，盖房看坟等事，他都热切地赶过来，看时辰，说吉凶。从来没有人信他。人们不搭理他。被他说烦了，就骂他："跟斤儿，好好干人的活计，不要在这里胡说八道。"偶尔，跟斤儿会来跟我的父亲叹息："人要是被人看不起了，怎么样都没办法翻身。"

跟斤儿的女儿拿出记账本,把那行字指给人看。因为周围都是密密麻麻的数字,那行字就变得特别醒目。那行字是今年正月里写的。在写完这行字之后,他就一直在筹备王蓉的五十岁大寿。他和王蓉没办过婚礼。女儿出生,也没有认真庆祝。这一次,他把所有的亲戚朋友都请到。他说一辈子,也想好好热闹一次。生日宴是在镇上摆的,相当丰盛,很有排场。九天之后,跟斤儿死了。女儿把他学算命的一堆已经翻得破烂不堪的书,扔到了火里。

村子里不许再建坟墓,跟斤儿被埋在指定的公墓。王蓉在家门口坐着,她不发疯,也不说话。她只是一根接着一根地抽烟。女儿坐在离她不远的地方,怀里抱着孩子,也是一句话不说。小黄狗趴在墙脚底下,蜷着身子在睡觉。孩子挣扎着要下来。女儿把手轻轻松开。孩子站在地上,离开妈妈,歪歪斜斜地朝外婆走过去。他会走路了。

"害我。"王蓉说。王蓉在责怪跟斤儿不辞而别。邻居们听了,也嘀嘀咕咕:"跟斤儿上辈子欠了老婆女儿的,大概算是还清了。"

乡下所有人都相信命。

藏于草息的豹的彩色

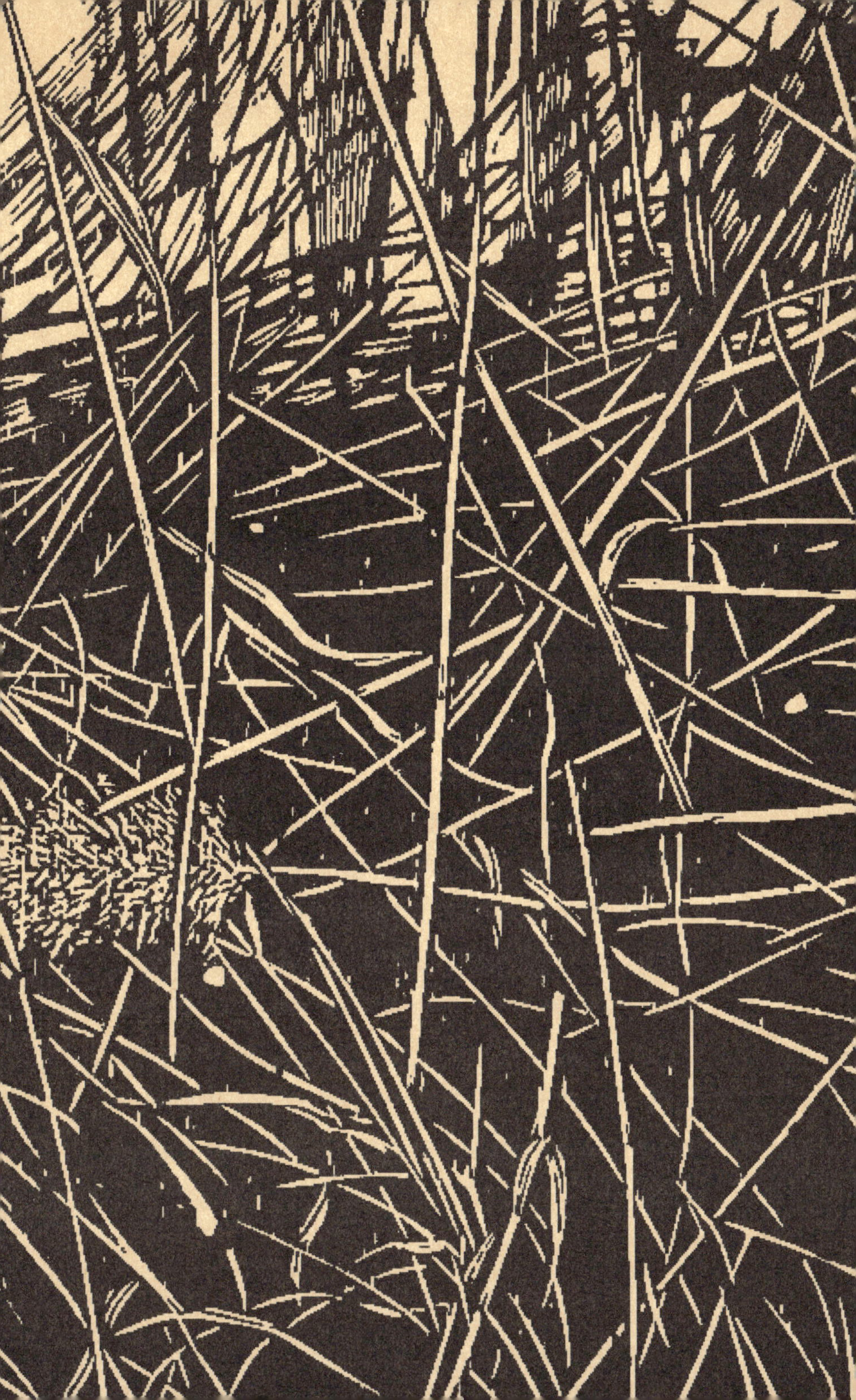

藏于息壤的秘密

村里出现了一条白蛇。我的院子外面横着一条小河，小河的对岸，有几幢高大的老屋，各自都占了很大的院落。因为长期无人居住，院子里破败不堪，杂草丛生。前些天一直下雨，今天才出了一个好太阳，没想到一家院子里竟然游出一条蛇来。长长一条白蛇，突然窜到马路中间，把一个过路人吓得尖声大叫。李师傅跟几个工人正在附近一户人家做装修，听说有蛇，拿了铁锹、木棒跑出来搜查。闹腾了一个多小时，什么也没找到。许多人闻讯过来，在小木桥边上议论纷纷。

"汉高祖提三尺宝剑，斩白蛇……"

油漆匠刚开口就被李师傅打断："你拉倒吧。大家人心惶惶，你还在这里假充斯文。"

油漆匠绕过李师傅，走到我旁边，和我并排站着，望着河对岸那排老屋，摇了摇头："大白天游出了白蛇，不好，只怕要有乱世。"

几个月前，油漆匠在我家做活时，就跟我说起对岸这几幢房屋的风水。他说，本来也没有什么不好，都是他们几家自己作的。一户人家为了扩大自家的院子，挖断了从他家门口经过的路，把这段路用墙围了进去，只在院墙外留下很窄的一条小道。另一户人家动作更大，竟然填了三分之一的河面，把增加出来的那块空地，做了菜园。菜园里搭的棚架还在，因为没人打理，田地里长满了杂草。

"路成了断头路，河成了断头河。"油漆匠把手掌轻轻往下一切，"直直地戳着他家的房子，风水怎么会好？占了那么大一块地方，又怎样？还不是关门落锁。"

小村里几乎家家都在悄然搭房扩院。因为都是采用蚕食手段，房屋和院子变得奇形怪状。竹篱笆、冬青树、不锈钢、塑料板或者任何一样东西，都可以悄无声息地侵占一块空间。我不懂风水，看不出是凶是吉，只是觉得各有各的丑陋。他们辛苦地占据了一块地方，然后丢下，就这样放着。每天晚上我站在露台上朝四周看，都是黑乎乎一片，只有零星一点的灯光。大部分人已经搬走了，而且也看不到回来的迹象。那些往外拓展的空间，慢慢又被大自然收回。野草、灌木、藤蔓，布满了所有裸露在外的土地。高大的乔木也因为没有修剪，枝叶横生，把许多房屋都遮盖了。大自然努力地抹擦着人类的痕迹，大自然有自己的审美。

　　油漆匠讲说着各家的风水，他憎恶这些人家对土地过于野蛮的贪婪。"哪个不喜欢地方大一点？吃相难看。"油漆匠说。他自己也用亮闪闪的不锈钢栅栏，圈起了一个大院子。原先土地上的树木和花藤，他全砍了，平整地铺上了水泥地，横七竖八地放置着油漆桶、梯子、铁锹、木柱子等等杂物。院墙上挂着一个防毒面具一样的面罩。院门是一个高大的铸铁焊成的圆拱，上面绑了一圈闪烁不定的霓虹灯。为了院墙的事，油漆匠还跟隔壁邻居吵过一架。邻居借他的院墙为自家院墙，还在墙那边支上花架，爬了一墙的月季。

　　我劝了油漆匠两次，他不再争吵，也就随便邻居的月季去攀爬了，然而心里总觉得损失了什么。中国人对土地甚至空间，都有着一种莫名的焦虑和不可遏止的饥渴。在我的老家，也一样不让邻居家的树梢、藤蔓伸过自家的田地。伸过来，就砍掉。彼此都这样。更不用说会让一块地闲着。如果空着一块地，所有经过的人，都会咂舌叹息，甚至会轻声责骂。如果主人总也不管，一定会有人在这里栽种上庄稼。他不在意终将由谁收割，他就是为这块土地心疼。土地不能糟蹋，土地是命根子。土地不仅为他们生长粮食，同时成了他们骨子里的一种信仰。

　　五年前我去法国时，回老家向父母辞别，母亲拿出一包泥土让我带着:"头疼发热,心里难受,把这包泥放枕头底下,睡一觉就好。"

"这个叫息泥。"父亲说,"是门口桑树底下挖的,在神像面前供过了。"

父亲说的息泥,大概就是鲧从天上偷来的息壤。洪水淹没了大地,人们无处可逃。鲧发愿要把人们从这个大灾难里救出来。治水最重要的工具,就是息壤,只有息壤才能驯服洪水。一小块息壤,能不停地生长,长成堤坝和土山。

鲧费了怎样的心思才偷出了这块息壤?不知道。天帝也不知道。在鲧即将把洪水治好的时候,天帝才发现息壤被偷了。天帝勃然大怒。几乎在所有的神话传说中,天降洪水,都是天帝对人类的惩罚。竟然有人想帮助人类逃避惩罚,这是不能容忍的,这是对天帝权威的挑战。普罗米修斯从奥林匹斯山上为人类盗来火神,发怒的宙斯把他绑在高加索山的悬崖上,让老鹰每天啄食他的肝脏。鲧犯的错和普罗米修斯一样。一个盗的是土,一个盗的是火。两个人都是为人类盗取希望。而希望,只能由天帝掌握,凡人不配拥有。震怒的天帝,派出火神祝融,把鲧杀死在羽山之郊。

泥土和火种一样,既然交给了人类,已经施用在广阔的大地上,天帝再也不能收走。鲧死了,鲧的儿子大禹继续治水,他最重要的宝物,就是父亲帮他盗来的息壤。鲧死了,却又不能说他因为盗取息壤而死。如果赫赫天帝竟然因为吝啬泥土处死了鲧,人们就不信这个天帝了,至少在心里对他会不再尊重，也许还会生出仇怨。那么错的就只好是鲧。"顺欲成功，帝何刑焉？"鲧治水很顺利，都即将成功了，天帝为什么要杀死他呢？屈原在《天问》里为鲧鸣不平。处死鲧的理由，只好改成他治水不力。让你给百姓办事，没办好，竟然用堵的方法治水，这是死罪。事实上，直到今天，对付洪水，用的手段也就是堵和疏。甚至堵比疏用得更多。谎言经过一再重复，人们也就忘记了真相。鲧治水九年被杀。大禹治水十三年才成功。洪水终于把土地还给了人类。而息壤，成了土地的象征。人们供奉息壤，耕种土地。

拥有了土地，就能从容地安排自己的生活了。一直到今天，人们都怀有这样美好的愿望。几乎每个中国人的心里，都有个《归园田居》的梦："久在樊笼里，复得返自然。"一小块土地，就能让自己的心灵得到自由。而这种思想的由来，相当古老。

在遥远的帝尧时代，一位八十多岁的老人在路上玩着击壤的游戏。围看的人感慨地说："真伟大啊，帝尧的仁德。"老人击壤而歌："日出而作，日入而息，凿井而饮，耕田而食，帝力于我有何哉？"我自食其力，帝王于我何干？

尧大概也听到了这首孤绝傲慢的《击壤歌》，不过他是有名的仁君，不会为难这位八十多岁的老人。手握土壤的老人宁可歌颂自己，也不歌颂帝王，后人于是给他立传，称他为"高士"。与其说老人在歌颂悠然的自由，不如说他在歌颂拥有土地的快乐。

我在少年时，曾体验过这样的快乐。土地承包到户，母亲扶犁，我和父亲把绳子绑在身上，做耕牛拉犁。很少劳动的爷爷，也承担起在家做饭的任务。弟弟年纪小，就一趟一趟地给我们送水送饭。不只我们家，村里所有人都在地里干活，没日没夜。听不到小队长声嘶力竭的"上工噢"的喊叫声，也听不到为集体干活时高亢的号子声，然而田地里全是干活的人。老人、妇女、儿童，村里村外，来回奔波忙碌。田地里洋溢着醉酒一般的快活。人人劳累不堪，又喜笑颜开。所有这一切，都只是因为，人人分得了属于自己的一块土地。

土地是鲧从天上偷来的，是大禹驱逐了洪水得来的。他们辗转万里，念念为天下苍生。可是大禹的儿子启，却把苍生之天下，变成了家天下。于是有了代代相传的夏朝。《诗经》上说："溥天之下，莫非王土。"土地慢慢从民众手中收回去，属于君王所有。每年初春，君王也会下地赶着牛来回耕几趟。这只是一个亲耕的仪式，毕竟广袤的大地还要百姓耕种。于是有了井田制。"井"字中间那一块，是公田，周围住着八户人家。先把公田耕种好了，才能耕种自己的私田。公田的收获，当然属于君主所有。百姓就是君主拴在井田上的农奴。

彻底摧毁井田制的是商鞅。他在秦国"开阡陌封疆"。阡陌是每亩田间的小地界，封疆是百亩田间的大地界。这些都是井田的标记，他废除了。百姓能够自由买卖土地，土地可以成为私有财产。农民欢欣鼓舞，一下子由懒懒散散,变得动力十足。秦国由此迸发出不可思议的巨大能量,并在不久之后,横扫六国,一统天下。

然而,拥有土地只是一种假象。百姓们在拥有土地的同时,更加被牢牢地捆绑在土地上。他们全都成了秦始皇的奴隶。韩非在《说疑》中写道:"禁奸之法,太上禁其心,其次禁其言,其次禁其事。"控制这些热爱土地的百姓啊,最好的手段是让他们心里不想,其次是口中不说,再其次是不敢行动。秦始皇一一采纳,于是有了"焚书坑儒"。

"天下苦秦久矣。"秦始皇刚死,四方百姓揭竿而起。秦朝不久就被斩白蛇的刘邦取而代之。自此之后,中国进入一个分久必合、合久必分的朝代更替之中。而每个朝代的更替,都是百姓争夺土地的一场生死搏斗。对于土地的渴望,已经流在人们的血液当中。

从我的故乡,到我现在居住的小村,我时时看到这种对土地的饥渴。所有的土地都要种上粮食,不能种粮的就栽上蔬菜,栽不了蔬菜的,也要圈起来,据为己有。一处荒凉的河滩,一段少有人走动的道路,一个露天的平台,或者屋角一小块不被人在意的沙砾地,都在被人窥视。占有了,荒在这里,心里也是一种满足。这种对于土地的焦虑和饥渴,是因为一种不安,因为一种恐惧。土地总是失而复得,又得而复失。几千年的历史循环,在人们的心里,留下一个巨大的阴影。

中国人最大的贫穷,是无立锥之地。中国人无论走多远,也还是故土情深。中国人最毒的诅咒,是死无葬身之地。

土地是一切的起点,也是一切的终点。土地是踏实的自信;也是稳妥的希望。我们从来不曾拥有过土地,我们却一直是土地的奴隶。我不知道,是人们对于土地的渴望造出了鲧盗息壤的神话,还是神话的息壤里,藏着我们未曾破解的秘密。

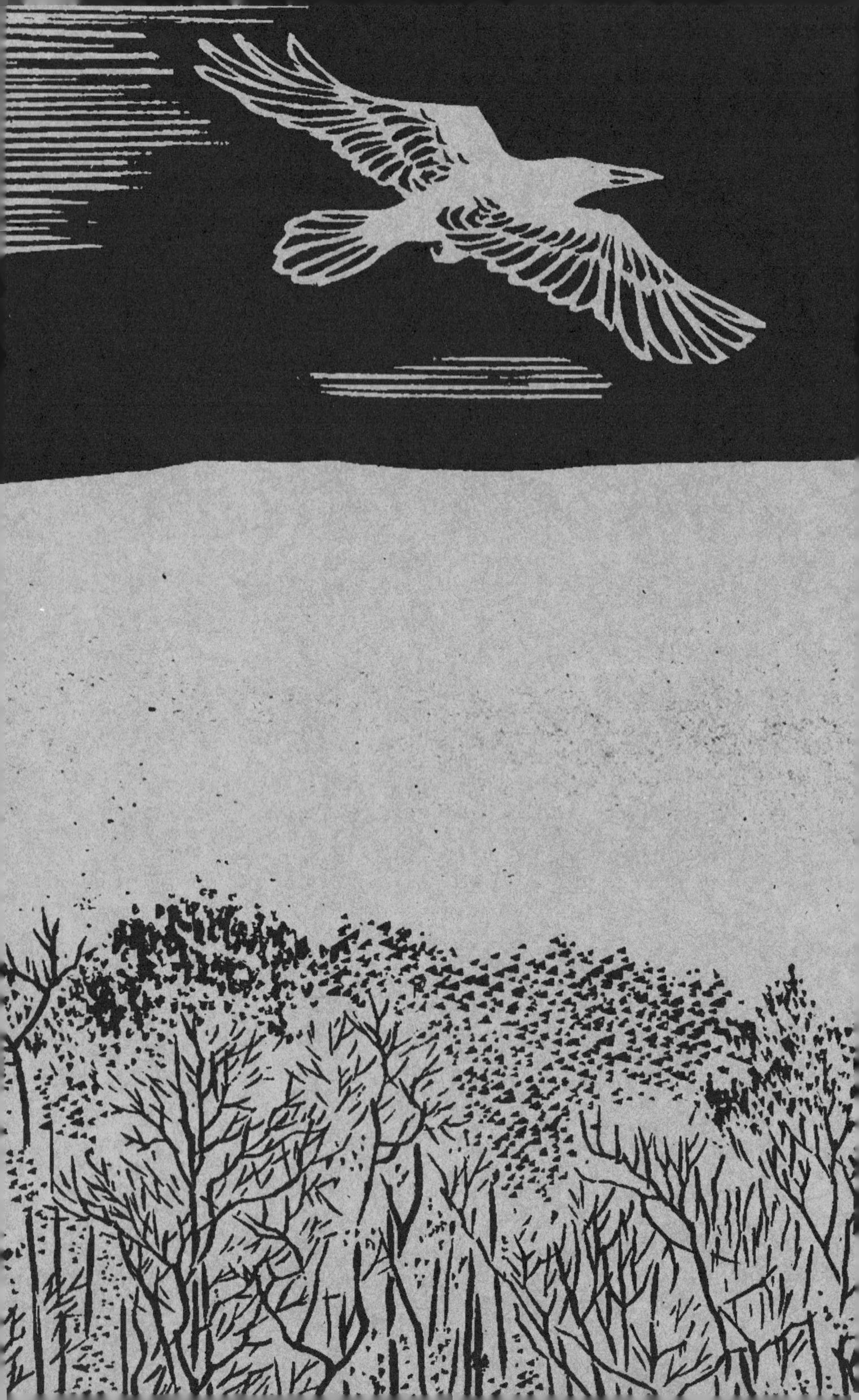

我在这二场在
大寺
醉待

我一直在等待一场大醉

我 的书架上放着两瓶酒,放了许多年,一直没喝。我把最大的一间屋子做成了书房。沿墙摆满了书架。在书架的合围处,放了一张书桌。我经常一早起来,就在书桌旁边坐着,目光从一排一排的书脊上慢慢地移过去,有时一坐就是半天。什么也不做,就是看着这一排排的书。偶尔,我的目光会扫到这两瓶酒,我会停一停,然后看着窗外的树梢发呆。那是许多年前的一个初冬,头顶梧桐树的叶子一片片在飘落。南京的大街上很热闹,身边穿梭着行人和车辆。我骑着自行车,急匆匆地去买酒。我想找一家门头漂亮的烟酒店,买两瓶好酒。

酒买回来了，一直放在这里。酒瓶从来没有打开，像一段旅程始终没有出发，又像经历了一生重又回到了原点。对于真实的旅行，我没有太多的向往。几十年来，我去过许多地方。所有的风景，都只是背景，一回来，就变得模糊。不同地方的景物会叠加在一起，都差不多。风景风物的美，是浅的，不留记忆，不落心底。我不喜欢这样简单的重复。自从这两瓶酒放在了我的书架上之后，我在旅行的时候找到了一种愉快。在不同的城市，我都会去酒馆里坐一坐。一个地方最地道最浓郁的风情，都会在酒馆。一个小小的、躲在街角的热热闹闹的酒馆。我喜欢在这热闹里安静地坐着，看一个个喝酒的人。从巴黎到南京，每个醉或不醉的人，都在为自己的人生干杯。

酒从来不能化解忧愁和悲伤。酒只会陪伴你，让你对远处怀着一个希望。如果你了解了酒，你会知道它是一个很好的朋友，虽然它的陪伴十分短暂。酒是一个小小的精灵，它在寻找着你，它要走很远的路才会和你相遇。与你相遇，是它的命运，它唯一的命运。

酒的精灵在大地的黑暗中漂泊着。它在寻找一支水稻，一株葡萄，一棵苹果树，或者一棵龙舌兰。它会耐心地等待着这些植物，在泥土、水和阳光的照料下，生长并结出沉甸的果实。它就在它们的果实当中。它带着它们的味道，还有它们的特性。可是酒的精灵不属于植物，植物是它摇曳在世间的生命形态。它只是通过风中的植物们探出头来，来到这个世界上。它在等待着和某个人相遇。

所有果实里面都藏着糖。这些糖原本是植物为它们的种子准备的食粮，可是被游荡在空气中的酵母发现了。酵母成群地聚集而来。糖被分解了。分解成酒精和二氧化碳。

我们把它叫作酒精，希腊人把它称为酒神。酒神是宙斯和塞墨勒的儿子。塞墨勒怀孕的时候就被天后赫拉害死了。宙斯把小酒神缝合在自己的大腿中，在一瘸一拐中让孩子继续成长。酒神出生后，取名为"狄俄尼索斯"，意思是"瘸腿的宙斯"。小酒神备受宙斯的宠爱，宙斯总是让他在自己的宝座旁边玩耍，暗示着这个孩子将成为他的继承人。天后赫拉妒火中烧，她鼓动巨人提坦神去杀害这个孩子。宙斯把可爱的宝宝变成一头公牛，以躲避巨人的追杀。可是巨人还是捕获了他。巨人把这头可怜的公牛肢解了，放在锅里煮烂。宙斯悲痛不已，却又对妻子无可奈何，只能让人从锅中抢出孩子的心脏，交给大地女神瑞亚。瑞亚吞下心脏，重新诞生出狄俄尼索斯。他终于长大，他终于成为酒神。希腊人用一个神话，生动地记述了酒神的诞生。尼采说："酒神的受苦，即是转化为土地、空气、水和火。"如此说来，每一棵植物都是酒神的母亲塞墨勒。是植物把他又从土地、空气、水和火中收留并滋养，辛苦孕育在自己的果实之中，并最终让他重生。事实上，古希腊人认为，世间万物，都是由土、气、水、火这四大元素构成。也许，酒神的诞生，又象征着生命的诞生。也因此，人们对他才如此崇拜。

酒神终于诞生了。希腊人在葡萄成熟的时节，为他举行盛大的狂欢。人们奔跑跳舞,寻欢作乐。满城都是歌声。在这狂欢的同时,又生出了希腊的悲剧。狄俄尼索斯的命运,本身就是悲剧。欢乐与悲伤,是硬币的两面。硬币在不停地旋转,像人类不停地往前奔跑的脚步。没有人知道,当硬币停下时,会是哪一面朝上。

我一直期望着,在某一天,把这书架上的两瓶酒打开,一起喝掉。只有把瓶塞打开,才是对酒神最终的解放。此时,酒神才真正地诞生。植物只是酒神的一件衣裳,而最终喝下它的那个人,才是它的归属。他行走了那么远,经历了那么多,只有进入到一个人的生命,他才成为酒神。酒神将与每个喝酒的人融为一体。酒神就是那个正在举杯喝酒的人,他一边快乐,一边痛苦。他一边狂欢,一边上演着自己的悲剧。

中国人也有自己的酒神。中国人的酒神也与忧愁密不可分:"何以解忧?唯有杜康。"在酒神狂放的身影之后,我们总是看到浇不灭、断不掉的忧愁。欢喜和忧愁,快乐与悲伤,这是生命的本色,酒会激发这个本色。而我们的情感模式是含蓄的,情感的美好在于节制与宁静。我们不能过多地渲染快乐,也不能尽情地宣泄痛苦。为了情绪的宁静,人们创造了种种仪式。我们用仪式的庄严,消解烈火一样的情感。

我们的酒神是雍容华贵、温文尔雅的。周天子在祭祀祖先和神灵时,先要用包茅细细地过滤浊酒,让酒变得清澈纯净。让酒神变成一个诚挚有礼的君子。这个庄重的仪式,叫作缩酒。"缩"字又写作"茜"，在金文里，就是上面一层草，下面一个酒器。酒从上面缓缓倒下，变得清清爽爽，流到下面的酒坛。在缩酒敬神之时，所有人都要平心静气，小心翼翼。庙堂之上的酒神遥远而高贵。普通百姓的酒宴，没有这样拘谨，不过也有相应的礼仪，叫"乡饮酒礼"。主人如何向客人敬酒，客人如何向主人回敬，都有程序。乐工奏乐；唱《诗》，酒过三巡，而后散席。散席要奏《陔夏》之乐。"陔"是"戒"的意思。用音乐劝诫大家注重礼节，不要踉跄。酒神随和了很多，可是仍不能放浪形骸。

　　我们的情感是节制的、含蓄的、隐忍的。酒神的解放要到魏晋之时。刘伶乘车携酒，边行边喝，让人扛铁锹尾随在后，吩咐他说："死便埋我。"

　　正是在此刻，东西方的酒神相遇了，他们相视大笑，莫逆于心。"酒神"二字，生死而已。

　　许多年前，有人捎信给我，说是想和我喝一顿酒。当时，小雪节气刚过几日，天气微寒，我把新买来的酒放在书架上，随时触手可及。

　　其实我酒量很浅，平日里很少喝酒，喝也只喝一小杯。多喝一杯，立即心脏狂跳，再喝一杯，即有濒死之感。但是我知道我没有醉，我既无狂喜，也不悲伤。我的大脑清晰而平静。

　　我一直在等待着一场大醉，或者死亡。

它在鸟之外

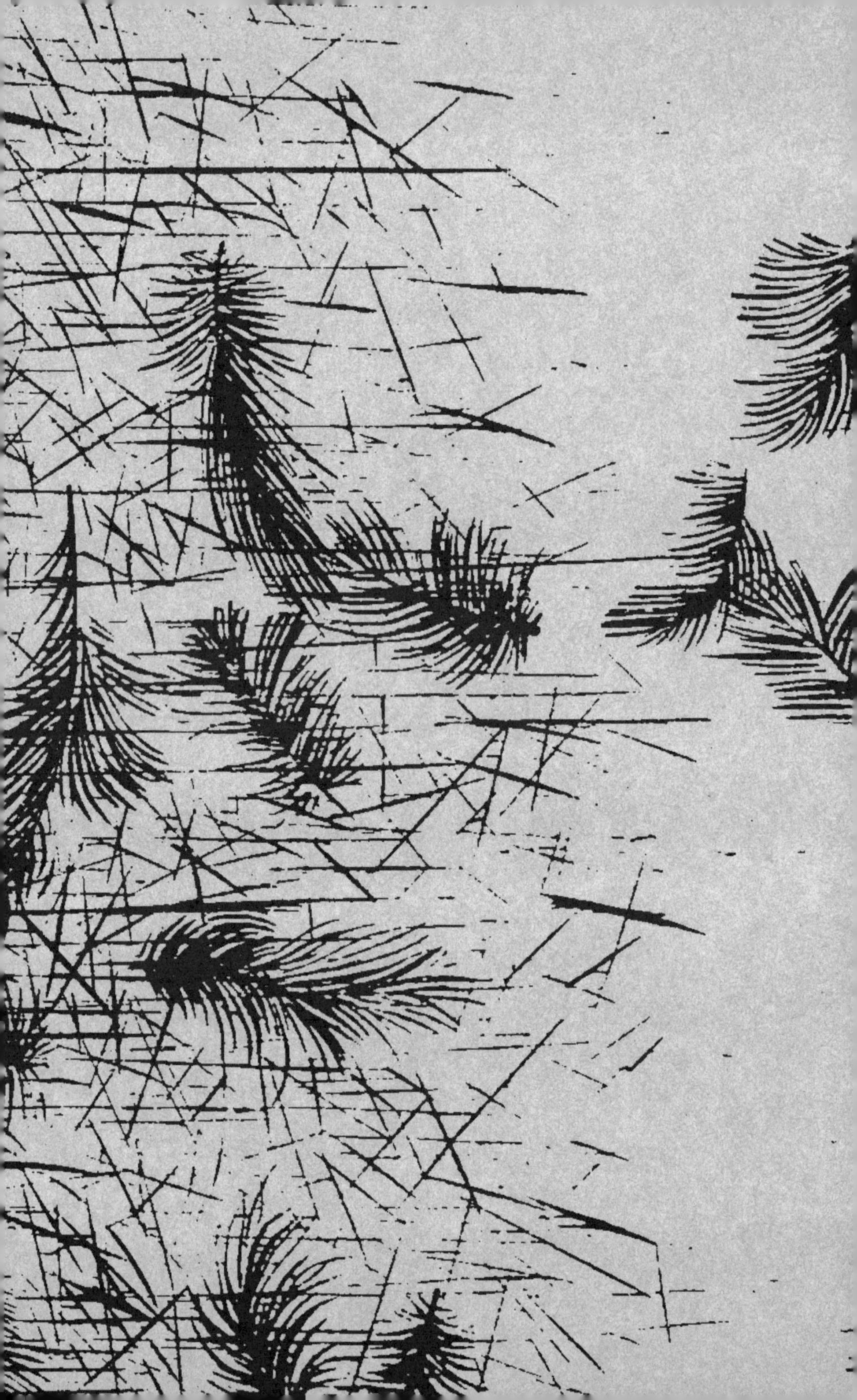

它在众鸟之外

每天早上起来,我都要走到阳台上,跟河对岸那只白鹭打一声招呼。

白鹭要么停在河边那棵青杨树上,要么停在对岸那幢空无一人的房屋的阳台上。它从来不看我。

冬天的时候,河岸上最引人注目的是那棵乌桕树。所有树的叶子都落尽了,只有乌桕树上挂满了白色的小果子,像是开了一树的梅花。这些果子是鸟儿们过冬的食粮。每天都有成群的鸟儿在树上一边啄食,一边叽叽喳喳地闲聊。在冷寂的冬天里,只有这棵树是最热闹的。独来独往的白鹭,每天也有许多时间在这棵树底下徘徊。它一边察看着河面上的小虫、小鱼、小虾,偶尔侧过头,打量一下树上的热闹。这棵乌桕树是鸟儿们的客厅。这个冬天很冷,下过两场大雪,白鹭一直置身于众鸟之外。

春天来了，乌桕树上的小果子被鸟儿们啄食得干干净净，整棵树只剩下光秃的枝条。叶芽迟迟不长。作为一个客厅，太冷清、太单调了。

　　鸟儿们把客厅转移到了那棵巨大古老的枫杨树上。枫杨的新叶一下子长满了所有的枝条，整棵树散发出一种热情、好客的气息。喜鹊、乌鸫、斑鸠、大山雀、小山雀等等，都聚到了这里。一群一群地飞来，又一群一群地飞走，忙碌不停。毕竟是春天了，不能像冬天那样懒散。也是从这时候开始，白鹭选择了河对岸那棵青杨做自己的落脚点。不论是晴天雨天，它都站在那里，像一个总在冥想却始终不得开悟的修行者。它看也不看这棵枫杨树上的热闹。它一直站着，一站就是几个小时。偶尔飞出去，在天空中盘旋几圈，或者在河滩浅水里散一会儿步，它又回到青杨树上，并且总站在同一根树枝上。这时候，青杨的叶芽儿刚刚冒出一点，整棵树才有那么一点点的绿意，刚刚苏醒，还睡眼蒙眬。那棵枫杨呢？已经成为整个河岸上最繁华喧嚣的闹市。这都与白鹭无关。春天的白鹭仍然生活在另一个世界里，不知道在坚持什么。它和所有的鸟儿都格格不入，它显得孤独又骄傲。

　　谷雨之后是立夏，立夏之后是小满。枇杷树结了一树的果子，石榴开了一树的小红花。枫杨的叶子从嫩绿变得深绿，现在已经是苍翠的了。茂密的树叶和长串的花朵把树枝压得弯弯的，树冠已经不堪重负。小鸟儿们也没办法在上面停驻了，叶子太多太密，根本就没有落脚的地方。

夏日来临。鸟儿们可去的地方太多了，河岸上已经不存在一个大家常聚的中心。许多鸟儿进入育雏时节，成双成对地飞来飞去，大家已经没有兴趣聚在一起消磨时光。白鹭还是独来独往，只是看上去有些落寞和憔悴。

雨季改变了一切。所有树的叶子都变得茂密，都从简笔勾勒的线条，变成了大片的色块。放眼望去，已经辨不出一棵树与另一棵树的界限。小河两岸的树木，构成了整片的树林。一只鸟儿，甚至不用展开翅膀去飞，只要轻轻跃动，就能从一棵树跳到另一棵树。在这面目模糊的大色块之中，唯一清晰的是白鹭栖息的那棵杨树。

杨树的树干长到十多米高的时候，伸出两根枝丫。枝丫像两条健壮修长的胳膊，一直往上，拥抱着一片淡蓝色的天空。从这两条胳膊上长出来的枝条也是疏朗的，也是朝着天空伸展出去。虽然经过一个春天的生长，叶子也变得宽阔肥大，可是丝毫没有破坏整棵树的结构。杨树在一大片的树木之中，显得俊朗挺拔，卓尔不群。因为它的挺拔和疏朗，我能清晰地看到每一片叶子被风吹动时跳舞的样子。天黑了，杨树高耸在淡淡的月光底下，我看不到叶子在动，可是我仍然能听到风吹动它的声音。它的声音节奏分明，清澈悦耳。这棵树是白鹭真正的好伙伴。在我看来，白鹭与青杨是一个整体，两者惺惺相惜，密不可分。

季节的变换，导致了小河两岸景物的变幻，同时也造成了许多悲欢离合。我日日生活在这里，默不作声地观看着这一切。植物生长的轮回，昆虫的爱恨情仇，动物之间的生死之战，村民们的来来去去，轮番在这个荒凉的小村中上演。我没有和任何人产生亲密的联系，他们都是陌生人。他们会引起我内心波澜的起伏，可是并不与我息息相关。只有这只白鹭，它每日和我相伴，我们已经不可分离。我每天早上都向它问候。它每天都来。它每天都来，就是回应我的问候。在向它问候之后，看到它停栖在河的对岸，我的心就很踏实，很满足。只有在问候了白鹭之后，我才会开始一天的工作。当我工作累了，或者突然想起它的时候，我就到门外去看它。它有时在，有时不在。不在的时间长了，我会心怀焦虑。不过最迟在傍晚，它就会出现。往往是这样，我坐在书房里，忽然感觉到窗外有一个白影掠过，我就立即走到外面的阳台上。这时候，白鹭已经飞到很远的地方，成了一个小白点。我盯着这个似乎就要消失的小白点，盯着。然后，它就又飞了回来。它的翅膀伸展开来，在天空中滑行，仿佛向我展示它最为自豪的一面。这样飞上几个来回，它就消失了。我很想知道它去了哪里？它的窝筑成什么样？它有没有自己的伙伴？好几次，我想象我也变成了一只鸟，一只白鹭，可以和它一起飞。我飞不起来，我大概永远也不可能了解一只白鹭。在做梦的时候，我曾经也是能飞的，飞得与这只白鹭一样好。那时我还没有搬到这里。我梦到了我可以贴着河面飞行，可以越过山岭，我可以站在树梢上，在风中摇曳。只要脚尖轻轻一踮，我就可以随心所欲地飞翔。可是这样的梦，已经很久没做了。有一次，我几乎已经做到这个梦了。我从一个堤坝上往下跳，我希望我能飞起来。我伸开手臂，像鸟儿展开翅膀，一直到碰触到水面了，我也没能飞起来，我一头栽到了水里。我已经不会飞了。我每天都做梦，大多平淡无奇，醒来就忘了。我唯一知道的是，我再也没飞过，我的脚步永远沉重地走在大地上。有人说，梦到自己会飞，那是因为你有一个未知的未来。渴望飞起来，也许是我喜欢这只白鹭的缘由。它的确飞得好。我如果能变成一只鸟儿，就应该是它飞翔的样子。

　　白鹭有时也停在河对岸那幢房屋的阳台上。停在青杨树上的白鹭，显得志存高远。停在阳台上的白鹭，显得孤独彷徨。

　　我搬来这里之后，就没看到这幢房屋亮起过灯光。我特意去看过几次。屋门口的台阶已经塌陷了，砖石的缝隙里长出蓬勃的野草。一棵巨大的合欢树，完全遮盖了那家的门窗。从这些植物的形态上来看，这里至少已经荒废了十年。这幢房子与我隔河相望，有一面大窗户对着我的阳台。窗口竖放着一张巨幅的照片，有窗户的三分之二大。这是一对年轻人的结婚照。两人相互依偎着，深情地望着窗外的景象。另一面窗户上，至今仍然贴着一张红色的"囍"。这幢荒废了十多年的房屋，曾经是他们结婚的新房。他们为什么一去不返？为什么要把珍贵的结婚照留在这里？为什么照片的正面要对着窗外？起先的时候，照片一定不是这样摆放的。因为不可能在新房里，把结婚照的背面对着自己。

站在阳台上，我眺望着这个寂静的小村。每一幢楼里，都曾经有过一段人生，所有的人生都独一无二。在我们欢笑时，有人正在流泪。在我们欢聚时，有人正在离别。谁也走不进谁的梦，谁也长不出能飞的翅膀。白鹭从青杨树上飞起来，兜了一个大圈，轻轻地落在这幢废弃已久的房屋的阳台上。白鹭让这幢房屋多了一分生机，同时又添了一分说不出的忧伤。

　　小村的晚上黑得很，十点多，四周安安静静，小河里偶尔有几声蛙鸣，窗外没有一丝亮光。我正在看一本闲书，突然听到一声沙哑恐惧的鸣叫。随后又是一声。是白鹭。我冲出家门。声音是从河边的一丛迎春花底下发出的。

　　我一直以为，白鹭晚上会住在一个遥远的地方。因为每天晚上它离开的时候，都会飞到极高处，然后消失在天边的地平线上。我从来没想到它就住在我的屋前。迎春花长在院门的右前方，在枫杨树的底下，离河水很近。除了迎春花刚开的那段时间，谁也不会在意这里。

　　我打开手电筒，迎春花底下什么也没有。可是我的确听到了白鹭可怕的鸣叫。送货的老朱也跑过来："是野猫。野猫捉到白鹭了。"

　　他也听到了。

　　我们在河滩上搜寻着。没有野猫，没有白鹭，没有血迹，也没有飘落的羽毛。

　　下雨了。老朱说："回去吧。这么长时间没找到，白鹭应该没死，逃掉了。"

雨下了一夜。我一直在听雨里的各种声音。没有白鹭的动静,也没有猫的动静。天亮了,我站在阳台上朝河对面看过去。湿漉漉的青杨树上是空的,对面房屋的阳台上也是空的。雨还在下,我沿着小河走来走去,什么也没有。雨里穿梭忙碌着各种各样的鸟儿,它们有的在吟唱,有的在召唤,有的在絮絮叨叨地拉着家常,所有这些声音里,没有一个是沙哑的。

我搬来这里已经八个月了,每天都看到这只白鹭,每天早晨都向它问候。我偶尔也曾想过,总有一天,它会消失,它会不辞而别。我可以想象它是换了一种生活。我从来没想到,它会在我的面前,被猎杀。

我在阳台上坐了一上午。雨慢慢停了,白鹭一直没来。我回到书桌前,可是没办法工作,我总在想这只白鹭。我太累了,头昏昏沉沉,我想睡一觉,我靠在沙发上。书房的窗外,突然掠过,一个小小的白影。

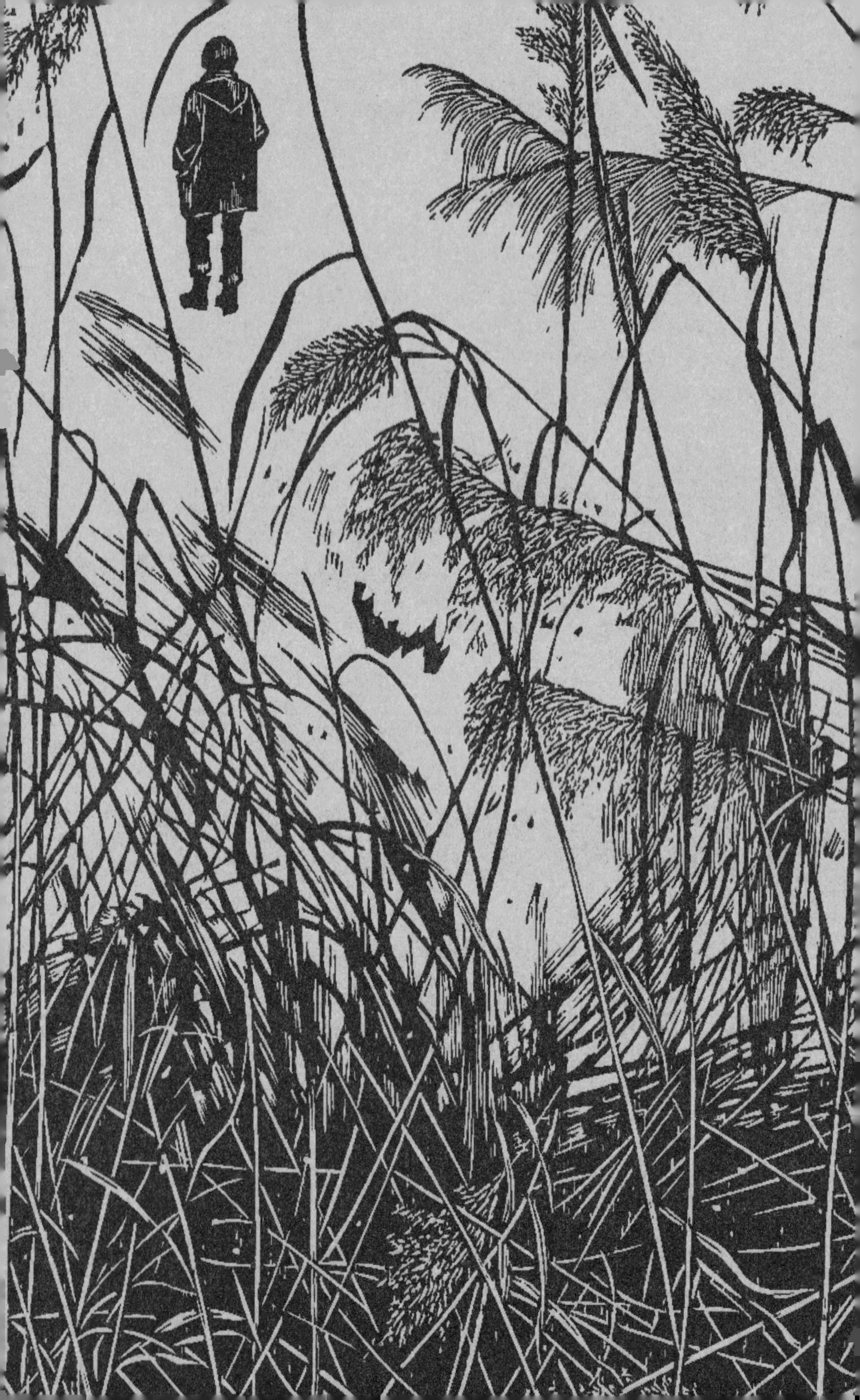

向内心飞去的鸟

离巢飞去的鸟

已经整整两天了,白鹭一直没有回来。我不知道它是被野猫杀死了,还是受到极大的惊吓之后,从此远走高飞了。这两天我什么都没做,一直沿着河岸徘徊着。陪我寻找白鹭的老朱已经跟另一个喂猫的邻居吵了一架。

"我让她不要再喂野猫。如果真喜欢,就领回家去。村子里已经野猫成灾。她说我没有爱心。我看,她还真不懂什么叫爱心。"老朱愤愤然跟我说。自从他养了那只麻鸭之后,他对所有的鸟都产生了怜惜,同时,成了一个仇猫者。他讨厌野性十足的流浪猫。

白鹭经常出没的河面上,渐渐长满了荷叶。没有人挖藕,没有人采莲,也没有人看荷花。这是一个寂寞的村子。我沿着小河一直往村外走过去。白鹭总是从那里消失,又是从那里回来的。一个长住这个村子的落魄画家曾经跟我说,在村外的那条大河上,有成群的白鹭。我一直没去看那些白鹭。我只在意我日日相见的,这只瘦弱修长而灵敏的白鹭。可是现在,它不见了。或许,它重又回到了它的伙伴们之间。我必得要去看一看。

夕阳西下,黄昏的景色很好。风里透着初夏的凉爽,柔和的光把河流与树木染上了最后一抹热忱。众鸟喧哗,小猫小狗和孩子们纷纷走出家门。去路口的路上竟然有着难得的热闹。

在村口一间杂货店的门口,我看到了李师傅。我们已经很久没见了。他坐在一只矮凳子上嗑着瓜子。

在这个小村中,我最早认识的人就是李师傅。我现在住的这幢房屋,是多年前买的,经过风吹雨打和大水漫灌,已经破败不堪。我在村口一间大门紧闭的门面房上,看到已经熄灭的灯箱上写着"承接工程"几个字,后面有一个电话号码。我打过去,接电话的是李师傅。

李师傅到现场勘查一番,很抱歉地对我说,因为工程太忙,他手下的工程队完全抽不出时间。如果我急于开工,只能由他亲自动手。李师傅穿着合身的西服,头发梳得整整齐齐,语调缓慢而笃定。我们握了握手,这事就算定了。李师傅第二天就开始了工作,带了他的儿子做帮手。

整修房屋的工程相当复杂。除了偶尔出现的油漆工、水电工、瓦工之外,所有的活儿都是李师傅和他的儿子在干。他的工程队一直没有出现。这场工程持续了四个多月,房子终于焕然一新。

　　李师傅不喜欢交朋友。有时候我给他几包烟、两瓶酒什么的,他都婉言谢绝。我并不是想用小恩小惠收买他,让他更卖力地干活。他干活很认真,而且工程承包给他,完全不用我催促。我只是想把我们之间的关系,涂抹上一点感情,这样我们相处会更愉快。可是他对此毫无兴趣。

　　我就住在这座正在修整的房屋之中。李师傅把两间不用大修的房间收拾好,让我安顿下来。大部分时间我都无所事事。我经常在他们旁边转来转去,想帮忙做点什么。李师傅什么都不让我插手:"不用不用,你去忙你的正事。"有时候,趁他休息,我去找他聊几句。他只是喝茶,随口应答我几声,等茶喝好了,立即转身干活。他不在意我说什么,他也没什么要跟我说的。他对我毫无兴趣。

　　"如果这里再砌两面墙,格局就不一样了。"他从远处打量着这座房屋,向我提建议。

　　"修修就算了。"我不想大动干戈。

　　"这里可以打一口井。"他在院子里指指点点,"那边可以盖一个亭子。"

　　"不了,以后再说,现在没力量。"

　　李师傅最在意的,是如何扩大工程,我想的却是如何尽早地结束工程。可是随着修屋工作往前推进,总会冒出一些新的事项。每一件多出来的事，不论大小，他都要认真地跟我报一个价格。报完了，说多少就多少，从来不肯讨价还价。他跟我说话时，脸上总带着一种似是而非的笑，看起来是谦和礼貌，可是这笑容里却有着一种执拗、坚决和蛮横。他是一个相当不好打交道的人。

工程进行了一个多月的时候，门口来了一个二十多岁的姑娘，挺着大肚子，手里牵着一个两岁的小女孩。小女孩仰着头大声喊着："爸爸，爸爸。"

李师傅带着儿子在屋顶上干活，听到小姑娘喊，连忙大声地回应："小心，不要进来，里面都是东西。"的确，院子里堆满了杂物和垃圾。李师傅的声音里充满着喜悦和怜爱。这是一个扎着羊角辫的漂亮女孩，让人一看就心生欢喜。我从屋里找了一只毛绒玩具，穿过院子递给她。小女孩把手往背后一缩，回头看着妈妈。她不肯拿陌生人的东西。年轻妈妈朝我腼腆地笑了笑，抬头望着屋顶的李师傅。

"拿着吧。"李师傅笑着说。小女孩一把接过去，紧紧抱在怀里。怀着孕的年轻妈妈带着小女孩在院外面站着，一直看着李师傅父子俩在楼上忙忙碌碌。小女孩看得无聊了，走到小河边去玩。妈妈看着她，一直看着，直到小女孩又走回她身边。这天李师傅收工比平时早。李师傅的儿子一把举起小姑娘，让她骑在自己的肩上，然后像一匹小马一样往前飞奔。李师傅在后面焦急地大喊："慢点，慢点。"

我总算知道李师傅为什么像大山一样顽固了，为什么那么在意每一分钱。他有年轻的妻子，年幼的女孩，还有一个即将要诞生的孩子。这一切，都要他来扛。不过，这也是他往前的动力和希望。他已经是五十多岁的人，还要这么拼命。天气已经冷了，他总是忙得满头大汗，有时和儿子一起把上衣脱掉，光着膀子干活。他不肯请别人来帮忙。他总是说，如果他的工程队抽得出空了，就不用他做了。可是工程队一直在忙。我知道，他根本就没有一个工程队。可是他一直在说他的工程队。也许他有过这样一个工程队，又消失了。也许他只是渴望有这样一个工程队。也许他只是想让我知道，他并不是我看到的那样，他其实是一个很重要的人物。

　　这是不难理解的。就像我跟他说，我是写书的。我已经写了十多本了。我的书卖得很好。我的收入要比上班多得多。李师傅对此是狐疑的。写书是什么？靠卖书能生活？我们谁也不说穿谁。男人相遇，就像决斗前的公鸡，总要抖一抖身上的羽毛，让自己的体积变得庞大一些，给对方一种无形的压力。他要用这个虚张声势的自己，来对抗这个无边无际的世界。

　　我与李师傅相处了四个月，日日相见。我看到了他的焦躁、愤怒与无奈。有时候为了工作，有时候因为家庭。有时候，什么也不为，他突然把那只搪瓷的茶杯一下子摔在了地上。我也看到了他一边干活，一边哼起了不知名的小调。李师傅情绪的好坏，都不会持续多长时间。最多一天，第二天就浑若无事。他大多数时候是平静的。独自一人干活的时候，脸上也是带着那种若有若无的微笑。

李师傅以一种疏离的方式与我相处着。可是无论他怎样沉默不语，我已经洞察了他的生活。我从他的生活中，看到了人的宿命，甚至是所有生物的宿命。人被一种无名的力量催动着，或者说是被生命的本能所驱使。他以为是自己在生活，他不知道他对于命运的走向，完全无能为力。人永远受制于自己的欲望。可是，如果没有这个欲望，或者没有因为欲望而形成这种强大的压力，人又会怎样生活呢？人是不是就可以什么都不做，"躺平"了？"躺平"是正在流行的一个词。这是一个很好的词，它既是放弃，也是觉醒。

年轻的妈妈进了产房，生了一个女孩。李师傅只休息了一天，又和他儿子到我家忙碌。那个年轻的妈妈还有那个刚出生的宝宝，谁在陪护呢？他们不说，我也没有问。我想象不出来，李师傅曾有过怎样激荡的生活。他什么都不跟我说，可是我猜得到，他早早结婚生子，在儿子长大成人之后，挣到钱了，又离婚，娶了这个年轻的女孩。在我的眼前，轮番闪过李师傅挂满汗水的脸，和那个年轻女孩脸上恬静的笑容。我忽然想起，年轻女孩挺着大肚子来看李师傅的那一天，那么长时间，他们没有说一句话。他们为什么不说话？

一个月之后，我家的修房工程终于结束。每天相见的李师傅，很少出现。偶尔两次在小村里遇到，也只是点点头。我们再无交道，我们将慢慢消失在彼此的记忆当中。生活本该如此。

昨天下了一天一夜的雨，今天转为晴天。太阳照了一天，到了晚上，空气也是清清爽爽。李师傅在杂货店门口吹着风。在他的旁边，坐着一个五十多岁的女人，坐在轮椅上。那个两岁多的小女孩，在旁边跑来跑去。

"这是我老婆。"李师傅说。

"啊。"我吃一惊。那么，那个年轻的妈妈，是他儿子的妻子？

"腿怎么啦？"我问眼前的这个女人。她的头发已经花白，一脸苦涩的笑。

"好多年了，类风湿。"女人说，"腿没用啦。"

"这个老板是写书的。"李师傅对他老婆说，"去年就是在他家做活儿的。"

"儿子呢？"我没话找话。

"到城里工作去了。"李师傅说。

"什么工作，玩耍去啦。"女人说，"嫌跟在他爸后面没意思，老婆小孩也不要，就在城里混。好在也不问我们要钱。"

女人是笑着说这番话的，口气里并没有多少埋怨。事件已经发生了，既然无可奈何，就平平常常地接受。就像接受她在轮椅上的生活。她摇着轮椅，一边守着这个杂货店，一边照看她的孙女。此刻，这个两岁多的小女孩，正在路边上一个小水洼里玩着泥巴。李师傅和妻子看着她，由着她自在地去玩。李师傅的妻子丝毫不把我当一个陌生人，一直絮絮叨叨地和我说着家常话。李师傅不说话，也不参与，反而像一个局外人。仿佛妻子说的所有这一切，都与自己无关。他的妻子一直在说他们的儿子。

李师傅的儿子上的是武术学校，强壮矫健，可以轻易地从我家的一层楼，翻到另一层楼。他总是穿着一条洗得发白的旧牛仔裤，光着上身干活，像一头敏捷漂亮的豹子。然而父亲的这些活计，不是他喜欢的事。他跟我说过，他的梦想是到健身馆做一个教练。教练的梦做了几年了，一直没做成，现在，他大概什么都不想做了。一头豹子，丢下一切，突然逃跑了。不知道为什么，我对这个年轻人的出走，早有预感。

对于儿子的出走，母亲既惊愕又无可奈何。李师傅没日没夜地辛劳，她转着轮椅张罗这个杂货店，在我们这个村买了一幢大房子。一大家子，美好地住在一起。他们只有这一个儿子。他们为儿子相中了妻子，帮他娶回家。儿媳生了一个女儿，春节前，又生了一个女儿。他们需要更多地挣钱，养两个孙女。他们给儿子在镇边上买了一间门面房，让他们可以独立门户。他们全部的心血都在这个家上，他们等待着有一天，儿子能把家支撑起来。可是儿子突然就厌倦了这一切，丢下了父母和妻女，跑去了城里。说是在南京城，其实也不知道他在不在。他一去不返，像一只渴望自由的鸟，突然离巢而去。除了偶尔打一个电话，发几个信息，几个月了，一次也没回家。李师傅相信，理发店的小龙一定知道他的儿子在哪里。可是小龙什么也不告诉他。小龙的理发店像一个神秘的中转站，里面有一个时空转换门。他的朋友们会在那里进进出出，有人突然消失，也有人会悄然出现，外人对此一无所知。李师傅厌恶小龙，可是小龙依然满面笑容，毫不在意。

李师傅想不通，儿子为什么要从这个家里逃跑，家里人对他都是那么地好。只是现在，他的工程队，只剩下他一个人了。

李师傅一边听着老婆的唠叨，一边一粒一粒地嗑着瓜子。在他们的背后，开着一连串的店铺，在店铺的背后，崛起了一大片高楼。小镇的脚步已经逼近了这里。正是上生意的时候。包子铺、兰州拉面馆、小龙理发店、快递中转站，各家门口都是人来人往，热热闹闹。李师傅夫妻身处在这样的热闹之中，他们表情宁静，宁静的背后，又有着一种说不出来的寂寞。李师傅的生活比我想象的要简单平凡。他仍然每天拼命地干活，只是脸上连若有若无的笑也没有了。对于儿子的逃跑，他不再追问，也不四处诉说，他只是惦记。原本我以为李师傅是独特的，然而在他的身上，我又看到了故乡那些远去的乡邻们的面孔。他们就是这样，一切都是自然而然，什么都能接受，永远处之泰然。对于生是这样，对于死也是这样。可是他们心里总有放不下的一个人，一件事。

天色已经不早，我没有继续走往大河边。即便我能看到一群白鹭，我也分辨不出哪一只是我想见的。它们长得都一样。我不关心那一群，我只惦记那一只。我知道它在我家门前的小河上，独自一个飞来飞去的时候，是自由的。

他們的井地木中

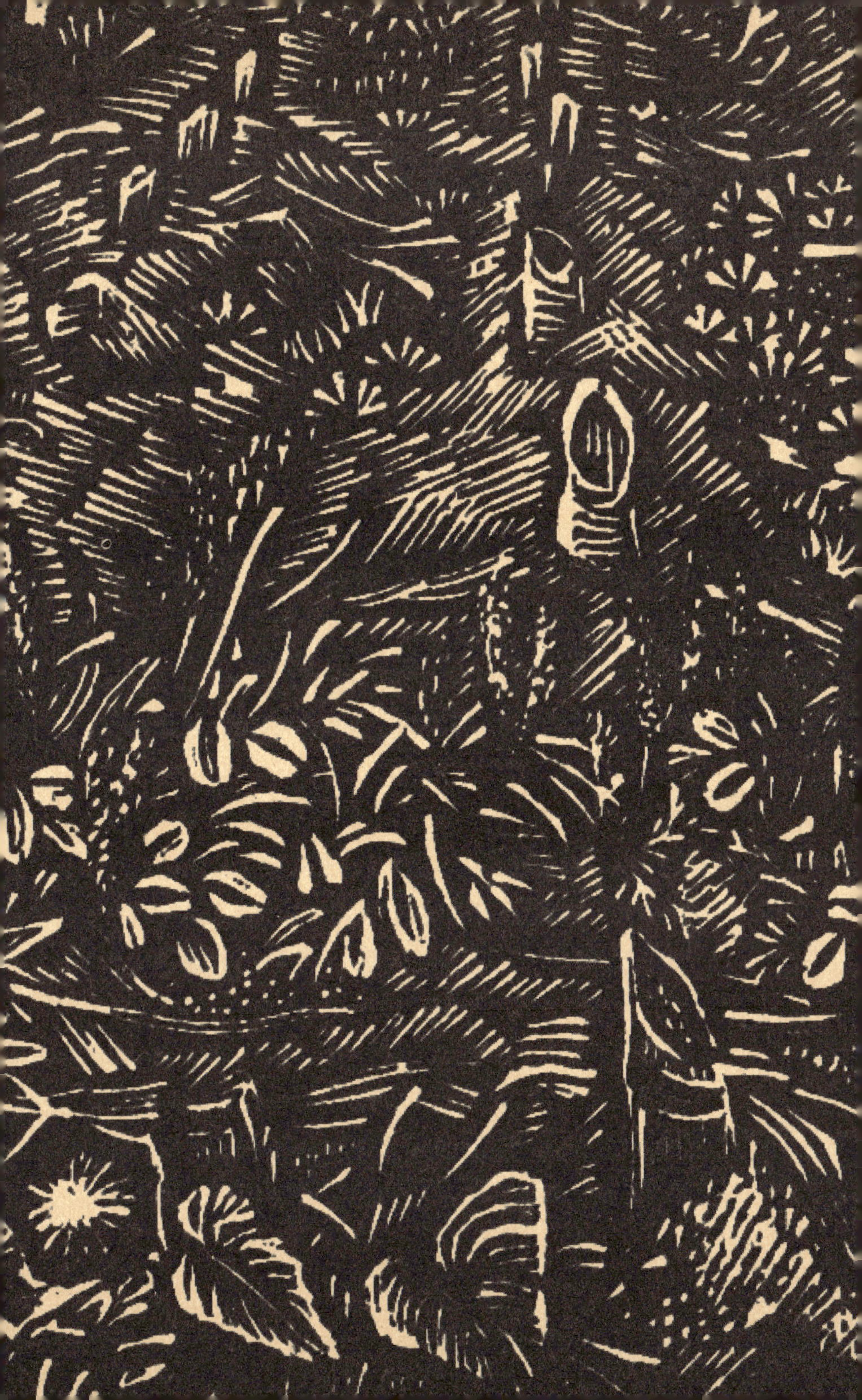

他们耕种的土地

父亲一直在院子里拔草。我的小院子一直没有开垦，杂草丛生，野花乱长。父亲从老家来这里小住，先用铁耙翻地，而后栽下小青菜、苋菜、韭菜和菊花脑。所有这些，刚刚长出来，就被野草淹没。父亲每天一早起来，就在院子里拔草。刚刚拔完，一场雨过后，草立即又蔓延开来。父亲接着拔，像在进行一场没完没了的战斗。他说："地不能荒着，荒着，会被人指脊梁骨。"他固执地认为，所有的土地都应该用来耕种。他害怕饥饿。我现在居住的这个小村，已经完全不同于他生活的那个人情社会。这里谁也不认识谁，谁也不在意谁。这里田园荒芜，房屋颓圮，已经被时光抛弃了。人们忘记了饥饿。人们也不愿意只为一口饭食活着。

父亲还是在拔草。他已经知道了姨父的死讯。他什么也没说，一点点地移动着小板凳，低着头，仔细地，一根一根地拔除着面前的杂草。母亲坐在屋檐下的椅子上，一直望着他。母亲多年前摔过一跤，腰椎骨折。从那之后，她的腰就一年年驼下来。她不能做重活，也不能站立太久。她总要陪着父亲。父亲做什么，她都跟在后面。母亲东一句西一句地跟父亲说着不着边际的话，一句不提我的姨妈和姨父。父亲低头拔草，什么都不说。

姨妈也死了。四年前得了白血病，她不肯治。可是姨父一定要给她治。治了一年多，欠了一大笔债，姨妈还是死了。姨妈比我母亲小十多岁。母亲说，我小的时候，只要回外婆家，姨妈就一直抱着我，谁都不给。只要姨妈抱我，我就不哭不闹。大一点了，姨妈就背着我到村子里或者野地里去玩，给我摘各样的瓜果。姨妈跟我很亲。每次我回老家，去看她，她一边急匆匆地从地里回来，给我做家乡的饭菜，一边暖暖地对着我笑。她很少说话，总是在忙忙碌碌，她有做不完的事。我母亲在南京摔跤之后，姨妈来陪她，陪了一个月。我好几次要带她去城里游玩，她不肯。她守着母亲，一步不离。最后离开南京时，才跟我去过一趟玄武湖。除了后来治病去县城住院，南京是她去过的唯一城市，玄武湖是她去过的唯一景点。

她生病后，我去医院看她。病房是一排简易的平房，在县城医院的一个角落。到她的病房要穿过一个长长的走道。走道和两边的病房里，满满地住着病人，都是白血病。我不知道乡下怎么会有这么多的白血病人。姨妈一定要坐起来，姨父扶着她，脸上赔着小心的笑。病房里四张病床，都躺着病人，都有家人陪护。大概是因为病情都很严重，所有人说话都是悄声细语。小小的房间显得拥挤而凄凉。姨妈还是那样暖暖地看着我，可是眼睛里的热量已经很是微弱。

"没用了。你跟他们说，让我回家。"姨妈说。

"姨妈，你好好养病，等好些就回家。"

姨妈轻轻叹口气，不再说话，朝我抬抬手。我坐在她的床边上，轻轻握着她的手。她的手没有力气，凉凉的。她用这凉凉的手，努力握着我的手指，因为用力，微微有些颤抖。这是我最后一次见到她。我去巴黎后不久，她就死了。

姨妈死了，姨父一个人更勤勉地耕田种地。他说："同英在的时候，我们家地里一根杂草也没有。她死了，不能地就种不好了。地是一户人家的脸。"同英是我姨妈的名字。这个名字很少有人喊。我的姨妈在亲戚乡邻中，是一种悄无声息的存在。我之后又回家过几次，除了姨父，我没有听任何人提过她的名字。她在的时候，没有人在意她。她死了，悄悄地就消失了。

一周之前，这个唯一念叨我姨妈的人也死了。就在离他家几百米的一条狭窄的乡村小道上，被一辆小汽车撞死了。开汽车的人，是承包当地蔬菜大棚的外地人。姨父骑着一辆三轮车，从大棚外路过。这条路他走了几十年。三轮车被撞碎，他被撞飞。

清明节回老家时，我刚刚见过姨父。他的儿子开了一家水果店。他在水果店里帮忙。儿子有糖尿病，头发斑白，骨瘦如柴，比姨父还显苍老。姨父正在卸一车的水果。这是重体力活，儿子干不了。这样的事，都是姨父做。姨父的饭量大，一顿能吃两大碗米饭。他的力气也大。我来看望他，他一定要塞一大袋水果给我。我们在店门口争执着。他一把抓住我的手臂，他的手粗糙、坚硬、有力，我完全挣不脱。

"下次回来，一定要在我家吃顿饭。你姨妈不在了，你连饭也不来吃啦。"

"下次一定来。"我朝姨父挥挥手。我其实不会去。姨妈不在了，姨父自己不会烧饭做菜。他一个人住在老家的房子里，种地、做油漆工、为儿子的店铺运送水果，自己都没时间好好吃一顿饭。他所有时间都在忙，他不让自己有一分钟停歇。儿子说他停下来会哭。

儿子的水果店开在小镇的街边上，门口人来车往。所有的车子都横冲直撞，所有人都散漫随意。汽笛刺耳地叫嚣着，叫卖的喇叭声嘶力竭，人们在扬起的尘烟中彼此高声招呼。空气中弥漫着焦躁，焦躁里隐藏着狰狞。这是人间的闹市，又是死神的游乐场。现代的生活伸入到了乡下，现代的文明落在后面迟迟不见身影。死神的脚步是时代脚步。总有人在为时代殉葬，只是没有人在意。

水果店的门面不大，却有一个气派的招牌，上面写着"杨家果业"四个大字。姨父的儿子对这个小小的水果店怀着殷切的希望。还妈妈治病欠下的债，孩子上学的钱，还有自己日常的吃药打针，全靠它。然而生意并不好。我在这里的四十多分钟，只来了一个顾客，买了三只苹果。他和姨父站在招牌底下看着我开车远去。大街上尘土飞扬，车开出去没多远，他们已经面目不清。

"你回去吧，看看能帮什么。他们家垮了。"父亲说。

我和姨父的儿子约好，在县城的交通事故处理中心见。他早就到了。他不敢进中心的大门，一直坐在门外路边上。我走到他面前，他才发现。他缓缓站起身来，用衣袖抹抹脸上的眼泪。他一直坐在这里哭。

我陪着他，在家乡的县城奔波着。两天时间里，他几乎没有说话。他不是以往的那种带着淳朴笑意的沉默，而是变得麻木甚至呆傻，外界的声音，仿佛要走一段长长的路，才能被他听到。他听到了，对这声音所要传达的意义，也是茫然不解。他一声不响地跟在笨拙的我的后面。在这个全然陌生的家乡的县城里，我们尽最大的努力，要去熟悉它，找到一点可以紧紧握住的东西。要去公安局，要去事故处理中心，要去事故现场，要去找律师，要去找肇事者，要去殡仪馆，要去找许许多多莫名其妙又面无表情的人。死亡发生了，我们还不能理解到底发生了什么。我有两年多没有回老家，两个多月前回去一趟，没有见几个人。可是见到的几个人里面，先是堂叔，接着是姨父，竟然都是车祸身亡。现代性的残酷开始吞噬着手足无措的乡村。城市病迅速蔓延，可是管理者麻木而迟钝。在两种文明的冲突中，一些卑微的生命被绞杀。我感到绝望、恐惧和愤怒。可是这样的情绪只能在自己的心中堆积悲伤，我们无能为力，甚至无话可说，只能张皇地坐等下一场悲剧的来临。

我和姨父的儿子是在殡仪馆门口分别的。姨父被冰冻在这里。我回南京，他回老家。他回去选好一个日子，来运回父亲的遗体。

"哥，我回去了。"他朝我点点头。他还不到四十岁，已经是一个完完全全的老人了。他长得既像姨父，又像姨妈。他现在的样子，应该就是姨父和姨妈年老时的样子。姨父和姨妈还没有这样老，就已经不在了。

"混账！"父亲一个人坐在客厅里，突然暴怒起来。我和母亲在厨房，听到他的喊叫，立即跑出来。父亲又不说话了。一个多月前，我的堂叔跟斤儿车祸死了。现在，我的姨父又被撞死了。他觉得，一定有哪里错了，可是他又抓不住。凶手的脸毫无表情，又无边无际，像灰蒙蒙的空气。无法言说的痛苦，让他愤怒。

明天是姨父的葬礼，父亲说他不回去了。他不能接受姨父的死，他不肯面对。他不回去，母亲自然也不回去。

"同英不在了，他就没过一天好日子。同英看他苦，喊他回去了。"母亲说。

半夜里，我被一个噩梦惊醒。我打开灯，到书房里坐着。我梦到姨父躺在一张小床上，旁边靠墙坐了一排人。都是来参加葬礼的亲戚邻居。房屋里灯光昏暗，大家都默不作声地看着姨父。姨父坐起身来，问他们："我死了吗？"有人走过去，按按他的肩头，让他躺下去。他躺下去，过一会儿又坐起来问："我是死了吗？"还是没有人回答他。明明知道他死了，可是不能说。有人走到床边上，轻声安慰他，让他躺下。他知道这是送行的仪式，可是他不知道为什么他已经死了。他一直在问，他坚持着不肯躺下来死去。我看得心里难过，就从这间房子里走出去，走到外面。外面是无边无际的裸露着的土地，土地上一派荒凉。既没有庄稼，也没有野草，什么都没有，只是荒着。太阳已经有一半落在了地平线下面，阳光散着惨白而寒冷的光。在离我不远的地方，立着一把耕犁。没有牛，也没有人。曾经有人打算耕种，又消失不见了。或者打算耕种的人，去了小屋里面，正在守候着无可逃避的死亡。一个亲戚走出来说："兆碗死了。"声音不大，可是清晰无比。兆碗是我姨父。我从梦里醒过来。

夜已经很深了，我坐在书桌前，桌上堆满了打开又合上的书。小村安安静静，漆黑一团。没有行人，没有犬吠，只有偶尔的蛙鸣。人们都在睡觉，睡觉的人们都会有梦。我们要么活在自己的小梦里，要么活在庄子的大梦之中。我不知道，死去的人会不会是在做另一个梦？再虚妄的梦，也比空无一物好。或者在另一个我们想象不出来的梦里，姨父真的会和我的姨妈相见呢。如果他们相见了，他们还会耕种一块土地么？土地曾是他们一生的依靠。小时候，我每次去他们家，他们总是在田地里忙。他们的存在就是耕种土地。当他们停下来，不再耕种，他们就不在了。

懂芦荡的小雀

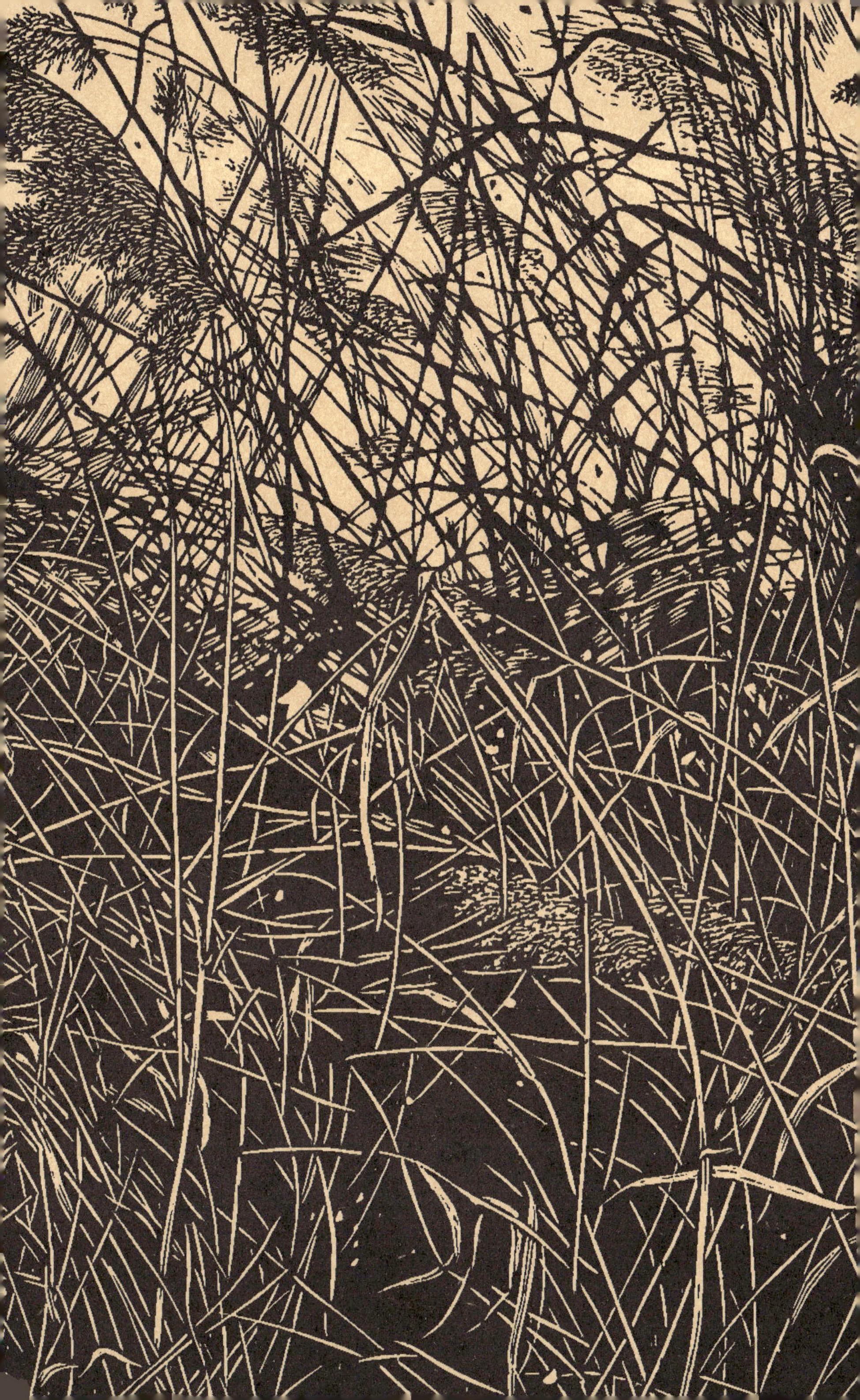

一只山雀总会懂另一只山雀

  我一直在想，鸟儿有没有理想？
  在我厨房的天花板上，住着一窝山雀。工人在给厨房吊顶的时候，多打了一个出风口。从墙外能清楚地看到这个洞。我不反对鸟儿在我的屋檐下、窗口或者任何一个角落里搭窝。我甚至很喜欢。这是它们对我的友善与亲近。我希望它们利用这个洞。我以为工人在吊顶时，会从里面把这个洞堵上的，然而他没有。所以鸟儿并不是把窝建在这个洞里，而是从这个洞，深入到了我的房间。窝就搭在我的天花板上。这么一来，我的天花板就成了一块葱郁的草地，一个隐蔽的灌木丛，甚至是一小片幽暗的树林。

我长时间地坐在厨房的餐桌边上，倾听着头顶上小鸟们的动静。我吃饭原本就很简单，极少煎炸炒烹，油烟机也很少打开，现在我更是尽力不发出什么动静。我泡一杯茶，拿一本书，一大早起来，就在这里安安静静地坐着。

在我醒来之前，小鸟早已醒了。鸟妈妈不断地从窗口掠过，给小鸟送小果子和小虫。只要鸟妈妈一过来，头顶立即变得嘈杂喧闹。这一窝至少有四只小山雀，鸟妈妈一定忙坏了，整天都在觅食。偶尔，它会在外面的栾树上歇一歇。它没有鸣唱，只是咯咯地咂着嘴，仿佛在思索或者叹息某个棘手的难题。生活就是这样，每家都有自己的困扰。

巢中的小雏鸟是自在快活的。它们断断续续地发出细嫩的咿呀的鸣叫。鸟类学家们称之为"次鸣"。这是雏鸟在学着鸣唱。它在唱给自己听，一边听，一边完善自己的曲调。对于雏鸟而言，这是它一生中极为关键的时刻。如果错过了这个时间，它大概永远也学不会好听、精准、有意义的鸣唱了，它会变成哑巴，它甚至无法生存。虽然许多鸟儿的鸣啭是天生的，可是天生的曲调也要练习。在本能的鸣叫之外，歌唱的本领也有高下。这个高下，将决定着它们的未来。

山雀要学会一种别人听不到的高频呼叫。那是一种奇怪的"嘶""嘶"声。当大型的捕食者或者某种巨大的危险迫近时，山雀就要发出警报，让同伴们赶快躲避。我相信，当我无所事事地坐在厨房里喝茶时，雏鸟们已经开始这种性命攸关的尝试了。它们天生知道自己应该怎样做。

与山雀相比，人类在这一点上就显得有些茫然无措。我们常常对悄然而至的危险一无所知。我们面临的最大危险恰恰来自于我们的同类。我们很难发出类似于"嘶""嘶"这样的警报。人与人之间没有这样诚实的约定。我们发不出。我们不被允许发出。我们发出了，也很少有人在意或者明白。我们只好一次又一次地看着悲剧在我们身旁上演。或者在旁人的注视下，我们一步步走向深渊。我们不像鸟儿那样爱自己的同类。

山雀另外要学的一个本领，也让我深受启发。我们或多或少地，都会处在某个噪音之中。无论是自然、社会，还是网络之中，噪音无处不在。每当此时，我们除了加大嗓门，制造更多的噪音，试图压制之外，别无他法。如此一来，噪音层层叠加，最终谁也听不清谁。人人都变得愤怒而戾气十足。这样的环境最终会变得令人厌恶，甚至充满着恐惧。而山雀不是这样思考的。每当噪声增大之后，山雀们从来不增大自己的声音，而是改变自己鸣啭的频率，用一种更加清晰而理性的声音对话。它们鸣唱的对象只是同类，对于其他鸟类或者动物，声音的大小毫无意义，甚至只会给自己带来威胁。

虽然鸟儿对噪声也是极为厌恶，事实上，噪声对于人类的危害要比对鸟儿大得多。鸟儿们耳蜗的毛细胞会定期更换，如果受到了损害，它们总能自我修复。可是人类则不能。我们耳蜗的毛细胞受伤了，只能坏掉，再也不能重生。而我们对此却很少在意。我们已经习惯于喧闹，并在这喧闹声中不断地提高着我们的嗓门。人的年纪渐长，受到的损害不断地堆积，听力越来越减弱。而我，大概很快就听不到小巧灵动的戴菊鸟高频的鸣唱了。我们总试图让别人更多地听见自己的声音，同时却又关闭着自己的听觉。然而每一只鸟儿都知道，发出声音是为了对话。

无论在怎样恶劣的环境中，一只山雀总能接收到另一只山雀的频道。一只山雀总会懂另一只山雀，哪怕它的声音再细微，它表达的意思再曲折，它想诉说的情感再绵长。

芒种刚过，正是山雀的鸣唱最为婉转动听的时节。这是它们恋爱的季节。所有恋爱中的雄鸟，大脑都处于一种特别的兴奋之中。它们的歌声变得更缠绵、更明亮，变得千回百转。它全身的力气都用在歌唱上。它的大脑被歌唱的冲动完全占据了。每天早上，我都被这些让人痴迷又心碎的歌声叫醒。这是一天当中最美好的时刻。

天还没有大亮，我在睡梦与醒来的边缘。然后就听到乌鸫的鸣叫。它的歌声既有着青春的甜蜜和冲动，又带着一种令人忧伤的深沉。乌鸫在哪里呢？听不出来。它在地上跳跃着，从一个地方换到另一个地方，它不停歇地歌唱，追逐着另一只矜持又高傲的乌鸫。

这时候不要起床，还早。眼睛也不要睁开，要用耳朵去听。乌鸫的歌声只是起了一个头，歌手们正陆续赶来。

"叽咯""叽咯"，这是大山雀。大山雀就在屋后这棵高大的栾树上。它一直重复着同一个单调的旋律，等你有些厌倦了，它调子一变，突然就吐出一串柔美抒情的音符，像是飞快地说了一句情话，又立即装作若无其事。然而另一只山雀对此心知肚明。整个春天里，它们一直不知疲倦地玩着这个情感游戏。然后在夏天，一窝叽叽喳喳的小鸟儿就诞生在我的天花板上。

尾随着大山雀歌声的是相思鸟。它才是真正的歌唱家。什么样的调子对它来说都是轻松自如。每个音节之间都几乎没有过渡，直接滑过去，又是无懈可击地动听。甚至来不及听，一连串的音符已经像泉水一样流到心里。相思鸟不是唱给我听的，然而我还是被它的多情深深打动。所有美丽的声音背后，一定饱含着最真的爱恋。

相思鸟的情歌很快被一只金丝雀打断。它突然吐出长长一串颤音。它的歌词绵长得无边无际，它不用换气，就那样不停歇地表达着内心的欢喜。这种喜悦是不管不顾的，是淋漓尽致的，又是曲折灵动的。在这扣人心弦的颤声之中，它突然又唱出几个高音。就像春花次第开放的原野上，突然长出几棵挺拔的小树，树上满满的都是花朵。金丝雀的雌鸟很少歌唱，即便唱出来，也是单调无味。可是它喜欢雄鸟的长歌。雄鸟的歌声越是繁复，雌鸟筑巢的速度越快。在最兴奋的时候，它们之间相互沟通的，将是人类听不到的一种声音。它们喜欢用高频的颤音对话，这是不被打扰的情话，也是幸福的顶点。爱不是简单的一种情绪，它是一种无与伦比的动力。它推动并改变着彼此的命运。

可是这动力，不是无限的。鸟儿的大脑承受不了这种可怕的、疯狂的燃烧。大脑对于能量的消耗是惊人的。人类的大脑在启动之后，它动用的将是人体百分之二十的能量。鸟儿和人一样会消耗巨大的能量，它们大脑的容量要小得多，所以更加不能承受这样的激情。鸟儿比人类更有谋略。它们会关闭自己的大脑。恋爱季节一过，它控制鸣唱的中枢神经开始萎缩，直到第二年的春天，再重新生长。如果不这样，它们对情感的激烈投放，会毁灭自己。人类永远做不到这样的收放自如。所以人类不会像鸟儿那样浓烈，也不会像鸟儿那样宁静。人类总是备受情感的煎熬，在一种胶着的痛苦中寻找稍纵即逝的安慰。

人类对鸟儿之间的浓烈之爱与美好表达是羡慕的。伟大的音乐家莫扎特，曾经用音符记录椋鸟的鸣啭。田园诗人约翰·克莱尔也曾用词句临摹夜莺的歌唱。人类的音乐与诗歌根本不能表达鸟儿鸣唱的精妙。我觉得并不是人类的手段不够高明，而是我们对鸟儿的情感一无所知。

鸟儿其实是在用它们的生命在歌唱。它们在歌声中寻找恋人，在歌声中努力生存。鸟类学家克雷布斯爵士和他的同仁们用一系列繁复的实验证明：一只鸣啭动听的山雀会占有更大的领地，会拥有更多的配偶，会活得更加长久。

在我的头顶上，小小的山雀一直在鸣叫，一丝不苟，认认真真，反反复复。在学会飞翔之前，它先要学会鸣唱。在这鸣唱里，寄托着它们对未来的理想。这是个什么样的理想呢？我并不同意鸟类学家们的意见。我认为小鸟儿只是希望在长大之后，能有另一只鸟儿和它好好说话，彼此什么都懂。

一条驯化
狗或员山羊
不者莱籽

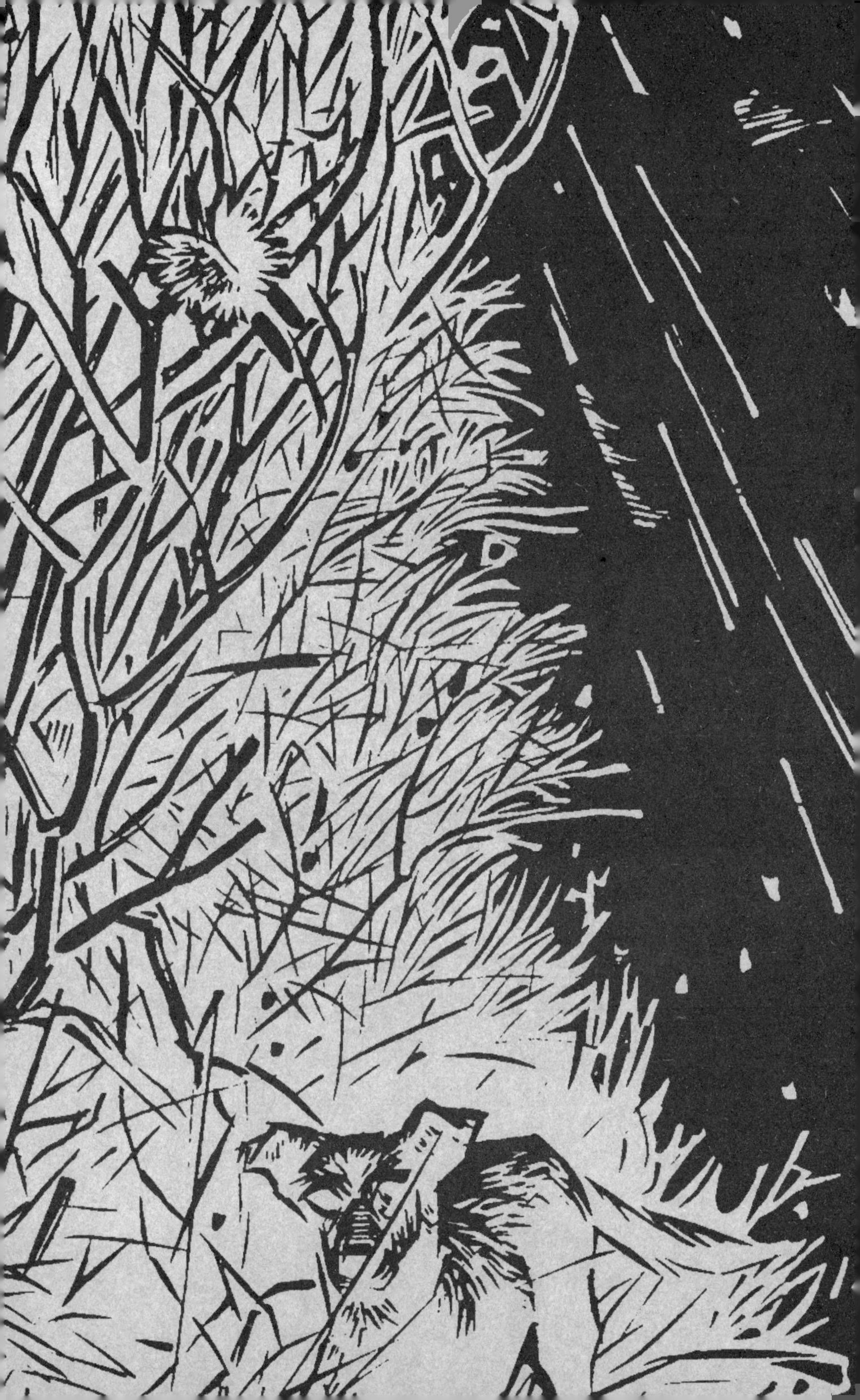

驯化一只山羊一条狗

或者一粒小麦

端午 要在门廊上挂菖蒲和艾草,这在瘟疫横行的今年格外重要。采集这些并不难。菖蒲就在门外小河的浅水里。艾草要沿着小河往南走一段。在一块长满了野草的河滩上,稀稀落落有一大片。江南已经进入梅雨季节,气候变得闷热而潮湿,蚊虫横行,让人心烦意乱。两千三百年前的五月初五,诗人屈原抱石沉江。大概因为这个悲伤事件,这一天,人们彼此要说"端午安康"。死者已死,生者要努力生存。挂艾草是为了防瘟疫,插蒲剑是为了驱邪灵。一个对付的是天灾,一个对付的是人祸,都大意不得。

我是在两场雨的间隙中出门的，远远看到一只白色的山羊站在那块荒地上。走近才看到，羊被拴着。它的脖子上系着一根绳子，绳子的另一端绑在一根木桩上。山羊长得不好，瘦瘦的，因为刚淋过一场雨，身上的毛还是湿的。看到我靠近，它往旁边一跳，恐惧地躲闪开来。可是它走不掉，绳子绷得很紧，脖子都被拉直了。它的头微微朝天仰着，仿佛就要喘不过气来。我立即停住脚。我并不是有意来打扰它的，艾草在它的身后，我只是想从它旁边走过去，没想到会让它如此惊惶不安。我兜了一个小圈子，到离它颇远的地方去折艾草。山羊小心地瞪着我，随着我的移动往一旁退让着，脖子上的那根绳子一直紧绷着。看到我蹲着不动了，它才平静下来，低头吃着面前的青草。

我折了满满一把艾草，被折过的艾草散发出一种格外浓郁的药香，让人的心神一下子变得清朗明澈。我贪婪地吸了几口混合着艾香的空气，往大路走过去。这一次，又得从山羊旁边经过。我没有故意绕开，我想再看看它。山羊看我走近，往后退两步。因为我没有靠得太近，它也没有把那根脖子上的绳子绷紧。它抬起眼睛看我，眼神温和柔软。它轻轻叫了一声，不知道是想警告我，还是招呼我，声调显得慌张、无助又脆弱。山羊浑身湿漉漉的，毛贴着身子，显得更加瘦骨嶙峋。显然，主人对它毫不在意。

我走出去没多远，这只孤独的山羊，又被一只活蹦乱跳的小狗发现了。小狗直扑它而去，汪汪地叫着。这是一只非常小的狗，连山羊的一半大也没有。可是它竟然露出一种可笑的凶猛姿态，仿佛要进攻这只被绑住的山羊。山羊朝一边逃出去，脖子上的绳子绷得紧紧的。它没有想起用自己头上的犄角对付小狗，而是转着小圈子奔跑着，逃避着。小狗亢奋地叫着，直到听到主人的呼喊声，才跑回去。小狗摇着尾巴，围着主人的脚打转，仿佛在报告一个伟大的胜利。河滩上的山羊，重又恢复了无可奈何的平静。

雨又下起来，我站在带顶的阳台上，朝远处张望着。雨越下越大，四面的雨水都汇流到小河中，河面变得更加开阔。那只浑身湿漉漉的山羊又在淋雨了。它被绑缚着，虽然小村里有许多可以避雨的屋廊，可是它逃不出。它只能在雨里，无助地站在荒坡上。我知道，这是所有羊的宿命。可是，它们又是怎样一步步落到今天这个境地的呢？还有那只汪汪狂叫的小狗，它又是怎样从狼转化成了人类的帮手？风把雨打到了阳台上，我闻到时光深处有一种极为苦涩的味道。

山羊和狗都是人类最早驯化的动物。然而对于这两种动物的驯化手段却是截然不同。

野山羊原本是一种凶猛、机警和聪明的动物。它们性格暴躁，很有攻击性。这样的羊是人类不喜欢的。因为不好管理。人类对羊的期望是性格温驯、绝对服从。人们并不需要一头羊有什么思想或者性格。最好的羊应该是肥硕壮健，能够大量繁殖。因为人们需要的是羊奶、羊毛、羊皮和羊肉。人类在驯化野山羊的时候，总是先把那种存有野性的山羊杀掉，不让它们的基因遗传下去。这是一个极其漫长的过程。因为一群羊中，总有几个叛逆存在。山羊已经被捕捉了，它们在人类的监管下生存和繁衍，所有的反抗都是徒劳的，它们只能等待人类的选择。

无数次的选择之后，山羊成了今天我们看到的样子，胆怯、温顺、服从，完全听任命运的摆布。如果说它们骨子里还残留下什么，就是对于人类的恐惧。这大概是难以改变的，不过人类对此毫不在意。这对于它们的肉质和鲜奶，并没有太大的影响。不过讲究到极致的日本人终于考虑到了这一点。他们会给他们引以为傲的和牛每天按摩、播放音乐、喂饮啤酒，在杀死它们之前，让它们感到平静而舒适，尽力减少牛们对于生存与死亡的恐惧。这不是人道主义，这样做的目的是让和牛的肉质变得更细腻，纹理更清晰，口感更纯净。恐惧会使得猪牛羊的口味不好。人类只要有需求，对于动物的驯化就不会停止。人类总有办法把动物驯化成自己喜欢的模样、性格和口味。

与对待山羊不一样，人类对狗另有要求。人类有许多事需要狗来完成——捕猎、示警、看守、管理或者陪伴。所以人们最需要的是狗的忠诚与勤勉。如此一来，残酷的手段无济于事。人类必须想方设法让狗儿心甘情愿地成为奴仆，必须把忠诚植入到它们的基因当中。

远古的人类，以捕猎为生。那时候大地上有许多大型哺乳动物，人类一天只要劳作三到五小时，一家人就可以饱食无忧。这些动物在宰杀之后，要及时食用，不能长久存放。肉一变味，就要丢弃。一些聪明的狼捕捉到这个不劳而获的良机。它们于是一直尾随着这些大方慷慨的直立行走的动物。随着交往的密切，相处的频繁，了解的深入以及感情的增加，一批充满着感恩与贪吃之心的狼开始融入人类部落的生活。一代又一代，狼的后代们，逐渐习惯人类施舍的残羹冷炙，终于变成了忠诚的犬只。

人类用惩罚驯化了野山羊，用奖励把狼驯化成了狗。这两种做法深刻启发了人类的哲学家和管理者。韩非子在《二柄》中写道："明主之所导制其臣者，二柄而已矣。二柄者，刑德也。……杀戮之谓刑，庆赏之谓德。"君主控制臣下的，不过是两种权柄罢了。一个是刑，一个是德。杀戮叫作刑，奖赏叫作德。秦始皇对此大为赞赏，并立即付诸实施。

刑和德是驯化动物和人很有效的手段，这已经有了一万多年的实践经验。不过驯化植物却是另一回事。事实上，人们在驯化动物之前的一千年，就开始了对植物的驯化。据说人类最早驯化的是小麦。在驯化之前，人们只能从大自然中采集。那时候植物的生长只服从大自然的节奏和自身繁衍的需要，完全不在意人类的意志。野小麦成熟之后，麦穗立即开裂，落在脚下的泥土之中。植物生长果实的唯一目的就是繁衍后代，采集的人类只是偷猎者。

迅速落在泥土中的野小麦很难收获。人类必须选择和培育不易爆裂和掉落的麦穗。当然，人类成功了。人类驯化了一种又一种植物，餐桌上的品种开始变得丰富多彩。小麦、大麦、豌豆、亚麻、水稻开始成片地生长。人们刀耕火种，播种它们，收割它们，人们以它们为生。然而一万年前的农业革命，同时也把人类牢牢地束缚在土地上。他们不再迁徙流浪。大自然壮丽的风景不再从他们的脚下展开，他们被一道低矮的围墙圈于村庄之中。人类开始祖祖辈辈死守在同一个地方，他们再也无法离开。人类在驯化小麦的同时，也被小麦驯化了。一粒小麦，它不在意是落在土壤中立即生根发芽，还是被人类收割。它知道它将占据更为辽阔的土地。人类只要生存，就要把它扩散得更远。人类毁灭的时候，它还将继续生长。人类将永远为它播种。

对此，我深有感触。俘虏我的是大麦。大麦粥是我十八岁前的主食，一日三餐，每顿如此。如此单调的食物，竟然驯服了我的胃。过了几十年之后，这种口味平淡的食物，却仍然最使我的胃感到舒适，甚至让我对它充满渴望。母亲每次来看我，都要带一袋。我已经存放了足够半年食用的大麦粉。这让我踏实。对于食物的偏好，说起来是口味，其实是驯化。我们一直在被驯化中，只是我们不知道。

我们永远看不到驯化的尽头是什么。山羊、狗或者一粒小麦，它们缠杂在我们的生命之中。没有一个生命是无足轻重的，没有一个生命是简单得没有意味的。人类驯化了山羊，山羊还给人类以荒凉的沙漠。人类驯服了狗，狗最后守护的将是人类刻骨的孤独。人类驯化了小麦，而麦田将是我们生命最后的归宿。屈原说："举世皆浊我独清，众人皆醉我独醒。"端午这天的屈原是无比清醒的，他用自己的死，终止了人世间对他的驯化。

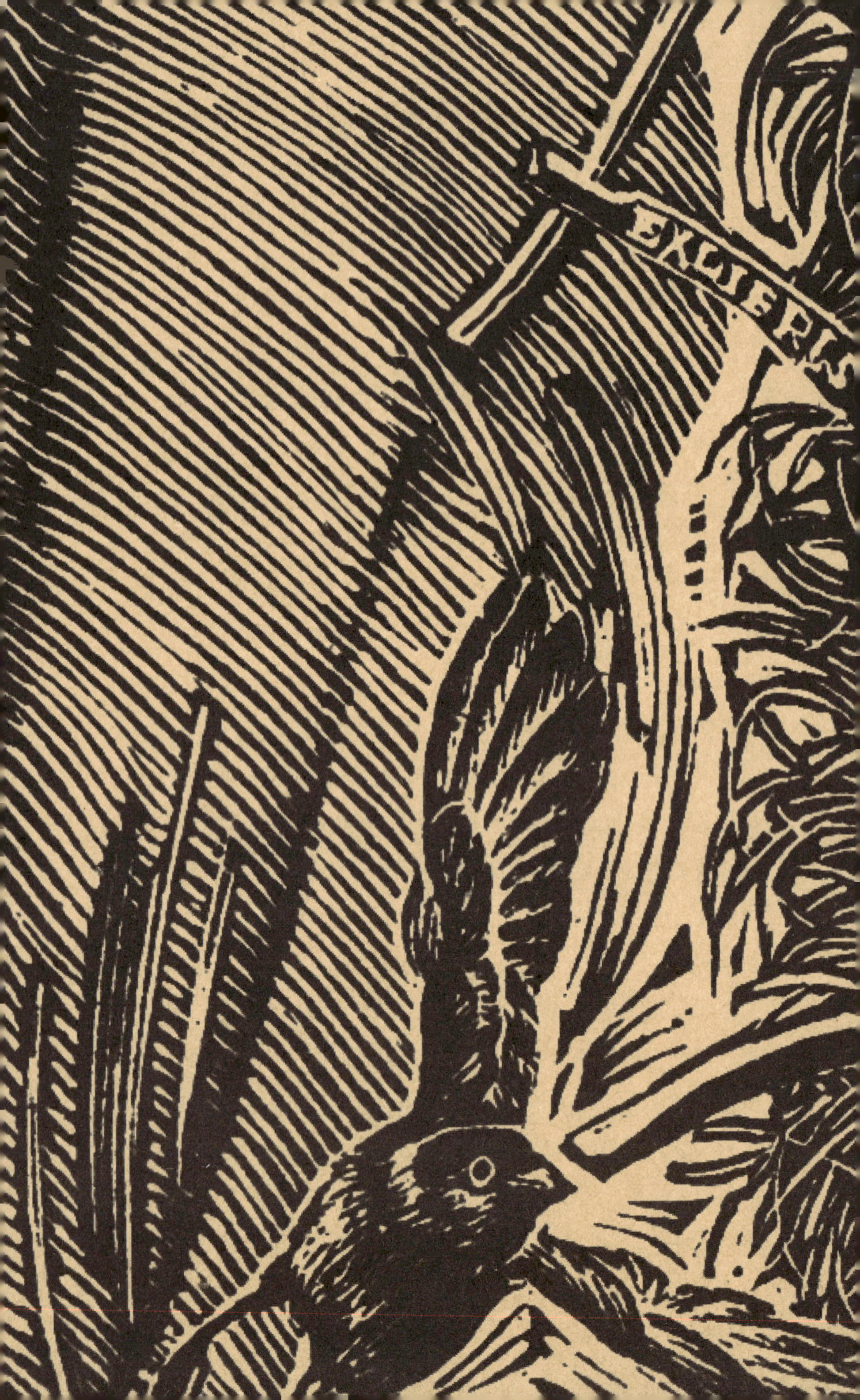
EX LIBRIS

鸠的失去的角色

一只斑鸠的角色

我已经很久没有听到斑鸠的鸣叫了。一整个冬天加上一整个春天,斑鸠一直在叫,"咕咕咕""咕咕咕"。叫声有时候柔软绵长,有时候又急切焦躁。循着声音找过去,常常是孤单的一只,鼓着颈上的羽毛,站在树枝上,一叫就是半天,从来不知道疲倦。有时候也看到两只。一只对着另一只满怀着深情鸣唱着。一只飞走了,另一只还在那里叫。好像它知道它一定能听到,好像它知道它一定会明白。

整整两个季节,斑鸠一直停留在我的窗外。它们的声音并不动听,鸣唱的词曲也是简陋单调,然而这里面却含着火一样的热情。它们执着的鸣唱只是在重复着几个字:"咕,咕咕。"这是它们的歌,也像是它们的誓言。这种锲而不舍的重复的鸣叫，竟然不让人反感。天黑下来，斑鸠回到自己的巢中去休息了，我的耳朵里依然是它声音的回响。我听得出来，这种"咕咕咕"的鸣叫，不只是一种简单的重复，这里面饱含着一种特别的情绪。只要仔细听，就能听到一只鸟儿的心思。

夏日来临，这些每天环绕着我的，或远或近的鸣唱渐渐消失了。只有在偶尔的时候，才听到远处有几声。几声鸣叫之后，又立即消失在无边无际的梅雨里，或者风中。我每天还望着窗外，只是原先跳跃在枝头上的斑鸠不再出现。听不到它们的鸣叫，让我感到沮丧。我隐隐约约感觉到，一定发生了什么。

七年前，因为写一个歌剧，我到贵州的大山里面，去一个侗族的寨子里采访，然后听到了一个关于斑鸠的故事。

如果一个女孩爱上一个男孩，她羞于表达，也难以和他相见，她会养一只斑鸠，一只白色的斑鸠。当黑夜来临，她把这只白斑鸠藏到自己的衣柜里，然后上床睡觉。她睡着了。斑鸠飞出来，在门外等她。她从梦里走出来，骑在斑鸠的背上，斑鸠展开白色的翅膀，带她去见心上人。她和他在梦中相会。她在梦中可以尽情地倾吐她的思念。第二天醒来，男孩记得有一只白色的斑鸠飞进他的梦中。他就知道了，有一个女孩在爱他。他会寻找。他总会找到。

在我居住的小村里，只有山斑鸠、珠颈斑鸠，从来没有见到一只白色的斑鸠。然而因为这个传说，我对所有的斑鸠都心生好感。可是当夏日来临，斑鸠渐渐少了，它们成群地飞走，不知道飞去了哪里。就像要逃离我。

没有了斑鸠的小村多少有些寂寞。可是我已经习惯了这里，我很少离开我居住的小村，这个小村已经成了我的世界。对此我深感满足。我当然知道几公里之外有着热闹的小镇，几十公里之外有着繁华的都市，可是我已经不喜欢了。我与城市和人群已经产生了隔阂。

疫情无可挽回地使人与人之间产生了距离。起先是因为或长或短的隔离，而后就是一种莫名的焦躁，渐渐使人疏于往来。在一段艰难的寂寞之后，就习惯了，甚至变得欢喜。我喜欢这样的疏离感。这种无所事事的安静，把我从一种狂乱的忙碌奔波和粗鄙的快活中拉了出来。我可以坐在阳台上，一整天什么也不做。看雨从头顶落下来，又慢慢消失在地平线上。看小河的水浑了又清，清了又浑。看远处窗口的灯光，亮了又渐次熄灭。我开始记得每一个节气。芒种之后是夏至，夏至之后是小暑。我以节气为我生活的节奏。每隔十五天，我会关心什么花又要开放，什么菜正当时令，什么样的星星到了什么位置。我可以一整天不说一句话，而后在这沉默的宁静中得到一种从来没有的自由。

我僻居乡下，有个大好处，就是不用再参加堂皇的饭局。每一个饭局都有一套特别的仪式，每一套仪式都是某种秩序的体现。只要身处现场，你就要进入这个秩序。虽然彼此之间还在你推我让，其实你完全了然你的座次。用不着主人示意，世俗人情，早就安排好了。入座之后，你就进入了你的角色,你就要扮演好你的角色。有人如鱼得水,姿态柔软地穿梭其间。有人恰到好处地展示着自己的威严。有人矜持傲慢,有人放浪形骸。有人酩酊大醉,有人局促不安。也有人惶惑生涩,如坐针毡。没有一个人会是无缘无故出现的。所以饭局上的每一个人,都不可缺少,每个人都是天生的好演员。你的角色不是主人安排的,而是由一只看不见的手在安排,甚至主人也是被它所安排。所有人都只有服从。不同饭局上的座次,就像一串复杂的坐标,准确地标示着你在社会当中所处的位置。一场饭局就是一场惊心动魄的洗礼,同时也是一种最温和的规训。

座次的排列在生活中随处可见,有时甚至会显得极为荒诞。譬如排列整齐的大合影、隆重严肃的会议、场面盛大的祭祀,都是在表明某种社会格局。在这个格局中,每个人都是不自然的,都是虚假的,都是社会化的表演者。只是有人入戏,有人不入戏,有人入戏太深。人类社会在演化过程中,发明了一整套仪式。所有的仪式,都是驯化的工具。演员们在这些仪式之中上蹿下跳,努力往上提升自己的位置。在这个努力的过程中,人会感到焦躁、快乐和痛苦,同时失去宁静。于是仪式变成了日常生活,甚至就是整个人生。饭局、祭祀、会议,所有的仪式都在营造一种权力的局势,局势一旦形成,就需要一种"牺牲"。有时候是猪牛羊,有时候是人格,有时候是斑鸠。

在我的老家,斑鸠叫野鸽子。它的味道不见得比家鸽或者家鸡更好,可是不知道从什么时候起,它竟成了招待贵宾的上等菜肴。乡下人的心里有着一种顽固的等级观念。这种观念在饭局上体现得淋漓尽致。不只是排座次有着繁复的讲究，在食谱上也体现着等级。乡里来人，都是寻常的酒肉，菜品比村里请客要多，分量也要更大。县里来人，就要加一个"全烤猪头"。完完整整一只煮熟的猪头，生动地装在一个大盆子里。猪头首先推到坐在主位的嘉宾面前，请他用刀割第一块。要是省里来人，就要再加一份"烤野鸽"，形同烤乳鸽的一只斑鸠。根据省里来人的多少，有时也会是两只或者三只，都放在一只大盘子里。野鸽子烤得皮脆肉嫩，切成小块，又完好地组装在一起。主位的嘉宾先动筷子，夹一块，然后依次传下去。并不是人人都有。座次排在最后面的人，如果看到盘子空了，要假装看不到，就像从来没有过这道菜，脸上一样的欢欢喜喜。我是完全能领会其中意味的。并不是没有足够的野鸽子，只是为了在这个堂皇的场面上，明确分一个主次。有些是你可以得到的，有些是你不能得到的。这个传统由来已久。大司寇孔丘没有得到鲁国国君春祭时赐予的膰肉，就知道自己被罢免了，只好踏上十四年的流亡之路。一块祭肉改变了中国的文化史，一只斑鸠又串起了这个文化史。

　　大群的斑鸠从我的小村里飞走了。我不知道是不是用它作为等级象征的恶习已经传染到这里。斑鸠既然是野鸽子，它当然不会屈服，它必然会飞走，飞到一个没有伤害的地方去。可是人们选择它，恰恰是因为它是野的。这个"野"字，让人有征服的快感。所以在每次上这道菜的时候，主人一定会向主宾强调，这是野的。人类撕咬啃食野味，其实并不只是贪图它不一样的味道，更在于对野性的敌视，或者无望的向往。

斑鸠从我的屋顶上飞过，它看到一个人在阳台上朝着天空张望。斑鸠飞过它曾经筑巢的小村，它看到小河在流淌，藤蔓在攀缘，小贩在村口叫卖。斑鸠飞过了南京城，它看到大街上车水马龙，小巷里人头攒动，几百万人聚在一起奔波忙碌。斑鸠急速地飞过去，很快变成了一个小黑点，消失在地平线上。对于一只野鸽子而言，能自由自在地飞的世界才是一个好世界。

晴天和雨天的渔人

晴天和雨天的渔人

晴天和雨天，门外的小河边，交替出现两位老人。两条小河在我门前交汇，形成了一小片空阔的河面。多年前曾有人在这里栽了荷花，之后一直无人问津。荷花年年开，年年谢。满河的藕和莲蓬从来没有人采摘。今年才入夏，荷叶就铺平了这片空阔的河面。"江南可采莲，莲叶何田田。"在烈日炎炎的酷暑中，荷花是一种难得的安慰。

两位老人从来不是为了荷花而来。晴天来的老人七十多岁，带一把小板凳，坐在小桥边的大槐树底下钓鱼。很少有人从桥上走过，完全不用担心有人会惊吓鱼儿。他有一把很好的钓竿，可是很少钓到鱼。我在阳台上喝茶，有时一两个小时,也不见他动一下钓竿。反倒是有人从小桥上经过了,他会主动招呼,声音很大,很热情。他更在意的是人,而不是钓钩下的鱼。姜太公在渭水河畔的磻溪钓到了求贤若渴的周文王,而眼前的这位老人,每天来这里钓他的寂寞。

  雨天来的是一位六十多岁的老人。原本他在我家门前的小河边,布了一张网,被修剪树木的工人拿走了。之后他很少出现。可是只要下雨,他就来。他穿着一件长长的塑料雨衣,把整个人都裹在里面。雨下得猛,水流得急。河水从几个方向流过来,都要从这里经过,流到更远处的大河里。这个老人在这里忙忙碌碌,一会儿撒网,一会儿收网。可是收获很少。大河里的鱼不愿意游到这里来,也没有人投放鱼苗。这是一条沉寂的河。他能捕到的,都是很小很小的鱼,最大的也只有手指那么长。半天忙下来,捕获的鱼,也就够烧两碗鱼汤吧。可是每次下雨他都来,不厌其烦地在这里撒着网。我跟他搭过几次话。他说他年轻时在乡下,是捕鱼的好手。后来进城工作,这手艺就搁下了。老了,退休了,没有了职务的限制,又捡拾起年轻时的爱好。只是大一点的河流都有主人,或者有专人管理,撒不了网。只好在这个破落的无人问津的小村试手,算是过一过瘾。

  两个老人偶尔也会相遇。遇到了,在小河边说几句话。好些天下来,他们还没有熟识,大概不会成为朋友了。撒网的老人显得有点孤僻,甚至有些倨傲。他从来不钓鱼,钓鱼的老人也从来不撒网。他们的心思都不怎么放在鱼身上。一个是在追忆朝气蓬勃的青春，一个在打发着寂寞的老年时光。

我一直不喜欢这个撒网的老人。他每次把网收上来，把鱼抖落在河岸上的草地上，让它们在那里挣扎着蹦跳。然后弯下腰，一条一条地捡拾着。大一点的放进鱼篓，细小的鱼，又一条条扔到河里。他不再把这些小鱼扔给流浪的猫。天下着雨，猫们也躲得无踪无影。看起来，他留下那些小小的鱼，是网开一面，不去赶尽杀绝，可是我看到的却是一种伪善。他为什么总是会网到那么小的鱼呢？他的网太密了。这对于原本就很贫瘠的小河而言，是一种残忍。

"网开一面"的做法最早来自于成汤。成汤是夏朝商国的君主，看到有人在旷野里张网捕鸟。网有四面，撑开来如足球网那样。

"天下四方的鸟都飞到我的网里来吧。"捕鸟的人祷告说。

"这样太过分了。"成汤让他去掉三面，只留下一面网，并且祷告说："往左的往左，往右的往右。不听的，就飞到我的网里吧。"

天下诸侯以此认为成汤有仁德，纷纷归顺，并且协助他打败夏桀，建立了商朝。读到《史记》上这一段的时候，我颇有些疑惑。我觉得成汤这个做法是个行为艺术，或者一种堂皇的宣传手段。如果那些以捕鸟为生的民众不折不扣地执行他的命令，大概会饿死。

后来，我又在《孟子》上读到一段成汤的故事。葛国是商国的邻居。葛国人不信鬼神。成汤派人去责问葛国的国君："你们为什么不祭祀鬼神？"葛伯不高兴，认为自己的信仰与成汤无关，不过回答很婉转："祭祀要牛羊，我们没有。"成汤派人送来牛羊。葛伯收下来，分给民众吃了。成汤又派人来问："牛羊送了，为什么还不祭祀？"葛伯说："祭祀还要粮食，我们也没有。"成汤竟然派了许多青壮年来葛国耕种土地，说是帮他们生产粮食。葛伯不同意，在争执中，杀死了一个给种地农民送饭的孩子。成汤于是派兵杀了葛伯，灭了葛国。由此，成汤开始一个、两个、三个地兼并诸侯国，终于建立了商朝。孟子说这件事，目的还是宣扬成汤的仁德。可是仁德在这里，仍然是一个借口。即便是我崇敬的司马迁和孟子，当他们特意推崇某种仁德的时候，我总是很警惕。我认为，大仁德的后面，常常隐藏着一种大伪善。

　　在人们的印象中，姜太公是一位慈眉善目的老人，不仅足智多谋，更是一位忧国忧民的仁厚长者。这样的印象大概来自于他隐居磻溪，独自垂钓的画面。一位白发隐者，超然于世俗之外，寄情于山水之中，这是一种多么令人神往的情境。可是当周文王停车请教时，姜太公立即丢开隐士的伪装。他对周文王说："钓鱼是一种权术。用厚禄可以收买人才，用重金可以收买死士，用职位可以网罗到官员，就像用饵能钓到鱼。"周文王连连点头，"载与俱归，立为师"。这一刻，我实在分不清，是姜太公钓到了周文王，还是周文王钓到了姜太公。

姜太公协助周武王灭商建周，立下赫赫战功。周王把齐国分封给他。姜太公到齐国做的第一件大事，就是杀死了住在东海边的一个叫狂矞的隐士。狂矞是天下有名的贤人，姜太公请他出山做官，被他拒绝了。狂矞说，他不做天子之臣，不与诸侯为友。耕田而食，掘井而饮，无求于他人，也不为他人做事。

　　姜太公把他杀掉了。周公为此责问姜太公。姜太公说："治理国家，就靠授官职、加俸禄、奖励和惩罚四种手段。现在这四种手段对狂矞都没用，我拿什么来治理国家呢？以名士自居，不肯为明主所用的人，就像一匹马，让它走，它不走。让它跑，它不跑。这是国家大害，要杀掉。"

　　姜太公做过农民、渔人和屠夫，还开过小饭铺，一直到老了，也不甘心，用直钩去垂钓可以投靠的明主。一匹不用扬鞭自奋蹄的马，当然不会理解一匹不肯被役使而奔跑的马。

　　悠然钓鱼的假隐士姜太公，心里却藏着对真隐士的杀机。网开一面的成汤，仁德至于禽兽，同时却在酝酿着一场又一场死伤无数的血战。伪善需要好的谎言，谎言可以制造祥和的宁静。冰冷的杀机，都是藏在宁静之下。视觉、听觉和触觉都会欺骗你。也许只有我们不再相信宁静了，才会获得真正的宁静。

　　钓鱼的老人坐在槐树底下打着瞌睡，蝉嘶一声接着一声。诞生在我屋里的最后一只山雀已经长大飞走了，许久不见的白鹭又飞了回来。只是我不能确定，还是不是原来的那只。春天开了满枝花的玉兰树，已经长出一树茂密的叶子，夏至刚过，树叶间又长出了许多花骨朵。遛狗的女人还是每天黄昏领着狗，骂骂咧咧地从小桥上走过。一只黑猫蹿到了邻居家的屋顶上，警觉地东张西望。干活的手艺人总是在远处沉闷地敲打着什么。天气预报说明天有大雨，撒网的老人大概正在家里整理着他的渔网。虫子的鸣叫一阵紧似一阵，似乎想压住青蛙乱七八糟的呱呱声，或者是警告人们，即将来临的是一场非同小可的暴雨。小河两岸杂乱无章的这一切，却又有着一种内在的和谐。这种大自然的和谐，才是真实的宁静。

天气闷热难当，天黑下来，远处划过一道闪电，雷雨大概要提前到来。

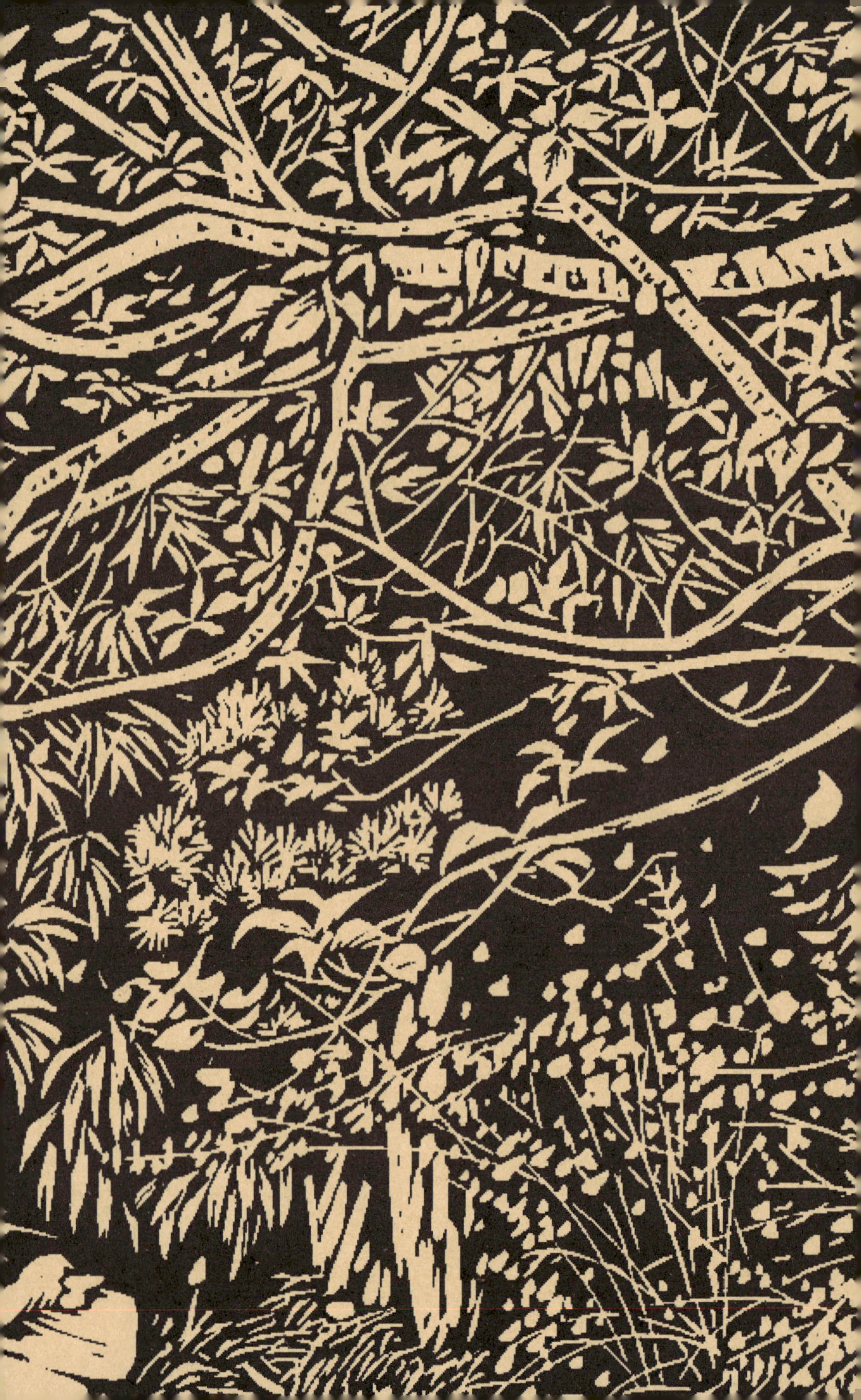

星空与牦牛

牦牛与星空

疫情突如其来,小村封锁了。在疫情发生的十天前,我去了西藏,去拍一部纪录片。疫情的消息要到晚上才会传来。那天早上,我随着老藏医曲吉桑布到海拔五千米的思金拉措湖边采草药。曲吉桑布八十岁了,翻山越岭,脚步徐缓而有力。他一边采药,一边向徒弟们讲解着病症、药性与天时。他们走在湖边上,像走在一部古远的电影里。时间在这里消失了,只有宁静。思金拉措,湖水清冽透澈,湖面宽广空阔。有人在转湖。这是他们祈祷的方式。转山、转水、转田、转经。只要虔诚地绕一个圈,就会得到安宁和幸福,甚至会免除瘟疫。此时南京禄口机场的病毒还没有被发现。染上病毒的人大概已经检测过了,只是结果还没有出来。

　　从思金拉措回来,我下到德仲温泉。这是一座露天的温泉,在山谷中,在庄严的德仲寺的下面。泉水清澈见底,温度舒适宜人。拄着拐杖的残疾人、笑容腼腆的喇嘛、调皮的孩童,一个个下到雾气袅袅的石池当中。据说他们来自西藏各地，有人每天都来。这里温泉的水，可以洗去一切病痛。老藏医说，温泉里面，有着千年生生不息的铁蛇。铁蛇出现之后，温泉的疗效最好。所有人都跟我说，蛇就在岩壁的缝隙里。我忐忑不安地坐在暖热的泉水之中，头顶的天空碧蓝碧蓝。一个年轻的喇嘛笑着说，千年以来，铁蛇从未咬过人。它们只在大雨时才会出现。我靠着温泉粗糙的岩壁坐着，对可能出现的铁蛇充满着警惕。此时，蛇一样的"德尔塔"病毒已经悄无声息地潜入南京，只是人们对此还一无所知。当他们知道消息时，他们的恐惧将会超过对蛇的害怕。

黄昏时我们才回来，回来的路上，老藏医顺路去看他的老朋友加措。加措是做面具的师傅。加措一直在忙，很快就要过望果节了。望果节上要跳热闹的藏戏。藏戏上必不可少的，就是加措的面具。

加措迎到了门口。两人摘下头上的帽子，彼此深深地鞠躬，嘴里说着祝福的话。

加措的妻子端上奶渣、麻花、糕点和酥油茶。我刚喝两口，她就立即给我加满。曲吉桑布一直在和加措聊天。他们谈论着加措正在制作的面具。我听不懂。不过感觉到他们在说一件神秘而令人兴奋的事。

最大的恐惧来自莫测的未知，而沟通是解除恐惧的良方。人们一直试图沟通。与人，与神灵，哪怕是与魔鬼。面具，是全世界的人们与未知世界沟通的媒介。只要恐惧存在，面具就存在。加措知道手上这面具的分量,也知道它的神秘。

他全身心融入面具之中。一针一线，把自己的虔诚、祝福和感激化成一张张或粗犷，或灵动，或妩媚的面庞。

加措帮我联系好了跳藏戏的小伙子。我要去拍他跳舞。他们是一群人，当他们戴上面具的那一刻，他们是人，他们是神，他们将在望果节这一天，人神合一。那时候，他们就可以驱除一切的不幸了，他们将不再有恐惧和痛苦。他们会疯狂地跳舞。

天黑下来，归家的牦牛快活地挤占着道路。我们的车子缓缓地跟在它们身后移动着。过了一群，又是一群。牦牛自在地各归各家，没有赶牦牛的人，一个也没有。手机上忽然跳出信息：南京出现疫情。

这是一个不眠之夜。我陷入无边的恐惧之中。十天之前，我从禄口机场飞来拉萨。我并不在意我是否会染上"新冠"，我只是恐惧我会把病毒带入西藏。所有我遇见过的人们，将会因为我而遭殃。我将成为他们的噩梦，我将成为这块净土上的罪人。病毒不足恐惧，恐惧在病毒之外。病毒的传染是有限的，而恐惧是无限的。病毒会造成巨大的痛苦，而恐惧造成的痛苦一样深重，并且更为广泛。

早晨，医院还没有开门，我在门口等着。我希望在第一时间进行核酸检测。检测过了，我回到小旅馆，把自己关在房间里。

这是一个简陋的四合院。主人爱好唱歌，组了一个小小的民间乐队。他把院子租出去，做了旅馆。旅馆刚刚开张，我们是第一批客人。院子里安安静静。只听到对面二楼上，主人隐隐约约地在拉琴,唱着藏歌。后墙的窗外,是一大片油菜花。耀眼的金黄色,一直铺到了远处那座墨绿色的大山脚下。其实,就在油菜花和大山之间,还隔着宽阔的拉萨河。只是太远了,我看不到。这一天,我没有想到,我将要孤独地在这个简陋荒凉的旅馆,待上十天、二十天。我将无处可去。

核酸报告第二天才出来。然后,我再做第二次、第三次。一周三次核酸报告,全是阴性。我一直悬着的心才放下来。可是南京燃起的疫情,乱了一起拍片的同伴们的心。他们陆续离开。县城里的气氛也慢慢严肃起来。医院门口,突然冒出了穿着防护服的工作人员。我的手机不断地被打响。西藏防疫的,南京街道的,甚至我三十年没打交道的家乡的村长也给我打来电话,问我在哪里,问我的体温多少,问我去过什么地方,问我是阴性还是阳性。然后,就听到我在南京居住的小村被封锁的消息。然后是全镇被封。我的健康码变成了黄色。我哪里也不能去。

我一直住在县城的这个小旅馆里。旅馆门外有个"金陵包子"店。说是包子,其实稀饭、油条、麻团、茶叶蛋都有。开店的夫妻俩跟南京没有关系,之所以取名叫"金陵",是前面的店主留下的。也许,多年之前,曾经有个南京人在此落脚,然后又走了。不过店主对于我这个南京人,依然感到亲切。每天远远地,还没到店门口,他们就向我招呼。我一天三顿在这里吃。每天他们都关切地问我南京的情况。然后安慰我:"多待两天,我们这里安全。"

从小旅馆到"金陵包子"店，是我去得最远的地方。我吃完饭就回来，在房间里坐着。我是黄码，我担心被人询问，不能走太远，也不想走。房间太小了，放了一张床之后，走路也要侧着身子。我就在院子里坐着。不时有麻雀飞过来，麻雀总能在这个院子里找到肥大的虫子。旅馆的后面是一条通向大山的土路。土路上断断续续有牦牛和狗经过。狗总要去骚扰牦牛，牦牛会生气地吼叫，然后一路小跑过去。很少有人经过。店主人还是每天在楼上唱着藏语的歌。从来看不见他。他从来不到院子里来。

我一直在申请把黄码转成绿码，可是毫无回音。据说南京有几十万人变成了黄码。转码将是一个巨大的工程。南京疫情的紧张，终于波及了西藏。拉萨不能去了。进拉萨的关卡检查变得格外严格。布达拉宫、大昭寺，都要看两天内的核酸检测。那里的人太多了。我是黄码。我想，还是在小旅馆待着的好。

就在我把自己隔离在小旅馆的两天前，我在仁青家待了一整天。仁青的家在日多温泉的旁边，家里有八十多头牦牛。每天他都要和妻子把牦牛赶上山。因为牛群里有小牛。必须把小牛和母牛分开。要不然，小牛会把妈妈的奶吃得干干净净。只有晚上牛群回来，才能让小牛去吃妈妈的奶。吃几口，就要牵走，拴在绳子上。然后去给母牛挤奶。挤不到了，再让小牛去吸上几口，然后把小牛拉开，继续挤。牛奶、酥油、奶酪，都是从小牛嘴里抢出来的。

"小牛喝不到奶不饿吗？"我问仁青。

"小牛可以吃草了，可以吃草才不让它喝奶。"仁青说。

如果不是自己的小牛来吃奶，牦牛妈妈会把它踢开。可是当主人把小牛拉走，用双手飞速地挤奶时，它却温驯地听之任之。母牛有没有恐惧？不知道。

仁青一早把牦牛赶上山了，不用晚上再把它们赶回来。牦牛自己会回来。每头牦牛甚至知道自己站立的位置。它们会回到这个位置上。广阔的牧场上，拉着一根根长长的绳索。绳索上系着一个又一个绳套。每一个绳套就是一个位置。牦牛们每天晚上都会走到这个位置上，让人把绳套拴在它的脖子上。

牦牛漫山遍野，自由自在。它们奔跑着，嬉闹着，打斗着，吼叫着，可是每到天黑，它们就会回来，回到那个绳套中去。它们在山上已经吃饱了，回到那个绳套中，只是静静地过一夜，等第二天天亮，主人解开绳套，再把它们驱赶上山去吃草。

我不知道是什么让它们放弃自由自在的生活，一定要回到那个绳套。坐在小旅馆里，我默默地发呆。我从来没有如此急切地想回到我的小村，那个被紧紧地封锁起来的小村。小村不许进，也不许出。所有人的家门都被贴上了封条。村外的大路上也已经设了层层关卡。除了工作人员，谁也不能进来。靠近了，健康码将自动变成黄码。小村以及周围大片的土地变成了禁区。

我为什么这么想着要回到这个禁区呢？外面有着广阔的自由啊。小村是孤独的、寂寞的、百无聊赖的，甚至一度让我变得懒散而沉沦，可是那是我唯一能去的地方。我想到每天晚上回到自己绳套的牦牛。天下之大，并没有它们的可去之处。它们只能回到这里。也许，漂泊无依才是内心深处更大的恐惧。

因为高原反应，每到晚上，我的太阳穴就一阵阵地疼痛。氧气罐已经空了。我不想再去医院。南京人开始让人警惕。我的健康码仍然是黄色。全国码是红色。

写信、打电话、打热线、下载据说能变码的app，我有大把的时间，我全力与我的健康码做着搏斗。必须有绿码我才能离开。我只想着离开，可是我不知道我能去哪里。

郑老师给我打电话："来上海吧，来我家。"

巴黎封城刚刚结束，郑老师就打电话给我，让我去巴黎郊外他的家。也是在他家，我度过了一段人生中困苦的日子。在我回到中国一个月之后，郑老师也从巴黎回到了上海。现在，他又邀请我去他家。他愿意收留我。

"怎么能让一个南京人来？不要害了一个小区，不要害了上海。"有人紧张地阻止郑老师的莽撞。

"他一直没有回过南京。他从西藏来。他做了三次核酸都是阴性。他的健康码是绿的。"郑老师耐心地解释着。

郑老师又一次在电话中向人解释这一切的时候，我已经在他家中。我听到了他的电话。我也已经无法再离开。

我睡在郑老师的书房。在他的书架上，有许多关于以色列的书。他前几年在以色列采访，刚刚写完了一本书。这些都是他的参考书。有历史，有哲学，有传记。我每天读他书架上的这些书。夜里也读。我总是失眠，又总是昏睡。我穿行在历史中的耶路撒冷。长久的苦难，不灭的希望，人类挣扎其中，世界魔幻而焦灼。我在南京郊外的小村，一直没有疫情，一直没有解封。

每天的深夜，楼下几乎没有一个行人了，郑老师就邀我到楼下小区的花园里坐一坐："我们来仰望星空。"水泥的长凳是冰凉的，城市的上空忽明忽暗，灰黑朦胧，没有一颗星。

从来看不到星星，郑老师仍然每天拖我下楼看星空。

然后，我的小村解封了。

院子完全被杂草覆盖了。我在春天栽的牡丹、芍药、迷迭香、百里香、薰衣草、满天星，全死了。只有一大丛绣球花的叶子长得蓬勃茂盛。屋子里的一切，都跟我走之前一样。可是我却感到一种奇怪的陌生。我的餐厅、书桌、茶几，变得一点也不亲近。什么也没发生，却又一定发生了什么。

黑夜像一条广阔无边的大河，漫溢在被曝晒了一整天的大地上。村子里的灯光都熄了，黑暗中的小屋，像一条平稳的小船，正航向不可知的未来。秋夜的虫鸣如同连绵的涛声，一浪推着一浪。

我站在阳台上，星空低垂，闪烁着波光。头顶的天空是另一条更为广阔的大河。天上地下，所有人和星星，都在同一条河里。

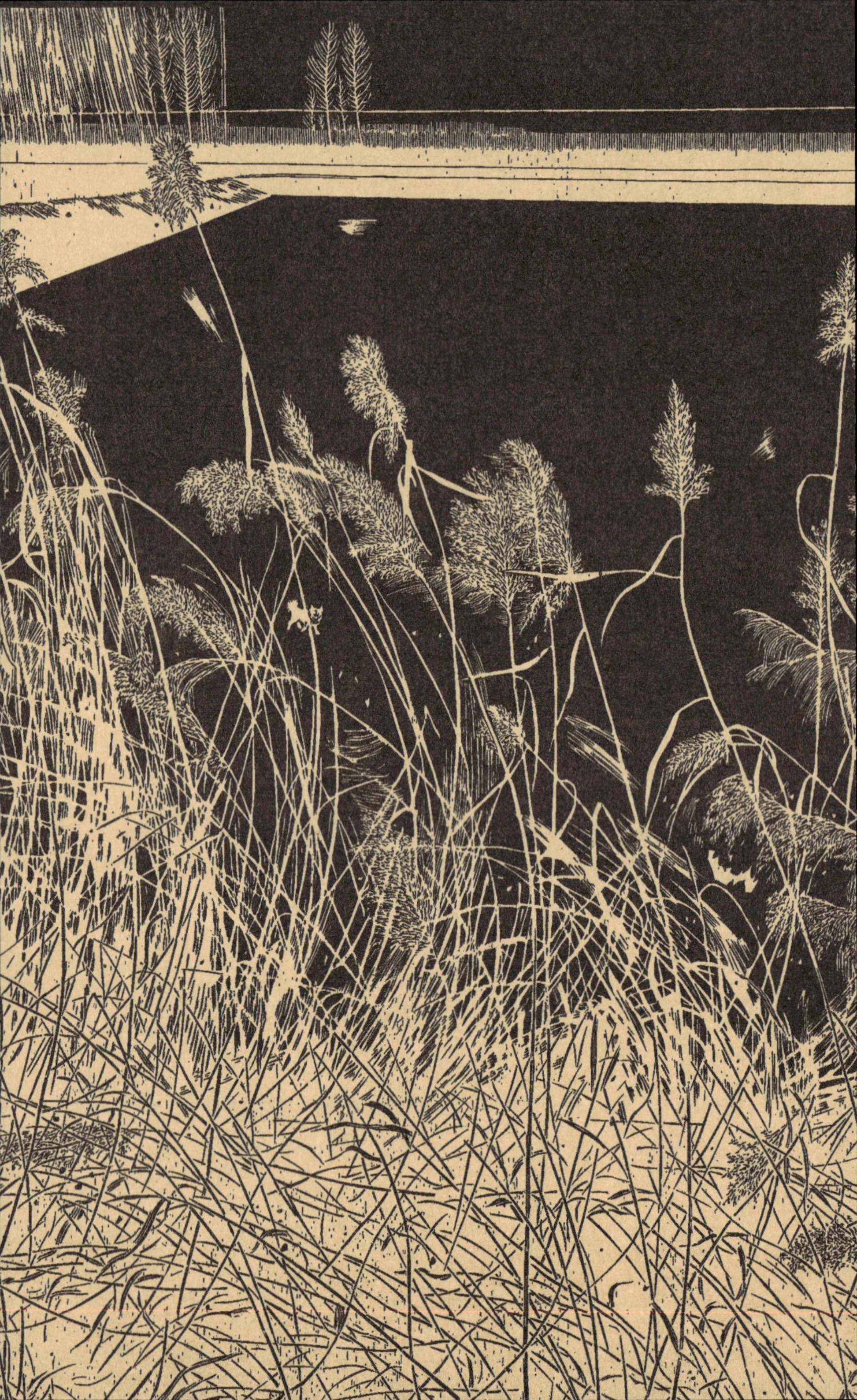

男人老了

男人老了

父亲和母亲来陪我过中秋。整个下午,母亲都在锅旁边忙碌着。因为就我、父亲和母亲三个人,晚餐并不要多丰盛,用不着做几个菜。她一直在做饼。我们叫"涨饼"。前天晚上就和好面,让它发酵。八月十五这天用文火慢慢烤。要烤得外面金黄香脆。里面呢,绵软糯醇。饼烤好了,有双手合抱那么大。这是用来晚上敬月神的。

母亲腰不好,我几次让她到沙发上躺着,我来看火。她躺一小会儿,不放心,又起身来看。父亲呢,就坐在桌边喝茶,和我拉家常。说什么呢?无非是某个邻居的女儿要结婚了,出多少礼金为宜;一个老朋友,在他上次回老家的时候,送了两只名贵的鸡给他补身子,这次回去该如何回礼。母亲不太插我们的话,偶尔问她的意见。就说:"总要多多还人家的好。"

天黑了,父亲和我搬了一只小桌子到露天的院子里。十多年前,我在院子里栽了桂树、紫薇、栀子树和紫荆,另外还有一丛月季,几竿青竹。我后来出国了,常年不在。栀子树死了,紫荆死了,一棵大的桂花树也死了。不知道鸟儿什么时候衔了一粒树种落下来,重又长了一棵紫荆,倒比原先的蓬勃。另一棵小桂树,一直没有长大,虽是中秋了,也没有开花。母亲来了一段时间,早已把我铺的草坪铲掉了,种了青椒、韭菜、小白菜、番茄等等。不过只在母亲来的时候小院子才是小菜园,她不来的时间长了,就荒了。我们就在小菜园边上,祭月神。

月亮已经出来了。我们在小桌的中间,摆上那只巨大的涨饼,旁边再摆上月饼、花生、买来的瓜果。再有就是一碗清水,一炉香。母亲点燃了香,对着月亮合十唱了一个喏。然后我们在旁边坐下来,继续闲话。小桌子旁边还空着一把小椅子。那是月神坐的。我们看不到她,就假装她坐在那里,吃桌上的饼和瓜果。

我问母亲:"你祭月神有没有祷告什么?"

"没有啊,敬神嘛,要祷告什么。"母亲说。

"过节敬神,从来不祷告。敬,就是敬。"父亲说。

"那我看你们嘴里念念有词,说什么呢?"

"说什么?说点客气话呗。"母亲说,"礼品置办不齐,饼涨得不好，瓜果也不是现摘的，请菩萨将就将就。"

我又有疑问了，祭的到底是嫦娥、太阴之神还是月光菩萨？父亲说："都祭，都祭，哪要分那么细？"

我看了看那个空着的座位，不好再多说。

如果在老家，身边总有看热闹的孩子，这时候就要跟他们说吴刚伐桂、白兔捣药，甚至猪八戒调戏嫦娥等等离奇甚至现编的故事了。现在，两位老人，面对一个已经相当无趣的中年的我，当然没办法说这些。说什么呢？东南西北，随口说。我本来跟父亲不太亲近，不过难得见面，我有意哄他开心，都说他爱听的。唯一的一次不和谐，是说到国际形势，跟父亲争执了两句，幸好被母亲及时打断，没有造成影响。

我发现母亲和父亲都变了。父亲的脾气不再暴躁，甚至说，相当随和了。母亲呢？倒经常对父亲批评指正。父亲偶尔才会反应过来，发现位置互换了，会反抗一下，大声嚷几句。之后呢，还是照母亲说的做。显然，他已经大权旁落，无可挽回了。这也是我愿意看到的。女人比男人智慧。男人只是纸老虎。年轻时虚张声势，到老了，真相就露出来了。

过了八月十五，父亲和母亲又要回乡下的老家，他们又担心起我的衣食住行，好像我还是一个孩子。我说，你们看看，我多大了。你们不要为我操心。

父亲说，这个世界上，你不让我操心你，我去操心谁？

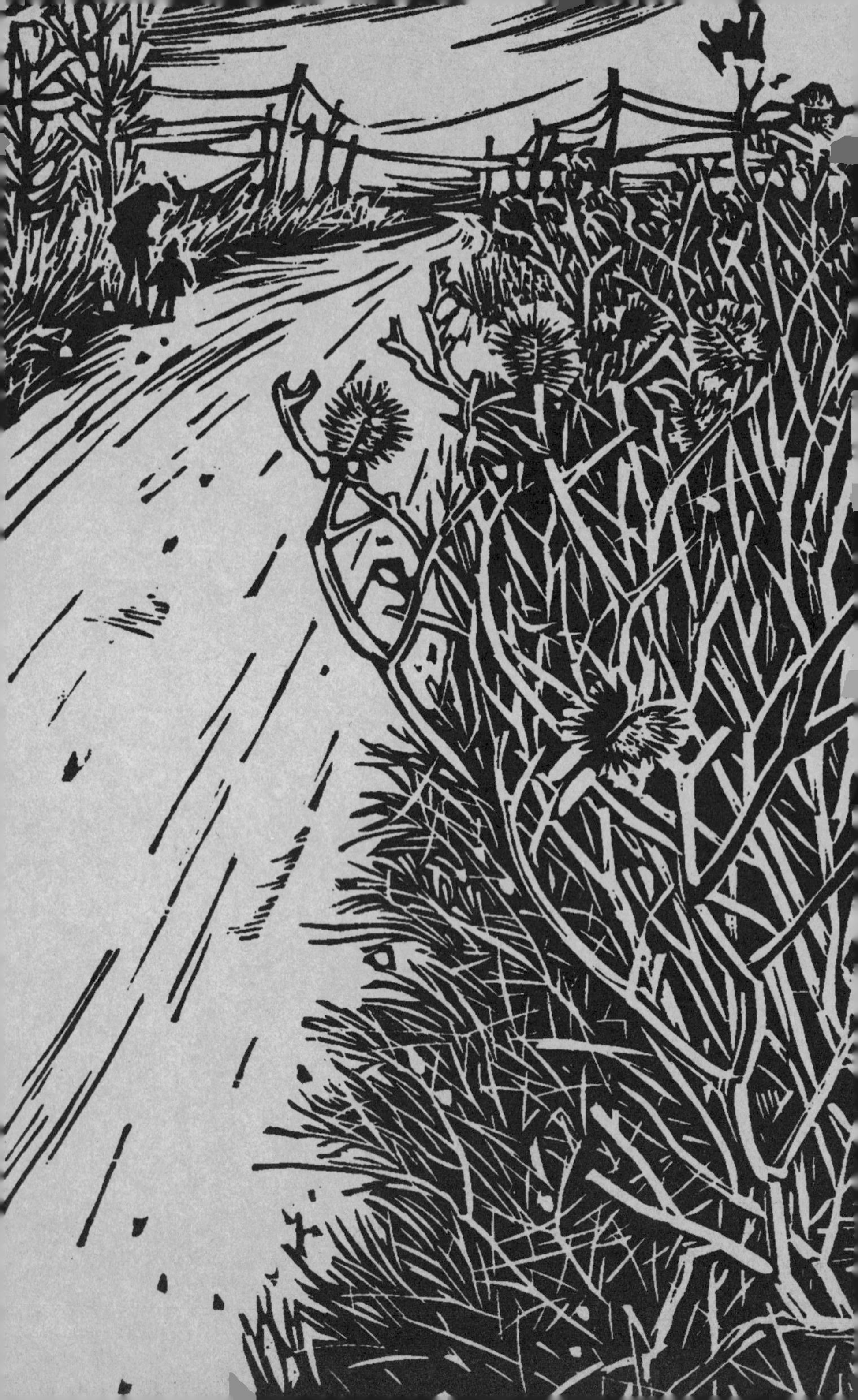

我自己是妈妈想你

妈妈，我只是想你

妈妈你回老家已经很久了，你总说习惯了农村的家，虽然冷，虽然粗糙和简陋。家里的天已经一点点亮了吧。我知道你已经起床，已经在扫院子里的落叶。妈妈，叶子就让它积着吧，不要再弯着腰了，在靠墙的椅子上坐一坐。太阳已经出来了，你晒会儿太阳，就在那张竹椅上靠一靠。椅子上铺了棉垫子了吧，那条土蓝的，过年回家时你给我垫的那条。天已经冷了，妈妈，你受伤的腰是不是又疼了，是不是又弯了许多？

妈妈，你的头发什么时候全白了，我怎么一点儿也不知道？妈妈，你现在不染头发了，你怎么已经不染头发了呢？你的头发从乌黑就这么一下子变得全白了。妈妈，你的头发全白了，让我觉得你忽然老了。妈妈，你老了，我就觉得我也老了。我这里的天还没有大亮，你已经把铁锅拿出来，反扣在院子里的地上，铲着锅底的灰。妈妈，太阳照在你的脸上，你什么时候有皱纹了？有几条已经那样深。你在太阳底下坐一坐吧，你的腰不好。费点柴火就费点柴火，锅那么重，你拎不动了。

  妈妈，园田里已经落满了秋霜，就不要再去摘小葱小蒜了。就这样煎一锅饼，少那么一点香味就少一点吧。爸爸如果嘀咕什么，我跟他说，你不要什么都顺着他，妈妈。你的背驼得那么厉害，觉也睡得很少，你钙片吃了没有？我知道你不能再挺直你的腰了，可是妈妈，你还是每天吃一片吧。我也吃的，妈妈，我和你一起吃。我腰不疼，妈妈，我睡得也好。我今天没睡，是因为我想你，我不想你的时候，我都睡得好。我用热水泡脚了，妈妈，木桶我已经买了，跟你的一样。你给我的大麦粉就放在厨房的柜子里，我自己会煮粥。我也会煎饼，妈妈，只是没有你煎得那么薄，那么脆，可是这世上谁又有你煎得那么好呢。

  妈妈，你去测核酸的时候带一只小板凳，走到村外面的路太长，你走几步坐一坐。你不要一点点排队，队那么长，你在旁边坐一坐，等爸爸排到了，你再过去。你的腰不好，妈妈，你的背已经驼得那么厉害，他们会让你在凳子上坐着的，妈妈。

  妈妈，如果你想养两只鸡就养两只吧，我知道你是想多点热闹。我知道村里已经没人养鸡，已经听不到鸡叫，你觉得太冷清，你就养两只吧，一只公鸡，一只母鸡。不要多养，妈妈，多了你照顾不了。不要指望母鸡多下几只蛋，妈妈，什么时候都能买到鸡蛋，你不要觉得每个月两百多元的养老金太少，什么都舍不得。你让爸爸去镇上买菜的时候小心，堂叔被撞死了，姨父被撞死了，没有红绿灯，乡下的车子开得野。

妈妈，你房间的那台电视机修好了没有？如果修不好就算了，再买一台。爸爸每天要看《新闻联播》《海峡两岸》，你不要和他争。他已经老了，看就看吧。你买一台更大屏幕的自己看，你看你的电视剧。你和爸爸说，我在这里过得很好。我这里没有家里那样的大灶，烧不了柴火，捡柴火也没用。是的，我用天然气，妈妈，你和爸爸说，我这里做饭和洗澡都正常，电也有。停电的是乌克兰，妈妈。你记不得就不用跟他说了，你就说我有电。

妈妈，我是重感冒，不是"新冠"，已经好了半个多月了。我现在不咳了，没什么难受，也没有哪里疼，你放心。是的妈妈，我现在不回去，等"新冠"过去了我再回去，回去看你，妈妈。我有口罩，药店能买到，妈妈，我出门戴口罩。我不怎么出门，我和你们一样，就在家里待着。

妈妈，我知道家里买了粮，门前园地里有蔬菜。我知道不再种地的邻居们都有吃的。村里打工的都还在外面打工。我知道村北的禁止通行的关卡刚刚撤掉。现在大喇叭一喊，大家都会自觉去做核酸。村庄现在重又热闹了，这个热闹丢失太久了。三十年前，我离家的时候，大家都进城打工，村里没有了露天电影，没有了全村大会，没有了集体劳动，没有了水利会战，各忙各的，村里的人越来越少。现在，几乎都要消失了的村庄，因为测核酸又喧闹起来，仿佛又回到过去。妈妈，爸爸说有人在祠堂里新立了一尊祖宗的铜像。照老规矩，换一代人，就要重修一次家谱，他也跟着在忙。妈妈，这是古老的仪式，在中国已经重复了几千年，应该还会延续很久。他高兴你就让他去吧，你也劝说不了他，跟他说不要累着，毕竟他只是看看热闹。他自己也知道，病毒对老年人不好，人多病毒就多，不要扎在人堆里。他会当心。

妈妈，我离你才几百公里，就像隔了几十年。我闭上眼睛，就想到你年轻时的样子。你在一眼望不到头的一队人当中，挑着两箩筐沉甸甸的麦子，扁担一颠一颠，唱着歌一样的号子，给公社送公粮。妈妈，你这一生耕种收割了多少粮食？那时你身材挺拔，脚步轻捷，两条乌黑的长辫子在你的腰间轻盈地跳舞。妈妈，我的白发的、已经深深地弓腰驼背的妈妈，你的青春都到哪里去了呢？我的从来不抱怨的，总是微笑着的妈妈。我的窗帘严实地拉着，屋子仍然像沉在夜里，在模糊着光明与黑暗的时光中，我的心里有着说不出的难过，眼里满噙着泪，妈妈，我想你。

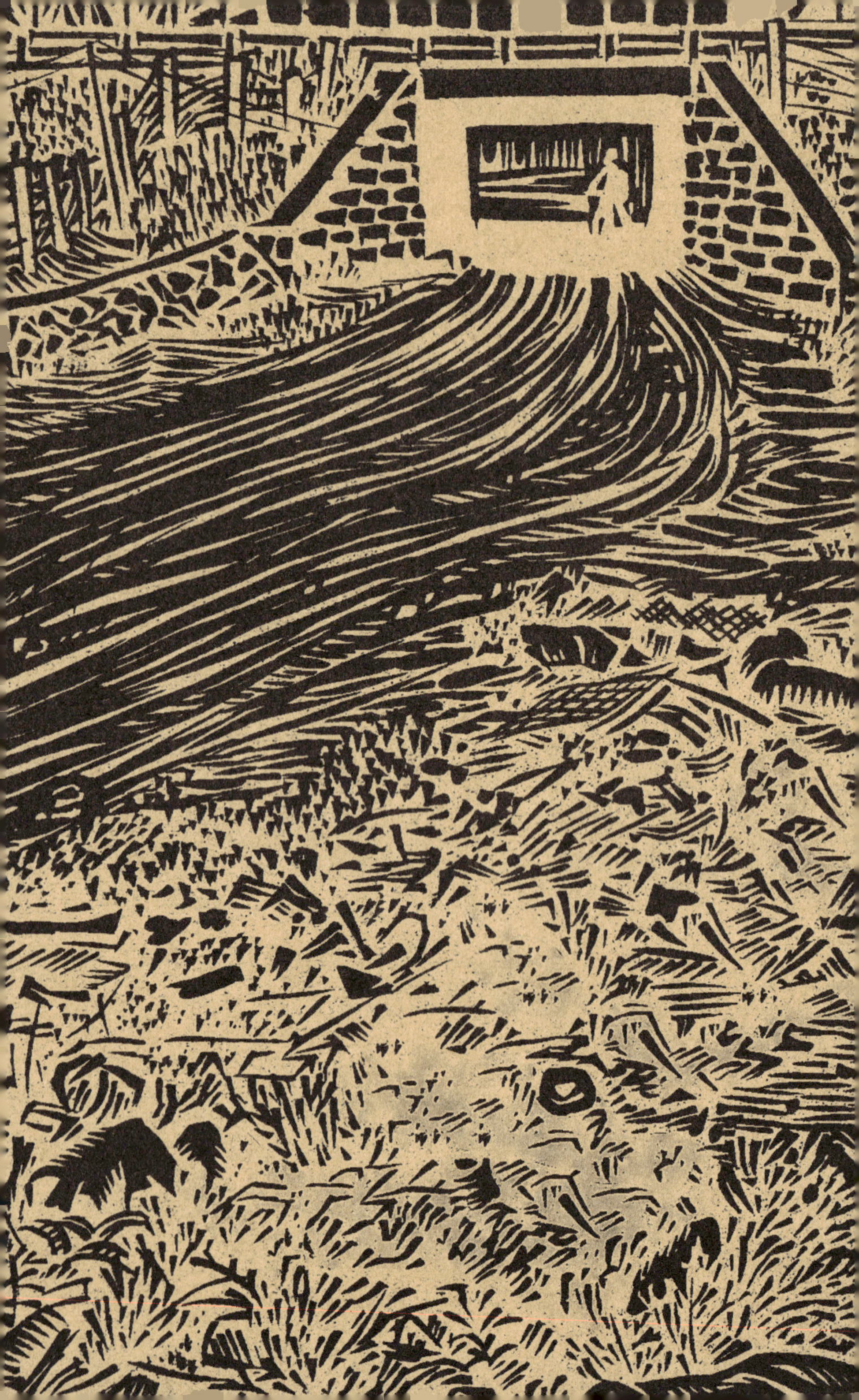

土与蜘蛛

蜘蛛与尘土

整个秋天,我都在院子里搬运木块和石头,翻耕贫瘠不堪的土地,栽种蔬菜和草木。青菜、辣椒、茄子和丝瓜,长得瘦小可怜。买来时满枝开花的蔷薇、芍药和玫瑰,今年只开了小小的几朵,很快就悄悄凋谢了。父亲偶尔从老家来看我,总为我的笨拙摇头叹息。"小时候,你插秧割麦都行,现在怎么成了这个样子……"虽然如此,我仍然在小院里忙忙碌碌。我不能思考和写作,想得一多,我的胸口就疼痛,像火一般灼烧。医生说我思虑太重,过于孤独。

我在石凳上放了几盏太阳能的小灯,半夜的时候,从阳台上看下来,会觉得温暖,不孤单。我在最大的那棵栾树的树丫里放了一个鸟巢，在安静的一个角落里放几个用小木棍做成的昆虫之家，我希望能有一些跟我熟悉、彼此相关的伙伴。这样就会热闹了。这是大自然的热闹，是一种我喜欢的宁静的热闹。都市的热闹让我厌倦。

秋天一阵忙乱过后，很快就到了冬天。冬天我打算什么都不做，每天在屋子里看书，或者发呆。发呆的时候远比看书的时间多。发呆就是什么都不想，把心全部放空掉，像是睡着了，等回过神来，几个小时已经过去。到处安安静静，没有人，没有小猫小狗，没有突然飞来的鸟儿把我从泥雕木塑的状态中惊醒。天冷了，所有的心神都开始收缩，我像一头懒洋洋的、渴望冬眠的熊。

和我同样在发呆的，还有书房角落里的一只蜘蛛。常常是整整一上午，你每次抬头看它，它都在那里，一动不动，像是入定了。它织的那张小小的蛛网被一只甲壳虫撞了一个洞，它也不管。这是一只懒惰的蜘蛛，和我一样。

我发现这只蜘蛛时，大概是在立冬前后，就在窗户一侧的墙角里，它拉开长长的丝线，织起了网。我的第一个念头是打开窗，把它赶出去。不管怎样，家里结着蜘蛛网，总显得有些颓废、懒散和失意吧。我打开窗，风像一瓢冷水泼在我脸上。我又关上。这样的天气，蜘蛛到了外面怕是会冻死。再说了，家里多个活物，总会减少点单调，由它在那里吧。虽然已经入冬了，偶尔还有跌跌撞撞的苍蝇、有气无力的蚊子，或者依然莽撞凶狠的小甲虫撞到它的网中。对于蜘蛛和那些小虫来说，每一次都是惊心动魄的一场大战，也是生活的日常。随着天气的寒冷，小虫越来越少，大概除了蛀书的蠹鱼，和几只小瓢虫，很少有什么等蜘蛛捕食。即便不冻死，恐怕也得饿死。不过这是它的选择，我也不能太过于操心。

立冬、小雪、大雪，很快就到冬至了，蜘蛛还守在它墙角里的网旁边，像个与世无争的老渔翁。我放在栾树上的鸟巢，始终没引来鸟雀。院子角落里的那只昆虫盒子，也从来没有小虫进出。整日不离不弃陪伴我的，竟然是这只蜘蛛。偶尔从书上抬起头来，看看它，心里竟有着一种惺惺相惜的安慰。

我的桌上放着一本《庄子》，这是这一年里我翻得最多的书。每次翻开都像是头一次看，都能读出新的味道。这是一本像被施了魔法的书，里面永远变幻莫测。你不知道你会看到什么。甚至你想看到什么，里面就显示什么。随手翻一篇，读了几段，竟然有些飘飘然。就拿出一瓶黄酒，放上姜丝，煮了一壶。没有下酒的小菜，拿出几块豆腐干，切成小方块，用小葱、麻油一拌。不要说，这两样配起来，慢慢咂一口，别有一番滋味。

微醺中，我仿佛看到自己也如庄周般变成了一只栩栩然飞舞的蝴蝶，从阳台上飞出去，飞过河边挂满了白籽的乌桕，河中央枯槁的残荷，河对岸在冷风里一边瑟瑟发抖、一边低头吃草的山羊，飞过黄褐色的因为没人入住而显得凄凉的屋顶，飞往远处像铅一样沉甸甸的天空。

"方生方死，方死方生。"庄周说。

蝴蝶的影子慢慢消失在荒凉宽阔的大地尽头，世界在它消失的地方无垠地展开，各种喧闹与繁华的戏剧在每一个城市和乡村上演。随后，一轮圆月从海上升起，天地澄澈，宇宙浩渺。恍恍惚惚，我从醉意蒙眬中醒来。一抬头，又看到了这只蜘蛛。蜘蛛一动不动。

我的酒量不行，两杯下去，脸就红了，立即变得醺醺然、昏昏然。开一下窗，透口气吧。

一阵风吹进来，蜘蛛网晃了晃，那只入定的蜘蛛，忽然就碎了，粉化了，变成了灰尘，随即消散在风中。

不知道在什么时候，它已经死了。

原来是这样。原来女娲或者上帝，用尘土造了人，并用尘土造了万物。我们留恋的、憎恨的、为之痴狂的人，我们目不能移的大美，为之痴绝的天籁，割舍不得的情感，举头仰望的星辰，都只是尘土，它们将随风而逝，随时间而逝，随心境的变迁而逝。

庄子说："万物皆出于机，皆入于机。"机是细小的粒子、精微的能量，也是琴弦上振动的吹开百花以及万物的微风。世间的一切，来于尘土，归于尘土。

如果我们安静地坐下来，细细一体味，就会发现我们处于生与死的旅程之中，无论你是快乐，还是痛苦，你无法停住脚步，不由自主地被时间裹挟着往前。我们跌宕起伏的人生，只是一条随机抛落在虚空中的几何线段。短短的生命线，如飞蓬一般，随风飘荡。我们如此孤独，又如此倔强。我们渴望与另一个人生相接，把这条线连得更长，甚至织成一个网，像蜘蛛的网。窗口的蛛网还在，那只结网的蜘蛛已经化成了尘土。再也没有人知道，那张网上曾经上演过怎样波澜壮阔的史诗、你死我活的权斗、刻骨铭心的情仇，或者沉默地活着的简单与平凡。

　　天色渐晚，一缕阳光斜斜地照进来，照在这张再也无人修补的蛛网上，破败的蛛网一下子变得晶莹剔透，波光粼粼的，闪着动人心魄的美丽、巧夺天工的精致甚至神性的光芒，仿佛贝尼尼或者弗朗西斯科·奎洛罗用毕生的心血雕凿出的艺术品。这件亦梦亦幻的艺术品，是蜘蛛的一生，也是我们的一生。

图书在版编目(CIP)数据

一只山雀总会懂另一只山雀／申赋渔著．——北京：北京十月文艺出版社，2024.1
ISBN 978-7-5302-2324-6

Ⅰ.①一… Ⅱ.①申… Ⅲ.①随笔-作品集-中国-当代 Ⅳ.①I267.1

中国国家版本馆CIP数据核字（2023）第150647号

一只山雀总会懂另一只山雀
YI ZHI SHANQUE ZONG HUI DONG LING YI ZHI SHANQUE
申赋渔 著

出　　版	北京出版集团
	北京十月文艺出版社
地　　址	北京北三环中路6号
邮　　编	100120
网　　址	www.bph.com.cn
发　　行	新经典发行有限公司
	电话 (010)68423599
经　　销	新华书店
印　　刷	北京奇良海德印刷股份有限公司
版　　次	2024年1月第1版
印　　次	2024年1月第1次印刷
开　　本	880毫米×1230毫米　1/32
印　　张	9
字　　数	146千字
书　　号	ISBN 978-7-5302-2324-6
定　　价	59.00元

如有印装质量问题，由本社负责调换。
质量监督电话　010-58572393

版权所有，未经书面许可，不得转载、复制、翻印，违者必究。

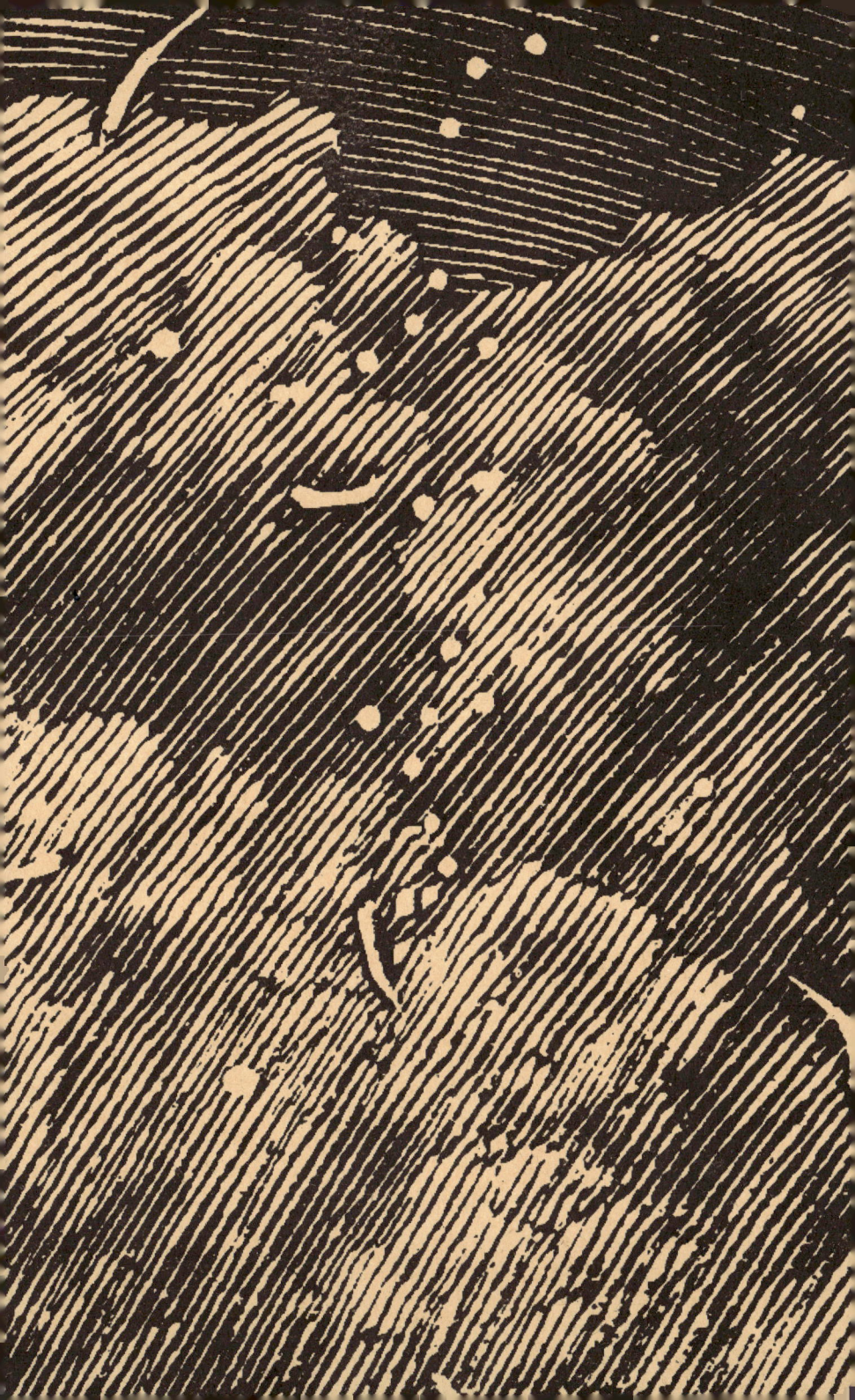